迟子建精选集

迟子建 著

光明于低头的一瞬

人民日报出版社

目 录
CONTENTS

第一辑　风雨总是那么的灿烂

我说我 …………………… 3
龙眼与伞 ………………… 6
两个人的电影 …………… 9
灯祭 ……………………… 13
哑巴与春天 ……………… 18
傻瓜的乐园 ……………… 21
暮色中的炊烟 …………… 24
看花的姿态 ……………… 29
一个人和三个时代 ……… 33
年画与蟋蟀 ……………… 45
寻石记 …………………… 50
撕日历的日子 …………… 52
照相去 …………………… 56
露天电影 ………………… 60
看不见的邮差 …………… 65
风雨总是那么的灿烂 …… 68
花季的乞讨 ……………… 72

寒冷也是一种温暖…………74

原来姹紫嫣红开遍…………77

第二辑 美景,总在半梦半醒之间

农具的眼睛…………85

会唱歌的火炉…………88

苍苍琴…………91

故乡的吃食…………94

油茶面儿…………98

家常豆腐…………100

北方的盐…………103

山水豆花…………106

动物们…………109

哀蝶…………113

年年依旧的菜园…………116

蚊烟中的往事…………119

西栅的梆声…………123

鲁镇的黑夜与白天…………127

周庄遇痴…………133

寻道都江堰…………138

今日水犹寒…………142

落红萧萧为哪般…………145

寒夜生花…………151

美景,总在半梦半醒之间

…………154

冰灯 ………………………… *157*
春天是一点一点化开的 … *160*
谁能让我带走星空 ……… *162*
上个世纪的飞雪和溪流 … *166*
雪山的长夜 ……………… *170*

第三辑　光明于低头的一瞬

萤火一万年 ……………… *177*
泥泞 ………………………… *180*
是谁扼杀了哀愁 ………… *183*
黄沙蔽天时 ……………… *186*
伤怀之美 ………………… *190*
带笤帚的小鸟 …………… *195*
一只惊天动地的虫子 …… *199*
时间怎样地行走 ………… *202*
我对黑暗的柔情 ………… *205*
一滴水可以活多久 ……… *208*
光明于低头的一瞬 ……… *211*

第四辑　好书如寂寞开放的樱花

枕边的夜莺 ……………… *217*
"红楼"的哀歌 …………… *220*
一脉清流消逝 …………… *223*
多美的夜色啊 …………… *227*
好书如寂寞开放的樱花 … *230*

我的梦开始的地方 ……… *233*
心在千山外 ……………… *238*
像泥霞池这样的地方 …… *240*

附录　小说

白雪的墓园 ……………… *245*
小狗 ……………………… *256*

第一辑　风雨总是那么的灿烂

我说我

我生来是个丑小鸭,因为生于冰天雪地的北极村,因此不惧寒冷。小时候喜欢犟嘴,挨过母亲的打。挨打时,咬紧牙关不哭,以示坚强。气得母亲骂我:"让你学刘胡兰哪?"

我幼时淘气,爱往山里钻,爱往草滩钻,捉蝴蝶和蝈蝈,捅马蜂窝,钓小鱼,采山货,摘野花,贪吃贪玩。那时曾有一些问题令我想不明白:树木吃什么东西能生长?树木为什么不像人屙出肮脏的屎尿来?鱼为什么能在水里游?鸟儿为什么能在天空中飞?野花如何开出姹紫嫣红的色彩?如今看来,这些问题我仍旧没想明白,可见是童心未泯,长进不大。

父亲是小学校长,在哈尔滨读的中学,在五六十年代人烟稀少的大兴安岭,他就是秀才了。他吹拉弹唱样样都行,喜欢喝酒,顶撞上司,清高自负,极其善良。因为喜欢曹子建的《洛神赋》,就想当然地把我的名字冠以"子建"二字,幸而我还能写点文章,否则迟家若是出了个叫"子建"的农夫,他起的名字就是一个笑话了。父亲毛笔字写得好,在永安小镇时,每逢春节他都要铺开红纸,饱蘸笔墨书写对联。他鼓励已上初中的我编写对联,我欣然从命,有一些被他采纳后龙飞凤舞地写在纸上,贴在寒风凛冽的户外。看到门楣上贴着的对联内容是由我胡诌的,我便沾沾自喜了。那算是我最早的作品,编辑和发表者是父亲,我没有一文的报酬,读者只限于家人和左邻右舍。

我喜欢小动物,养过一只毛色发灰的野猫,将它的腿缚在椅子上,否则它就乱窜乱跳,比老虎还要威风。我还养过狗。当然,这是些有兴趣的收养。最无聊的是养猪养鸡,这些家禽家家户户都养,没什么特点,尤其是猪,它食量惊人,放学后不得不出去给它采菜回来烀食,把人累得头晕眼花的目的无非是让猪长膘,之后把它杀掉当成美餐分食,而食物又化成了田地的肥料,这样循环往复地一想,便觉无趣,觉得人是世界上最无聊的动物。

大自然亲切的触摸使我渐渐对文字有了兴趣。我写作的动力往往来自于它们给我的感动。比如满月之夜的月光照着山林,你站在户外,看着远山蓝幽幽的剪影,感受着如丝绸般光滑涌动的月光,内心会有一种湿漉漉的感觉,这时候你就特别想用文字去表达这种情感。我爱飞雪,爱细雨,爱红霞漫卷的黄昏,爱冰封的河流,爱漫漫长冬的温存炉火。直到如今,大自然给了我意外的感动后,我仍会怦然心动,文思泉涌。

我出身的家庭清贫,但充满暖意;我出生之地文化底蕴不深厚,但大自然却积蓄了足够的能量给予我遐想的空间;我的祖父和父亲早逝,亲人的离去让我过早感觉到人世间的沧桑和无常。我明白一朵云聚了会散,一朵花儿开了会谢,河水总是向前流,春夏秋冬,日月更迭,周而复始。大自然的四季轮回,令我们每时每刻都能感受到,让我们明白它们是万古长青的,而人生的四季戛然而止后,我们还看不到人的轮回,只能用心灵去体悟、发现和领会。我渴望着年事已高时能做到"不说人间陈俗事,声声只赞白莲花",能够在老眼昏花时看到人生真正的绚烂境界,那将是一种大喜悦、大感动。

对于生活,我觉得庸常的就是美好的。平常的日子浸润着人世间的酸甜苦辣的情感,让你能尽情品咂。对于文学,我觉得应持有朴素的情感,因为生活是变幻莫测的,朴素的情感能使文学中的生活焕发出某种诗意,能使作家葆有一颗平常心和永不褪色的童心,而这些在我看来都是一个作家最应具备的素质。

画自己很难,因为人是渴望完美的动物,画自己难免要不由自主地美化。作家在自述中描述自己,表达自己的情感,也难免会沾染上某种虚荣习气,因此还是不多说为好,免得骄纵了自己。

记得一九九七年我迁入新居后,曾站在阳台看楼下空地上的那一排排死寂的仓棚,心想若是把它们拆了,建一座花园该有多好。天遂人愿,去年果然是将那些仓棚一扫而空,修了花坛和凉亭。然而它带给人的并不是赏心悦目的感觉,而是持之以恒的喧闹。孩子们在花坛四围奔跑嬉闹,凉亭常有打牌的吆喝声。最近,一个精神病患者又看上了这块风水宝地,每日拣了垃圾箱的破布,披挂在肩上,坐在凉亭的石凳上,吃着随便捡来的剩饭,满面尘垢地望着往来的居民,心无旁骛地笑。楼下的小花园倒不如先前的那些仓棚能给人带来安宁和遐想了。理想与现实究竟有多远?我想要多远就有多远。

龙眼与伞

大兴安岭的春雪，比冬天的雪要姿容灿烂。雪花仿佛沾染了春意，朵大，疏朗。它们洋洋洒洒地飞舞在天地间，犹如畅饮了琼浆，轻盈，娇媚。它们似乎知道自己的美丽，不像冬天的雪往往在夜里下，它们喜欢白天时从天庭下来，安抚着人们掠美的眼神。

我是喜欢看春雪的，这种雪下得时间不会长，也就两三个小时。站在窗前，等于是看老天上演的一部宽银幕的黑白电影。山、树、房屋和行走的人，在雪花中闪闪烁烁，气象苍茫而温暖，令人回味。

去年，我在故乡写作长篇《额尔古纳河右岸》。四月中旬的一个下午，正写得如醉如痴，电话响了。是妈妈打来的，她说："我就在你楼下，下雪了，我来给你送伞，今天早点儿回家吃饭吧。"

没有比写到亢奋处遭受打扰更让人不快的了。我懊恼地对妈妈说："雪有什么可怕的，我用不着伞，你回去吧，我再写一会儿。"妈妈说："我看雪中还夹着雨，怕把你淋湿，你就下来吧！"我终于忍耐不住了，冲妈妈无理地说："你也是，来之前怎么不打个电话，问问我需不需要伞？我不要伞，你回去吧！"

我挂断了电话。听筒里的声音消逝的一瞬，我马上意识到自己犯了最不可饶恕的错误！我跑到阳台，看见飞雪中的母亲撑着一把天蓝色的伞,微弓着背,缓缓地朝回走。她的腋下夹着一把绿伞,那是为我准备的啊。我想喊住她,但羞愧使我张不开口,只是默默地看着她渐行渐远。

也许是太沉浸在小说中了,我竟然对春雪的降临毫无知觉。从地上的积雪看得出来,它来了有一两个小时了。确如妈妈所言,雪中夹杂着丝丝细雨,好像残冬流下的几行清泪。做母亲的,怕的就是这样的泪痕会淋湿她的女儿啊!而我却粗暴地践踏了这份慈爱!

从阳台回到书房后,我将电脑关闭,站在南窗前。窗外是连绵的山峦,雪花使远山隐遁了踪迹,近处的山也都模模糊糊,如海市蜃楼。山下没有行人,更看不到鸟儿的踪影。这个现实的世界因为一场春雪的造访,而有了虚构的意味。看来老天也在挥洒笔墨,书写世态人情。我想它今天捕捉到的最辛酸的一笔,就是母亲夹着伞离去的情景。

雪停了。黄昏了。我锁上门,下楼,回妈妈那里。做了错事的孩子最怕回家,我也一样。朝妈妈家走去的时候,我觉得心慌气短。妈妈分明哭过,她的眼睛红肿着。我向她道歉,说我错了,请她不要伤心了。她背过身去,又抹眼泪了。

我知道自己深深伤害了她。我结婚时,最高兴的就是她了,她知道自己把女儿交给了一个最放心的人。我爱人去世后,她大病一场,一年中衰老了许多。她大约知道无人疼怜我了,向我张开了衰老的臂膀,把她那受命运伤害的孩子又揽回怀中,小心呵护着。可我虽然四十多岁了,在她面前,却依然是个任性的孩子。

母亲看我真的是一副悔过的表情,便在晚餐桌上,用一句数落原谅了我。她说:以后你再写东西时,我可不去惹你!

《额尔古纳河右岸》初稿完成后,我来到了青岛,做长篇的修改。那正是春光融融的五月天。有一天午后,青岛海洋大学文学院的刘世文老师来看我，我们坐在一起聊天。她对我说，她这一生，最大的伤痛就是儿子的离世。刘老师的爱人从事科考工作，常年在南极，而刘老师工作在青岛。他们工作忙，所以孩子自幼就跟着爷爷奶奶，在沈阳生活。十几年前，她的孩子从沈阳的一个游乐园的高空意外坠下身亡。事故发生后，沈阳的亲属给刘老师打电话，说她的孩子生病了，想妈妈，让她回去一趟。刘老师说，她有一种不祥的预感，觉得儿子可能已经不在了，否则，家人不会这么急着让她回去。刘老师说，她坐上开往沈阳的火车后，脑子里全都是儿子的影子，他的笑脸，他说话的声音，他喊"妈妈"时的样子。她黯然神伤的样子引起了别人的同情，有个南方籍旅客抓了几颗龙眼给她。刘老师说，那个年代，龙眼在北方是稀罕的水果，她没吃过，她想儿子一定也没吃过。她没舍得吃一颗龙眼，而是一路把它们攥在掌心，想着带给儿子。

　　刘老师讲到这里哽咽了，我的眼睛也湿了。我不敢设想她带着那几颗龙眼去看儿子的场景。

　　那个时刻，我的眼前蓦然闪现出春雪中妈妈为我送伞的情景。母爱就像伞，把阴晦留给自己，而把晴朗留给儿女。母爱也像那一颗颗龙眼，不管表皮多么干涩，内里总是深藏着甘甜的汁液。

两个人的电影

母亲今春血压居高不下,我怀疑是故乡的寒冷气候使然,劝她来哈尔滨住上一段,换换水土。她来了。说也怪,她到后的第二天,血压就降了下来,恢复正常。我眼见着她的气色一天天好看起来,指甲透出玫瑰色的光泽。她在春光中恢复了健康,心境自然好了起来。她爱打扮了,喜欢吃了,爱玩了,甚至偶尔还会哼哼歌。每天她跟我出去散步,看待每一株花的眼神都是怜惜的。按理说,哈尔滨的水质和空气都不如故乡的好,可她却如获新生,看来温暖是最好的良药啊。

白天,我看书的时候,母亲也会看书。她从我的书架上选了一摞书,《红楼梦》《毛泽东的晚年生活》《慈禧与我》等,摆在她的床头柜上。受父亲影响,她不止一次读过《红楼梦》,熟知哪个丫鬟是哪一府的,哪个小厮的主子又是谁。大约一周后,她把《红楼梦》放回去,对我说,后两卷她看得不细。母亲说《红楼梦》好看的还是前两卷,写的都是吃呀喝呀玩呀的事情,耐看。而且,宝玉和黛玉那时还天真着,哥哥妹妹斗嘴斗气是讨人喜欢的。到了后来,宝玉和宝钗一结婚,小说就不好看了。母亲对高鹗的续文尤其不能容忍,说他不懂趣味,硬写,把人都搞得那么惨,读来冷飕飕的。她对《红楼梦》的理解令我吃惊,起码,她强调了小说趣味性的重要。

母亲对历史的理解也是直观朴素的。那段时间,我正看关于康有为的一些书籍,有天晚饭同她聊起康有为。她说,这个人不好啊,他撺掇着光绪闹变法,怎么样? 变法失败了,他跑了。要是不听他,光绪帝能死吗? 为了证明她的判断是正确的,她拿来《慈禧与我》,说那里面有件事涉及康有为,也能证明他的不仁义。母亲翻来翻去,找不见那页了,她撇下书,对我说:"不管怎么着,连累了别人的人,不是好人啊。"康有为就这样被她给定了性。

我想让母亲在哈尔滨过得丰富些,除了带她到商场购物,去饭店享受美食,去植物园看牡丹和郁金香外,还带她进剧场。我陪她看了一场京剧,是省京剧院在五月份推出的"京剧现代戏经典剧目回顾展",上演的是《红色娘子军》《沙家浜》《磐石湾》《海港》等的片段。当舞台上出现穿着蓝军服、戴着红袖标的娘子军时,母亲直摇头。而到了《磐石湾》的演员演唱"负伤痛冲破千层巨澜"时,她干脆堵起了耳朵。好不容易挨到戏散,她得救般地对我说:"这样板戏有什么好看的? 太难听了! 现在怎么还演这个? 这东西怎么还成了'经典'了?"母亲接着说了一大堆传统折子戏的名字,什么《打渔杀家》《贵妃醉酒》《霸王别姬》《杜十娘》《空城计》等,她说:"还得是这些老戏是个东西啊,样板戏那叫什么玩意儿啊。"听了她的话,我回去后给他放梅兰芳的唱碟,谁知她对我说:"换了换了,我最不喜欢梅兰芳的戏了。"我诧异,问她为什么? 她说:"我不喜欢男人扮女声,听起来不舒服。"母亲真是本色到家了。

刘老根大舞台最近落户哈尔滨的工人文化宫,每晚都有演出,场面很火爆。我约母亲一同去看,她说:"那东西有什么看头? 就是耍嘛!"母亲伸出手来,绘声绘色地学着演员:"这边观众的掌声不热烈呀,给点儿掌声好不好啦?"她说她受不了这个。不过她没有拗过我,有一天，我还是把她拉到剧场。虽然不是周末，但上座率还是很高。母亲说得没错，演出一开始，演员就朝观众要掌声，有的还蹦下台，在观众席中怂恿观众鼓掌。高分贝的音乐震耳欲聋，母亲再次堵起了耳朵，一副痛苦状。演出只到半程，当又一位演员出场后耸着肩膀嬉皮笑脸地要掌声时，母亲终于忍不住了，她几乎是用命令的口气大声对我说："咱走吧！"我也没有料到演出是那么低俗，赶紧跟着她出来了。出了剧场，她长吁了一口气，对我说："怎么样？我说就是个'耍'嘛。花着钱遭着罪，再坐下去，我都要犯心脏病了！"

有一天，我和母亲黄昏散步时路过文化宫，看见王全安导演的《图雅的婚事》在上映，立刻买了两张票。我知道这部电影在柏林国际电影节上拿了奖。按照票上的时间，它应该开演五分钟了，我正为不能看到开头而懊恼呢，谁知到了小放映厅门口却吃了闭门羹。原来，这场电影只卖出这两张票，放映厅还没开呢。我找来放映员，他说坐飞机要是一个乘客，人家都得给飞，电影票呢，哪怕只卖出一张，他也会给放的。放映员打开门，为我和母亲放了专场电影。当银幕上出现了蒙古包、羊群和纯朴的牧民时，母亲慨叹了一句："这是真景啊。"母亲看过两部流行大片，对里面电脑制作的假景很反感，所以这真实的场景让她觉得亲切。故事很简单，一个女人征婚，要带着"无用"的丈夫嫁人。而这个丈夫之所以"废"了，是因为打井所致。这背后透视出的是草原缺水的严峻现实。虽然它与多年前轰动一时的《老井》有似曾相识之处，但影片拍得朴素、自然、苍凉而又温暖，我和母亲被吸引住了，完整地把它看完了。出了影厅，只见大剧场刘老根大舞台的演出正在高潮，演员在台上热闹地和观众做着互动，掌声如潮。

我和母亲有些怅然地在夜色中归家，慨叹着好电影没人看。快到家的时候，母亲忽然叹息了一声对我说："我明白了，你写的那些书,就跟咱俩看的电影似的,没多少人看啊。那些花里胡哨的书,就跟那个刘老根大舞台一样,看的人多啊。"

母亲的话,让我感动,又让我难过。我没有想到,这场两个人的电影,会给她那么大的触动。那一瞬间,我觉得自己是幸运的,因为有母亲在,我生命中的电影,就永远不会是一个人的啊。

第一辑　风雨总是那么的灿烂

灯祭

父亲在世时,每逢过年我就会得到一盏灯。那灯是不寻常的。

从门外的雪地上捡回一个罐头瓶,然后将一瓢滚热的开水倒进瓶里,"啪"的一声,瓶底均匀地落下来,灯罩便诞生了。赶紧用废棉花将灯罩擦得亮亮的,亮到能看清瓶中央飞旋的灰尘为止。灯的底座是圆形的,木制,有花纹,面积比灯罩要大上一圈,沿边缘对称地钻两个眼,将铁丝从一只眼穿过去,然后沿着底座的直径爬行,再扎入另一个眼中,铁丝在手的牵引下像眼镜蛇一样摇摆着身子朝上伸展,两个端头一旦汇合扭结在一起,灯座便大功告成了。那时候从底座中心再钉透一根钉子,把半截红烛固定在钉子上。待到夜幕降临时,轻轻捧起灯罩,"嚓"地点燃蜡烛,敛声屏气地落下灯罩,你提着这盏灯就觉得无限风光了。

父亲给我做这盏灯总要花上很多工夫。就说做灯罩,他总要捡回五六个瓶子才能做成一个。不是把瓶子全炸碎了,就是瓶子安然无恙地保持原状,再不就是炸成功了,一看却是一只猪肉罐头瓶子,怎么擦都浑浊,只好弃了。

尽管如此,除夕夜父亲总能让我提上一盏称心如意的灯。没有月亮的除夕里,这盏灯就是月亮了。我怀揣着一盒火柴提着灯走东

13

家串西家,每到一家都将灯吹灭,听人家夸几句这灯看着有多好,然后再心满意足地擦根火柴点燃灯去另一家。每每转回到家里时,蜡烛烧得只剩下一汪油了。

那时父亲会笑吟吟地问:"把那些光全折腾没了吧?"

"全给丢在路上了。"我说,"剩下最亮的光赶紧提回家来了。"

"还真顾家啊。"父亲打趣着我去看那盏灯。那汪蜡烛油上斜着一束蓬勃芬芳的光,的确是亮丽至极。将死的光芒总是灿烂夺目的。

过年要让家里里外外都是光明。所以不仅我手中有灯,院子里也是有灯的。院子中的灯有高有低。高高在上的灯是红灯,它被挂在灯笼杆的顶端,灯笼穗长长的,风一吹,刷刷响。低处的灯是冰灯,冰灯放在窗台上,放在大门口的木墩上,冰灯就能照亮它周围的一些景色,所以除夕夜藏猫猫要离冰灯远远的。无论是高出屋脊的红灯还是安闲地坐在低处的冰灯,都让人觉得温暖。但不管它们多么动人,也不如父亲送给我的灯美丽。

因为有了年,就觉得日子是有盼头的。而因为有了父亲,年也就显得有声有色;而如果又有了父亲送我的灯,年则妖娆迷人了。

年一过去后,新衣服就脱下来了,灯也收了,院子里黑漆漆的,那时候我就会望着窗外的雪花发怔,心想:原来一年之中只有几天好日子啊。人为了那几天充满光明的好日子,就要整整辛苦一年。嗨。

我一年年地长大了,父亲不再送灯给我,我已经不是那个提着灯串来串去的小孩子了。我开始在灯下想心事。但每逢除夕,院子里照例要在高处挂起红灯,在低处摆上冰灯。

然而父亲没能走到老年就去世了。父亲去世的当年我们没有点灯。别人家的院子灯火辉煌,我们家却黑漆漆的。我坐在暗处想:点灯的时候父亲还不回来,看来他是迷了路了。我多想提着父亲送我的灯到路上接他回来啊。爸爸,回家的路这么难找啊?

从此之后虽然照例要过年,但是我再也没有接受灯的那种福气了。

一进腊月,家里就忙年了。姐姐会来信叙说年忙到什么地步了,比如说被子拆洗完了,年干粮也蒸完了,各种吃食采买得差不多了,然后催我早点回家过节。所以,不管我身在西安、北京还是哈尔滨,总是千里迢迢地冒着严寒朝家奔。当然,今年也不例外。

腊月二十六我赶回家中,母亲知道这个日子我会回去的。因为腊月二十六我们姐弟要请父亲回家过年。

我们就去看父亲了。给他献过烟和酒,又烧(捎)了些钱,已经成家立业的弟弟就叩头对父亲说:"爸爸我有自己的家了,今年过年去儿子家吧,我家住在——"

弟弟把他家的住址门牌号重复了几遍,怕他记不住。我又补充说:"离综合商场很近。"父亲生前喜欢到综合商场买皮蛋来下酒,那地方想必他是不会忘的。

父亲的房子上落着雪,周围都是雪,还有树,有时从树林深处传来鸟鸣。太阳极端明亮。

我们一边召唤着父亲回家过年,一边离开墓地。因为母亲住在姐姐家,所以我们都到姐姐家来了。我们都喜欢姐姐家的孩子小虎,他刚过周岁,已经会走路了,非常漂亮。

一进门母亲就抱着小虎从里屋出来了。我点着小虎的脑门说:"把你姥爷领回来过年了。"

小虎乐了,他一乐大家也乐了。

当夜小虎哭个不休。该到睡觉的时辰了,他就是不睡。母亲关了灯,千般万般地哄,他却仍然嘹亮地哭着。直到天亮时,他才稍稍老实起来。

姐夫说:"可能咱爸跟到这儿来了,夜里稀罕小虎了。"

说得跟真事似的,我们都信了。

父亲没有看过他的外孙,而他生前又是极端喜欢孩子的。我们从墓地回来,纷纷到了姐姐家,他怎么会路过女儿的家门而不入呢?而他一进门就看见了小虎,当然更舍不得离开了。

母亲决定把父亲送到弟弟家去。

早饭后,母亲穿戴好后推起自行车,对父亲说:"孩子也稀罕过了,跟我到儿子家去过年吧。"

母亲哄孩子一般地说:"慢慢跟着走,街上热闹,可别东看西看的,把你丢了,我可就不管了。"

我心想:这回母亲要把父亲丢了,一定是丢到街上的酒馆了。

母亲把父亲送走的当夜,小虎果然睡了个安稳觉。第二天早晨起来他把屋子挨个走了一遍,咕哝着,一双黑莹莹的眼睛东看西看的,仿佛在找什么,小虎是不是在想:姥爷到哪儿去了?

初三过后,父亲要被送回去了。我愿意请他回来,而永远不希望送他回去。天那么冷,他又有风湿病,一个人朝回走会是什么样的心情呢?

正月十五到了。这天是我的生日。二十八年前,一个落雪的黄昏,我降临人世了。那时窗外还没有挂灯,天似亮非亮,似冥非冥,父亲便送我一乳名:迎灯。没想到我迎来了千盏万盏灯,却再也迎不来幼时父亲送给我的那盏灯了。

走在冷寂的大街上,忽然发现一个苍老的卖灯人。那灯是六角形的,用玻璃做成的,玻璃上还贴着"福"字。我立刻想到了父亲,正月十五这一天,父亲的院子该有一盏灯的。

我买下了一盏灯。天将黑时,将它送到了父亲的墓地。"嚓"地划根火柴,周围的夜色就颤动了一下,父亲的房子在夜色中显得华丽醒目,凄切动人。

这是我送给父亲的第一盏灯。

那灯守着他,虽灭犹燃。

哑巴与春天

最惧怕春风的,莫过于积雪了。

春风像一把巨大的笤帚,悠然扫着大地的积雪。它一天天地扫下去,积雪就变薄了。这时云雀来了,阳光的触角也变得柔软了,冰河激情地迸裂,流水之声悠然重现,嫩绿的草芽顶破向阳山坡的腐殖土,达子香花如朝霞一般,东一簇西一簇地点染着山林,春天有声有色地来了。

我的童年春光记忆,是与一个老哑巴联系在一起的。

在一个偏僻而又冷寂的小镇,一个有缺陷的生命,他的名字就像秋日蝴蝶的羽翼一样脆弱,渐渐地被风和寒冷给摧折了。没人记得他的本名,大家都叫他老哑巴。他有四五十岁的样子,出奇的黑,出奇的瘦,脖子长长的,那上面裸露的青筋常让我联想到是几条蚯蚓横七竖八地匍匐在那里。老哑巴在生产队里喂牲口,一早一晚的,常能听见他铡草的声音,嚓——嚓嚓,那声音像女人用刀刮着新鲜的鱼鳞,又像男人抡着锐利的斧子在劈柴。我和小伙伴去生产队的草垛躲猫猫时,常能看见他。老哑巴用铁耙子从草垛搂下一捆一捆的草,拎到铡刀旁。本来这草是没有生气的,但因为有一扇铡刀横在那儿,就觉得这草是活物,而老哑巴成了刽子手,他的那双手令人胆寒。我们见着老哑巴,就老是想逃跑。可他误以为我们把草垛蹬散了,他会捉我们问责。为了表示支持我们躲猫猫,他挥舞着双臂,摇着头,做出无所谓的姿态。见我们仍惊惶地不敢靠前,他就本能地大张着嘴,想通过呼喊挽留我们。但见他喉结急剧蠕动,嗓子里发出"呃呃"的如被噎住似的沉重的气促声,却说不出一句话来。

老哑巴是勤恳的,他除了铡草、喂牲口之外,还把生产队的场院打扫得干干净净。冬天打扫的是雪,夏天打扫的是草屑、废纸和雨天时牲畜从田间带回的泥土。他晚上就住在挨着牲口棚的一间小屋里。也许人哑了,连鼾声都发不出来,人们说他睡觉时无声无息的。老哑巴很爱花,春天时,他在场院的围栏旁播上几行花籽,到了夏天,五颜六色的花不仅把暗淡陈旧的围栏装点出了生机,还把蜜蜂和蝴蝶也招来了。就是那些过路的人见了那些花儿,也要多望上几眼,说,这老哑巴种的花可真鲜亮啊,他娶不上媳妇,一定是把花当媳妇给伺候和爱惜着了!

有一年春天,生产队接到一个任务,要为一座大城市的花园挖上几千株的达子香花。活儿来得太急,人手不够,队长让老哑巴也跟着上山了。老哑巴很高兴,因为他是爱花的。达子香花才开,它们把山峦映得红一片粉一片的。人们说老哑巴看待花的眼神是挖花的人中最温柔的。晚上,社员们就宿在山上的帐篷里。由于那顶帐篷只有一道长长的通铺,男女只能睡在一起。队长本想在通铺中央挂上一块布帘,使男女分开,但帐篷里没有帘子。于是,队长就让老哑巴充当帘子,睡在中间,他的左侧是一溜儿女人,右侧则是清一色的男人。老哑巴开始抗议着,他一次次地从中央地带爬起,但又一次次地在大家的嬉笑声中被按回原处。后来,他终于安静了。后半夜,有人起夜时,听见了老哑巴发出的隐约哭声。

从山上归来后,老哑巴还在生产队里铡草。一早一晚的,仍能听见铡刀"嚓——嚓嚓——"的声响,只不过声音不如以往清脆,不是铡刀钝了,就是他的气力不比从前了。那一年,他没有在场院的围栏前种花,也不爱打扫院子,常蜷在个角落里打瞌睡。队长嫌他老了,学会偷懒了,打发了他。他从哪里来,是没人知道的,就像我们不知他扛着行李卷又会到哪里去一样。我们的小镇仍如从前一样,经历着人间的生离死别和大自然的风霜雨雪,达子香花依然在春天时静悄悄地绽放,依然有接替老哑巴的人一早一晚地为牲口铡着草料,但我们总觉得少了点什么。原来这小镇是少了一个沉默的人——

一个永远无法在春天中歌唱的人!

傻瓜的乐园

傻瓜成傻的原因各不相同,但他们成傻后的快乐却是相同的,喜欢游逛,喜欢笑。

我童年生活的山村不过百户人家,但却有六七个傻子,他们的存在,曾给处于游戏年龄的我带来无尽的快乐。在我看来,我们那个四面环山的村子就是他们生活的乐园。

我家的后一趟房,有一个傻子,他叫大肥。他也是那几个傻子中唯一不出门的一个。大肥长得又白又胖,他整天躺在摇车里,除了吃,就是睡,连翻身也不会,别人说他出生后就没长骨头。夏天时,他的家人爱把他的摇车吊在院子的稠李子树下,我在自家的后屋常能听见他的哭声,他哭的声音不是婴儿的那种奶声奶气,而是跟大老爷们儿一样地粗着嗓子嚎。也难怪,虽然他看上去只有两三岁的样子,但他已经有十来岁了。我喜欢悄悄溜到大肥家去拉他的手,他的手软得跟豆腐一样,浑身雪白雪白的。我一拉他的手,他就笑。他本来就爱流涎水,一笑涎水就更多了,简直跟从山涧流下的泉水一样,弄得脸颊湿漉漉的。因着这涎水的缘故,他的脖子终日围着一条毛巾,使他看上去像个放懒的伙夫。大肥的家人很忌讳我们去看他,所以一旦被他的家长发现,就会被呵斥出去。周围的邻居都说,大肥是个怪物，说他活不长。他果然没有活长，十几岁就死了。夏天时，在晴朗的夏夜听不到后院大肥的哭声，我很难过。仿佛是眼看着一个神话破灭了，觉得生活暗淡了许多。

我最怕的傻子，叫二毛。他像恶狗一样具有攻击性。他很喜欢在街巷中穿行。他总是穿着灰突突的衣裳，胡子拉碴的。他独自走着时始终笑嘻嘻的，但他见到某些人时就会愤怒。有时他会突然揪住一个人大打出手。所以一看见二毛从前方走来了，明明他满脸的笑容，我还是会飞也似的朝家奔，关门闭户，敛声屏气地看着二毛经过。二毛也怪，你越躲他，他就越狂躁，他会把紧闭的门拍得山响，吓得我的心突突地跳，喘气都不匀了。虽然怕二毛，但还特别想见到他，见到他呢，就得掌握好和他的距离，看够不够逃跑的，我可不想被他像猫捉老鼠一样给摁在爪下。和二毛的相遇，因为有着冒险的成分在里面，就有些惊心动魄的意味了。二毛最终的结局怎么样，我不知晓。有人建议他的家长，给他说个媳妇，说那样他的病就会好了。但从我离开那个小山村为止，二毛还是独行着的，没见他的身边有小媳妇陪伴着。

最有情趣的傻子，叫傻仨。傻仨是我同学的弟弟，他在家排行老三，大家都叫他傻仨。据说他是得了脑炎后变傻的，原来他是一个极伶俐的孩子。他喜欢唱歌，唱的是什么谁也不清楚。他不像二毛那样有攻击性，但村子里的小孩子还是怕他，一见傻仨来了，就像小鸡被老鹰围困似的四处奔逃。傻仨认得我，他远远地见了我就会喊我的名字——迟子弹，他发不好"建"的音。我一听他叫我迟子弹，就气得火冒三丈，我会撑着他，声言要揍死他，傻仨就一路朝家逃，边跑边喊："妈呀，迟子弹要打我！"傻仨最忌讳家人说他傻，据说谁要说他傻了，他就会把家里的挂钟和收音机给拆卸了，拆完之后，再把每个零件各就各位地安上，收音机照样能说话，挂钟也照旧有板有眼地行走,让我们这些不傻的孩子都佩服得五体投地。我离开小山村多年后,有一次重返故里,在街巷中又看到了傻仁。他分明已经是个大人了,个子高了,眼睛还是那么的明亮。我以为他早把我忘了,谁料他定定地看了我半晌,突然指着我大叫:"妈呀,迟子弹!迟子弹!"说着回头就跑。好像我手里真的端着一杆枪,子弹已经上膛,要把他的脑壳击碎似的。听母亲说,傻仁也死了,听说是冻死的。

最浪漫的一对傻子,是大潘和二潘。他们是一对双胞兄妹。他们的父母是表兄妹,属于近亲结婚。大潘二潘非常能干活,他们夏季时跟着父母去田间劳作,冬季时拉着爬犁上山拉烧柴。他们喜欢手拉着手在林间小路上游荡,采野花啊,折松树枝啊什么的。我们在林间戏耍时常常能看见他们的身影。他们见了我们喜欢"啊啊"地叫着打招呼,很友好。他们形影不离的样子让那些常常会反目成仇的兄弟的家长非常地羡慕,他们都说还不如生对大潘二潘那样的兄妹呢!前些年母亲对我说,大潘的消息她不知道,倒是二潘,她嫁人了,听说还生了一个大胖小子呢!

暮色中的炊烟

炊烟是房屋升起的云朵,是劈柴化成的幽魂。它们经过了火光的历练,又钻过了一段漆黑的烟道后,一旦从烟囱中脱颖而出,就带着股超凡脱俗的气质,宁静、纯洁、轻盈、缥缈。无云的天气中,它们就是空中的云朵;而有云的日子,它们就是云的长裙下飘逸着的流苏。

那时煤还没有被广泛作为燃料,家家户户的火炉吞吃的,自然就是劈柴了。劈柴来源于树木,它汲取了天地万物的精华,因而燃烧后落下的灰烬是细腻的,分解出的烟也是不含杂质的,白得透明。

如果你晚霞满天的时候来到山顶,俯瞰山下的小镇,可以看到一动一静两个情景,它们恰到好处地组合成了一幅画面:静的是一幢连着一幢的房屋,动的则是袅袅上升的炊烟。房屋是冷色调的,而炊烟则是暖色调的。这一冷一暖,将小镇宁静平和的生活气氛完美地烘托出来了。

女人们喜欢在晚饭后串门,她们去谁家串门前,要习惯地看一眼这家烟囱冒出的炊烟,如果它格外地浓郁,说明人家的晚饭正忙在高潮,饭菜还没有上桌呢,就要晚一些过去;而如果那炊烟细若游丝、若有若无，说明饭已经吃完了，你这时过去，人家才有空儿聊天。炊烟无形中充当了密探的角色。

一般来说，早晨的炊烟比较疏朗，正午的隐隐约约，而黄昏的炊烟最为浓郁。人们最重视的是晚饭。但这只是针对春夏秋三季而言的。到了冬天，由于天气寒冷，灶房的火炉几乎没有停火的时候，家家的炊烟在任何时刻看上去都是蓬勃的。这时候，我会觉得火炉就是这世上最大的烟鬼，它每时每刻都向外鼓着烟，它吞吃的那大量的劈柴，想必就是烟丝吧。

炊烟总是上升的，它的气息天空是最为熟悉的了。但也有的时候气压过于低，烟气下沉，炊烟徘徊在屋顶，我们就会嗅到一种草木灰的气息，有点儿微微的涩，涩中又有一股苦香，很耐人寻味。这缕涩中杂糅着苦香的气息，常让我忆起一个与炊烟有关的老女人的命运。

在北极村的姥姥家居住的时候，我喜欢趴到东窗去望外面的风景。窗外是一片很大的菜园，种了很多的青菜和苞米。菜地的尽头，是一排歪歪斜斜的柞木栅栏，那里种着牵牛花。牵牛花开的时候，那面陈旧暗淡的栅栏就仿佛披挂了彩带，看上去喜气洋洋的。在木栅栏的另一侧，是另一户人家的菜地，她家种植了大片大片的向日葵。从东窗，还能看见她家的木刻楞房屋。

这座房屋的主人是个俄罗斯老太太，我们都叫她"老毛子"。她是斯大林时代避难过来的，早已加入了中国国籍。北极村与她的祖国，只是一江之隔。所以每天我从东窗看见的山峦，都是俄罗斯的。她嫁了个中国农民，是个马夫，生了两个儿子。她的丈夫死后，两个儿子相继结了婚，一个到外地去了，另一个仍留在北极村，不过不跟她住在一起。那个在北极村的儿子为她添了个孙子，叫秋生。秋生呆头呆脑的，他只知道像牛一样干活，见了人只是笑，不爱说话，就是偶尔跟人说话也是说不连贯。秋生不像他的父母很少登老毛子的门,他三天两头就来看望他的奶奶。秋生一来就是干活,挑着桶去水井,一担一担地挑水,把大缸小缸都盛满水;再抡起斧子劈柴火,将它们码到柴垛上;要不就是握着扫帚扫院子,将屋前屋后都打扫得干干净净的。所以我从东窗,常能看见秋生的影子。除了他,老毛子那里再没别人去了。

　　那时中苏关系比较紧张,苏联的巡逻机常常嗡嗡叫着低空盘旋,我方的巡逻艇也常在黑龙江上徘徊。不过两国的百姓却是友好的,我们到江边洗衣服或是捕鱼,如果看见界河那侧的江面上有小船驶过,而那船头又站着人的话,他们就会和我们招手,我们也会和他们招手。我那时最犯糊涂的一件事就是:为什么喝着同一江的水,享受着相同的空气,烧着同样的劈柴,他们说的却是另外一种我们听不懂的语言,而且长得也和我们不一样,鼻子那么大,头发那么黄,眼睛又那么蓝?

　　那时村中的人很忌讳和老毛子来往,因为一不留神,就会因此而被戴上一顶"苏修特务"的帽子。她似乎也不喜欢与村中人交往,从不离开院门,只待在家里和菜园中。我到玉米地时,隔着栅栏,常能看见她在菜园劳作的身影。她个子很高,虽然年纪大了,但一点也不驼背。她喜欢穿一条黑色的曳地长裙,戴一条古铜色三角巾。她脸上的皮肤非常白皙,眼窝深深凹陷,那双碧蓝的眼睛看人时非常清澈。我姥姥不喜欢我和她说话,但有两次隔着栅栏她吆喝我去她家玩,我就跃过栅栏,跟着她去了。我至今记得她的居室非常整洁,北墙上悬挂着一个座钟,座钟下面是一张紫檀色长条桌,桌上喜欢摆着两个碟子,一只装着蚕豆,一只装着葵花子,此外还有一个茶壶、一个茶盅和一副扑克牌。这桌子上的东西展现了她家居生活的情态:喝茶,吃蚕豆,嗑瓜子,摆扑克牌。她的汉语说得有些生硬,好像她咬着舌头在说话。她把我领到家后,喜欢把我抱起,放在一把椅子上。我端端正正地坐着的时候,她就为我抓吃的去了。蚕豆、瓜子是最常吃的,有的时候也会有一块糖。我自幼满口虫牙,硬东西不敢碰,而她虽然已是个老人,牙齿却格外地坚实,嚼起蚕豆有声有色的,非常轻松和惬意。与她熟了后,她就教我跳舞,她喜欢站在屋子中央,扬起胳膊,口中哼唱着什么,原地旋转着。她旋转的时候那条黑色的裙子就鼓胀起来了,有如一朵盛开的牵牛花。她外表的冷漠和沉静,与她内心的热情奔放形成了鲜明对比。北极村的很多老太太都缠过足,走路扭扭摆摆的,且都是小碎步;而老毛子却是个大脚片子,她走起路来又稳又快。我那时把她爱跳舞归结为她拥有一双自由的脚,并不知道一双脚的灵魂其实是在心上。

那些不上她家串门的邻居,其实对老毛子也是关心的。他们从两个途径关心着她,一个是秋生,一个就是炊烟了。人们见了秋生会问他,秋生,你奶奶身体好吗?秋生嘿嘿地笑,人们就知道老毛子是硬朗的。而我姥姥更喜欢从老毛子家的烟囱观察她的生活状况,那炊烟总是按时按响地从屋顶升起,说明她生活得有滋有味的,很有规律。大家也就很放心。

冬天到来的时候,园田就被白雪覆盖了。天冷,我就很少到老毛子家去玩了。玻璃窗上总是蒙着霜花,一派朦胧,所以也很少透过东窗去看那座木刻楞房屋了。她家的炊烟几时升起,又几时落下,我们也就不知晓了。

老毛子在冬季时静悄悄地死了,她是孤独地离开这个冰雪世界的。那几天秋生没过来,人们是通过她家的烟囱感觉她出了事的。住在她家后一趟房的人家,每天早晚抱柴生火时,总要习惯地看一眼老毛子的烟囱,结果她连续两天都没有发现那烟囱冒出一缕炊烟,知道老毛子大事不好了。于是喊来她的家人,进屋一看,老毛子果然已经僵直在炕上了。

  从那以后,我再也没有在暮色苍茫的时分看到过那幢房屋飘出炊烟,尽管村子里其他房屋的炊烟仍然妖娆地升起,但我总觉得最美的一缕已经消逝了。

看花的姿态

我是白先勇先生的读者。他的《永远的尹雪艳》和《金大班的最后一夜》，在我眼里就像两棵灿烂的花树。尹雪艳是株梅花，而且是雪光中的，极端的娇艳，又极端的朴素，香气淡淡，久经回味；金大班呢，是一簇夜来香，香气扑鼻，那在月夜下闪烁的花朵，恰如多情的眼，在半梦半醒间，温暖着迷茫的人。梅花不管多么经得起风霜，它终有花容不再的时候；夜来香呢，它也终归有寂灭的一天。可是白先勇先生用那支生花妙笔，让尹雪艳和金大班这两个花树般的人物，获得了地久天长的绚丽。

四月底，青岛的春天正热闹着，白先勇先生来到了中国海洋大学。我刚好在那里给人文学院的学生讲《额尔古纳河右岸》，得以相识。白先生初来青岛，可他似乎并没有特别的兴致看风景，他喜欢待在屋子里。王蒙先生请他出来参加活动时，他才会下楼。天凉时，他披着一件人字呢大衣，天暖时，则是一件中式便服。他闲闲的，淡淡的，似乎与春天有着某种隔膜。

我曾经看过白先生的《树犹如此》，是怀念他的同性朋友王国祥的，写得催人泪下，感人至深。文章中，他多次写到花和树。王国祥离去了，白先生家花园中的一棵高大的意大利柏树也随之枯死，花园

29

荒芜了。那株青烟般消失的树，在花园中留下一个巨大的缺口，这道缺口，被白先生形容为"一道女娲炼石也无法弥补的天裂"，其内心的苍凉之情，可想而知。我想白先生一定是因为看了太多繁华的"春"，胸中弥漫着旧时光中花朵的沉香，才会在春光中如此的超然、安详。

　　但他还是爱花的。海大校园中的樱花开得正盛，那天我们去报告厅，路过一树又一树的樱花，他一再驻足观赏，叹息着："太美了，太美了！"他看花的眼神是怜惜的。三月三，大家到崂山的太清宫去，在一处殿门前，逢着一丛朝霞般鲜润的花朵。我看了一眼，便说："这是芍药。"白先生走过去，大叫："不是芍药，是牡丹啊！"芍药和牡丹虽然在花朵上相近，但叶片却是不一样的。我仔细一看，哦，确实是牡丹。白先勇先生自从将汤显祖的《牡丹亭》搬上昆曲舞台后，对牡丹可谓情有独钟。对于即将要去北京参加青春版《牡丹亭》百场演出的白先生来说，这丛牡丹，无疑是老天为他写就的福音书啊。那丛牡丹姿态灼灼，开得恰到好处，飘洒、浓艳、馥郁，蓬蓬勃勃的，没有一朵呈凋敝之态，白先生啧啧惊叹，连称："不得了，不得了！"我对他说，将来第一百零一场的《牡丹亭》，去哈尔滨演出吧，那儿的市民爱好音乐。白先生笑着说，抗战时，他父亲（国民党高级将领白崇禧）打到了东北，可是蒋介石不让打！他说自己没有去过哈尔滨，当然希望有一天能带着《牡丹亭》到那里演出。

　　今年的哈尔滨酷热难当。这个时候，我会放下笔来"歇伏"，以读书为主。好书是可以带来清凉的。

　　我从书架上将郑愁予先生赠送的三本诗集取下。去年十一月我在香港浸会大学时，郑愁予先生刚好由耶鲁大学到香港大学讲学。愁予先生的诗歌，韵律优美，婉约惆怅，在港台影响极大。他与白先勇先生一样，根扎在台湾，后来到美国发展，执教于名校。愁予先生爱酒，我在爱荷华时，聂华苓老师就跟我讲过他不少"醉酒"的趣闻。

他和他夫人梅芳请我去兰桂坊,我感受到他爱酒之切。在那家俄罗斯人开的酒吧,他先是给我叫了杯鸡尾酒,然后又拉我进"冰屋子",披着大衣,在零下三十多度的环境中,品尝威士忌。梅芳女士悄悄对我说,愁予先生几年前做过心脏手术,医生建议他少饮酒,可他改不了。愁予先生喝酒之后,谈笑风生,出口就是诗,他的热情能把一个冰冷的人都点燃。有一天晚上,他请我和台湾作家刘克襄到港大他暂居的寓所去坐坐,一进去,他就举着一瓶酒对我说:"这是金门高粱酒,给你准备的,你带回哈尔滨吧!"我说我从香港出发,还要到北京开会,托运酒又麻烦,不如喝掉。愁予先生豪爽地说:"就听你的。"梅芳女士早已准备了几样下酒菜,我们围聚到桌旁,喝酒谈天。近午夜时,愁予先生举着杯,邀我到阳台看海。与其说是看海,不如说是赏月,那晚上的月亮实在太明了。海上月光飞舞,好像海上生了一片白桦林。愁予先生无限感怀,轻轻地哼起歌来。那低沉而忧郁的歌儿在月色中回旋,宛如夜鸟的翅膀轻触着花树。

  愁予先生的诗歌意象绮丽,比如他写长城:"长城像一个担夫担着群山,从地平线上彳亍走来。"他写"塔":"塔,乃天问的形式吗?"他写微醺的状态:"微醺是枕着山仰卧,全身成为瀑布;微醺是左手二指拈花,右手八指操琴;微醺,抬头满天的灯,低头满座的美人。"他写花:"百合花的嘴张得太大,像在惊讶。"他有一首诗的名字就叫《寂寞的人坐着看花》,读这首诗的时候,我忽然联想起了白先勇先生,想起他看花时那顾眷的神色。他们俩,虽然年过古稀,但他们身上那种美好的情感,从他们看花的姿态上,可以充分感受得到。

  有一天,聂华苓老师来电,我跟她聊起白先勇和郑愁予,他们都是她的老朋友了,我说:"他们与我们这代人最大的不同,就是他们是风雅的人!"聂华苓叫道:"很对很对!"

  是啊,我们这一代人,传统文化的根基浅,缺乏琴棋书画的浸染,对西方文化的认识也不够深刻。为什么我们可以写出好看的作品，却难写出有大品格的作品？我想是因为我们的文化底蕴还不足，境界还不够深远所致的。我们看花，是用眼睛；而他们看花，用的则是寂寞、沧桑的心。看花姿态的不同，作品所呈现的气象就大不一样了。我愿引愁予先生的几句诗，来为这篇小文作结：

> 我们常常去寺庙
> 常常去无人的海滩
> 常常去上坟
> 献野花给好听的名字

一个人和三个时代

"我是一棵树,根在大陆,干在台湾,枝叶在爱荷华",这是聂华苓先生为她自传体新书《三生影像》撰写的序言。如果说二十世纪是一座已无人入住的老屋的话,那么这十九个字,就是一阵清凉的雨滴,滑过衰草凄凄的屋檐,引我们回到老屋前,再听一听上个世纪的风雨,再看一看那些久违了的脸庞。

我认识聂华苓先生的时候,她已经八十岁了。也就是说,我是先逢着她的枝叶,再追寻她的根的。二〇〇五年,国际写作计划邀请刘恒和我去美国,进行为期三个月的交流和访问。八月下旬,我们从北京飞抵芝加哥,从芝加哥转机到西达拉皮兹时,已是晚上十点了。从机场到爱荷华,还有一小时左右的车程。接我们的亚太研究中心的刘东望说,聂华苓老师嘱咐他,不管多晚,到了爱荷华后,一定带我们先到她家,去吃点儿东西。我和刘恒说,太晚了,就不去打扰了,改日再去拜访吧。刘东望说:"她准备了,要你们一定去,别推辞了。"十一时许,汽车驶入爱荷华。聂华苓就住在进出城公路山坡的一座红楼里,所以几乎是一进城,就到了她家。车子停在安寓(取自聂华苓先生的丈夫安格尔先生的名字)前,下车后,我嗅到了大森林特有的气息,弥漫着植物清香,又夹杂着湿润夜露,是那么的清新宜人。

门开后,聂华苓先生迎上来,她轻盈秀丽,有一双顾盼生辉的眼睛,全不像八十岁的人了,她见了我们热情地拥抱,叫着:"你们能平安到,太好了!"她爽朗的性格,一下子拉近了我们之间的距离。红楼的一层是聂华苓先生的书房和客房,会客室、卧房和餐厅则在二楼。一上楼,我就闻到了浓浓的香味,她说煲了鸡汤,要为我们下接风面。她在厨房忙碌的时候,我站在对面看着,她忽然抬起头来,望了我一眼,笑着说:"你跟我想象的一模一样!"我笑了。其实,她跟我想象的也一模一样!有一种丽人,在经过岁月的沧桑洗礼和美好爱情的滋润后,会呈现出一种从容淡定而又熠熠生辉的气质,她正是啊。应该说,我在爱荷华看到的聂华苓先生的"枝叶",是经霜后粲然的红叶,沐浴着安详的阳光,风采灼灼。

安寓的饭桌,长条形的,紫檀色,宽大,能同时容纳十几人就餐。我和刘恒常常在黄昏时,沿着爱荷华河,步行到那里吃饭。这个时刻喜欢来安寓的,还有野鹿。坐在桌前,可见窗外的鹿一闪一闪地从丛林走出,出现在山坡的橡树下,来吃撒给它们的玉米。鹿一来,通常是两三只。有时候是一只母鹿带着两只怯生生的小鹿,有时候则是竖着闪电形状犄角的漂亮公鹿,偕着几只母鹿。这处红楼寓所又称为"鹿苑",真是恰如其分。鹿精灵似的出现,又精灵似的离去了。华苓老师在苍茫暮色中,向我们讲述她经历过的那些不平凡的往事。夜色总是伴着这些给我们带来阵阵涛声的故事,一波一波深起来的。如今,这些故事,连同二百八十多幅珍贵的图片,完整地呈现在《三生影像》中,让我们循着聂华苓先生的生命轨迹,看到了一个为了艺术为了爱的女人,曲折而绚丽的一生。

《三生影像》分为三个部分:《故园》《绿岛小夜曲》和《红楼情事》。《故园》写的是她的"根"——大陆;《绿岛小夜曲》描绘的是她的"干"——台湾;而《红楼情事》,闪烁着的则是她婆娑的枝叶——

爱荷华，这也是她生命和事业最华彩的乐章。

聂华苓出生于一九二五年，母亲是个"半开放的女性"，气质典雅，知书达理。她嫁到聂家后，直到生下三个孩子，才发现丈夫已有妻儿。英国哲学家罗素，在他关于中国问题的专著中，曾有这样的论断："中国人的性格中，最让欧洲人惊讶的，莫过于他们的忍耐了。"我以为，"忍耐"的天性，在旧时代妇女身上体现得尤为明显。聂华苓的母亲虽说是羞愤难当，闹了一阵子，但最终她还是听天由命，留在了聂家。聂华苓的父亲聂怒夫，在吴佩孚控制武汉的时候，是湖北第一师的参谋长，在军中担任要职。桂系失势之后，聂家人躲避到了汉口的日本租界。旧中国军阀混战的情形，聂华苓的母亲描述得惟妙惟肖："当时有直系、皖系、奉系，还有很多系。你打来，我打去。和和打打，一笔乱账，算也算不清。"聂华苓的童年，就是在租界中度过的。英租界红头洋人的滑稽，德租界买办的傲慢，以及日本巡捕的凶恶，小华苓都看在眼里。有的时候，她会溜进门房，看听差们热热闹闹地玩牌九、掷骰子，听他们讲她听不懂的孙传芳、张作霖、曹锟、段祺瑞，也听他们讲她感兴趣的民间神话故事：八仙过海、牛郎织女、嫦娥奔月。聂华苓的爷爷是个可爱的老头，性情中人，他高兴了大笑，不高兴就大骂。他教孙女写字，背诵唐诗。有的时候，他还会邀上三两好友，谈诗，烧鸦片烟。小华苓常常躲在门外，偷听他们吟诗。"什么诗？我不懂，但我喜欢听，他们唱得有腔有调。原来书上的字还可以变成歌唱，你爱怎么唱，就怎么唱，好听就行了。他们不就是各唱各的调调儿吗？"这段充满童趣的回忆，天然地道出了诗文的本质。从聂华苓先生对故园的描述中，我们可以看到她是如何捉弄爷爷的使唤丫头真君的，看到她因为得不到一把俄国小洋伞而哭得天昏地暗的，看到她如何养蚕，用抽出的蚕丝做扣花、发簪和书签。虽然是在租界中，她的童年生活仍然不乏快乐。然而，聂华苓十一岁的时候，她的父亲,在贵州平越任专员兼保安司令的聂怒夫"殉难",聂家从此失去了顶梁柱,少了往日的欢声笑语。对于父亲的死,聂华苓在书中是这样记叙的:"那是一九三六年,农历正月初三。长征的红军已在一九三五年十月抵达陕北。另一股红军还在贵州,经过平越。"

父亲去世了,母亲艰难地撑起这个家。这个大度而不屈的女性,无疑对聂华苓的性格成因,有着深刻的影响。一九三七年,抗日战争开始,在湖北省立一中读书的聂华苓,跟同学们一道,慰问从抗日前线归来的伤兵,给他们唱歌,代写家书,表演街头剧《放下你的鞭子》。上海、南京相继沦陷后,日机日夜轰炸武汉,每当空袭来临时,母亲就要把几个孩子护在身下,反复念诵《般若波罗蜜多心经》。为了躲避战火,一九三八年,母亲带着孩子,在长江上乘船闯过鬼门关,逃难到了老家三斗坪。在那里,她们一家度过了一段平和恬静的日子。由于三斗坪没有学上,指望着儿女们为她扬眉吐气的母亲,不管女儿多么贪恋那儿的山水,还是毅然决然把她送到了恩施湖北省立女子中学读书。离开亲人的华苓,从此就开始了漂泊生活。伴着飘忽的桐油灯,一群读书的女孩子,苦中作乐。食物匮乏,她们可以从狗嘴下抢下一块腌猪肝,来到农家,将它爆炒,痛快地吃一顿。她们还偷厨房的米饭和猪油解馋。她们三三两两的,在河畔嬉戏。然而,就在那里,也有看不见的斗争。比如生有水红嘴唇的音乐老师,是共产党,她有一天突然失踪了,据说是被国民党捕去了;而有着一双美丽大眼睛的同学闻立武,参与了学生运动,也是地下党。聂华苓从来都不是一个对政治敏感的人,这样的事,都是半个世纪之后,她才知晓的。

一九四〇年,聂华苓初中毕业后,与两位女生,搭上一辆木炭车,踏上了去重庆的旅途。由于盘缠不足,加之战乱,旅途受阻,每天只能吃两个被她们称为"炸弹"的硬馒头。即使这样,女孩子爱美的天性,还是使她们从嘴下省出一点钱,各买了一块花布,自己动手,缝制了一件直筒形的花袍子。辗转到了重庆后,聂华苓通过考试,在国立中央大学外文系读书。楼光来、柳无忌、俞大纲,都是外文系的名教。聂华苓坚实的外语基础,就是在那里打下的。在那里,她与六个性情相投的女孩子结为"竹林七贤",她们在苦读的时候,也不忘到野外玩耍,"去橘林偷橘子,吃了还兜着走,再摘一朵野花插在头上"。《三生影像》第一部分的插图,我最喜欢的,就是一群女学生站在稻田的照片。每个人的头上都插着一朵花,烂漫地笑着。她们的花样年华既有着淑女气和书卷气,又透着股豪气和野气,真是迷人。在重庆,聂华苓与同学王正路谈起了恋爱,虽然十五年后,他们最终还是分手了,但他留给了聂华苓一双可爱的女儿——薇薇和蓝蓝。

抗战胜利后,中央大学在一九四六年从重庆回到了南京,聂华苓在南京又读了两年,终于毕业了。一九四八年底,她和王正路一起到了北平,结为夫妻。那时人民解放军已经占领机场,北平围城开始了。他们的蜜月,是在枪炮声中度过的。北平解放了,聂华苓和王正路离开故土,飞往台湾。

聂华苓出生在大陆,她离开时,已经二十四岁了。她最早的文学熏陶、所受的教育以及世界观和艺术观的形成,与这片土地休戚相关。她用二十四年光阴扎下的这个根,牢牢的,深深的,这是天力都不能撼动的。没有它,就不会有日后挺拔的躯干和繁茂的枝叶。

读《三生影像》的第二部时,我的心是压抑的。那座宝岛,带给我们的,不是风和日丽的人文景象,而是阴云笼罩的肃杀之气。出现在那里的人,雷震、殷海光、郭衣洞(柏杨),一个个雕塑似的,巍然屹立。他们不是泥塑的,也不是石膏镌刻的,他们都是青铜质地的,刚毅,孤傲,散发着凛凛的金属光泽。

聂华苓到台湾后,赶上《自由中国》创刊,杂志社正缺一位负责文稿的编辑,爱好写作的她就应聘去了那里,赚钱贴补家用。《自由中国》是由雷震先生主持的,他一九一七年就加入了国民党,曾担任过国民党政府的许多要职,一九四九年到台湾后,被蒋介石聘为"国策"顾问。而《自由中国》的发行人,是当时身在美国的胡适先生。对于这个刊物,聂华苓是这样说的:"是介乎国民党的开明人士和自由主义知识分子之间的一个刊物。这样一个组合所代表的意义,就是支持并督促国民党政府走向进步,逐步改革,建立自由民主的社会。"显然,这是一份政治色彩浓厚的刊物。对政治并不感兴趣的聂华苓,像这个阵地墙角一朵烂漫的小花,安静地释放着自己的光芒。经她之手,林海音的《城南旧事》、梁实秋的《雅舍小品》,以及柏杨的小说和余光中的诗,这些已成经典的作品,一篇篇地登场了。如果说《自由中国》是一匹藏青色的布的话,这些作品,无疑就是镶嵌在布边的流苏,使它多了份飘逸和俏丽。然而,政治的台风,很快席卷了《自由中国》,因为夏道平执写的《政府不可诱民入罪》,《自由中国》和台湾统治权力者发生了最初的冲突,胡适在此时发表声明,辞去了发行人的角色。其后,又因为一篇《抢救教育危机》,雷震被开除了国民党党籍。一九五五年,国民党发动"党员自清运动",《自由中国》又发出了批评的声音。到了蒋介石七十大寿,《自由中国》在祝寿专号中,批评违宪的国防组织和特务机构时,这本刊物可以说已成为风中之烛。《自由中国》除了发表针砭时弊的社论,也登载反映老百姓民生疾苦的短评,雷震成了台湾岛的"雷青天"。胡适回到台湾后,一九五八年就任"中央研究院"院长。这期间,雷震与志同道合的朋友一起,雄心勃勃地筹组新党。雷震邀请胡适做新党领袖,胡适没有答应。但胡适是支持雷震的,说他可做党员,待新党成立大会召开时,他也会去捧场。我以为,以胡适的政治眼光和看待历史的深度,他是看到了雷震的未来的——不可逃避的铁窗生涯。他没有阻止,反而推波助澜,我想他绝对没有加害雷震的恶意,在他生命深处,真正渴望的,还是做一个自由而有良知的知识分子。徐复观有一篇回忆胡适的文章，他这样写道："我深切了解在真正的自由民主未实现以前，所有的书生，都是悲剧的命运，除非一个人良心丧尽，把悲剧当喜剧来演奏。"这话可谓一语中的。雷震其实就是一面树立在胡适心中的正义和博爱的旗帜，有他，他会受到默默的激励；而当他倒伏时，尽管胡适也是痛楚的，但因为这面旗帜是倒在了心中，他便想悄悄把它掩埋了。胡适自称是个怀疑论者，徐讦在比较新文学运动的领袖胡适和陈独秀时，有过这样精辟的论述："胡适之性格冲和，宽大，平正，陈独秀性格凌厉，独断与偏激。"他指出胡适的性格中有"矛盾性与妥协性"。所以当一九六〇年九月雷震等人以"涉嫌叛乱"的罪名被捕入狱，殷海光等人挺身而出，为雷震喊冤时，胡适隐于幕后，只以"光荣的下场"这句"漂亮话"，打发了世人期盼的眼神。胡适以为他可以苟活，但是他错了。雷震入狱仅仅一年半以后，他在一个酒会致辞时，猝然倒地，带着解不脱的苦闷，去了那个也许是"万籁俱寂"，也许仍然是"众声喧哗"的世界。那一刻，他才真的自由了。

我喜欢《自由中国》的殷海光，这个毕业于西南联大的金岳霖先生的弟子，正气、勇敢、浪漫，充满诗情。受雷震案的牵涉，他虽未入狱，但一直受到特务的监视和骚扰。这个声称"书和花，是作为一个人应该有的起码享受"的知识分子，最初是反对传统的，主张中国未来的道路是全盘西化；可在他苍凉离世前，他顿悟："中国文化不是进化而是演化，是在患难中的积累，积累得异样深厚。我现在才发现，我对中国文化的热爱。"

铁骨铮铮的雷震和傲然不屈的殷海光，最终长眠在"自由墓园"中。以他们的人格光辉，是担得起"自由"这个词的。

我想，聂华苓身上的正直和无私，她男人般的侠肝义胆，古道热肠，无疑受了雷震和殷海光的深刻影响。也就是说，她的躯干，之所以没有在非常岁月中,被狂风暴雨摧折,与他们有形无形的扶助,是分不开的。

一九五一年,聂华苓的弟弟汉仲在空军的一次例行飞行中失事身亡。一九六〇年,她所供职的《自由中国》蒙难,家门外一直有特务徘徊,接着是母亲去世,而她和王正路的婚姻也陷入"无救"状态。此时的聂华苓,可以说是陷入了生命的低谷。但是命运仿佛格外眷顾这位聪明伶俐的女子,就在这个阴气沉沉的时刻,她生命中的曙光出现了。这道光,照亮了她的后半生。

如果说《三生影像》是一首交响曲的话,那么它的前两个乐章,在行云流水中,有着挥之不去的惆怅;可是到了最后的乐章,它却是明快的、热烈的、奔放的。有谁不爱读第三部《红楼情事》呢!

保罗·安格尔先生,在美国是一位与惠特曼齐名的著名诗人,曾被约翰逊总统聘任为美国第一届国家文学艺术委员会委员,并任华盛顿肯尼迪中心顾问。这个马夫的儿子,出身贫寒,热爱艺术,中学时就发表了诗作。大学毕业后,他来到爱荷华大学,以一本《旧土》诗集,成为美国有史以来第一个用文学作品获得硕士学位的人。安格尔经历非凡,当他还在牛津大学读书时,便游历欧洲,结识了很多声名卓著的作家。一九三四年,安格尔创办"爱荷华作家工作坊",一步一步地把它发展为美国文学的重镇。他曾开玩笑地说过:"猎狗闻得出肉骨头,我闻得出才华。"他"闻"出的最出色的才华,就包括美国著名女作家奥康纳。这个修女打扮的怯生生的女孩子,写出的小说诡异神秘,如梦似幻,已成经典。"二战"时临时搭建的简易的营房,就是作家们的教室。安格尔给学生上课时,有的学生带着狗来,还有的甚至用布袋提着一条"咝咝"叫的蛇来。为着作家工作坊,安格尔先生的足迹遍及世界,寻觅着好作家和好作品。他怎么也不会想到,一九六三年的台湾之行,会给他带来永生永世相守的人。我们从安格尔的照片中,可以领略到他迷人的风采。聂华苓是这样描述他的:"第一次看到他,就喜欢他的眼睛。不停地变幻:温暖、深情、幽默、犀利、渴望、讽刺、调皮、咄咄逼人。非常好看的灰蓝眼睛。他的侧影也好看,线条分明,细致而生动。"而安格尔在晚年的回忆录中,写到他初遇聂华苓时的感受,有这样的句子:"台北并不是个美丽的城市,没有什么可看的。但是因为身边有华苓,散发着奇妙的魅力和狡黠的幽默,看她就够了。从那一刻起,每一天,华苓就在我心中,或是在我面前。"他们一见钟情。在此之前,他们是一幅被撕裂了的山水画,各持半卷,虽然也风光旖旎,却没有气韵。直到他们连接在一起,这幅画才活了,变得生动。

他们结婚后在半山坡上筑起爱巢——红楼,他们一起划船,一起喂鹿,一起谈诗,一起举杯,看日落月升。他们在一起,永远有谈不完的话题。

爱荷华这地方,地处美国中西部,人口不多,安详宁静,仿佛世外桃源。按照南非女作家海德的说法,"鸡粪那一类田上的事,可能是报纸的头条新闻",非常适宜写作。一九六七年的一天,划船的时候,聂华苓望着波光粼粼的爱荷华河,忽发奇想,为何不在爱荷华大学原有的写作工作坊之外,再创办一个国际写作计划呢?一个为世界文学的交流和发展做出过不可磨灭的贡献的计划,就这样诞生了。地球上不同肤色、不同种族、不同语言、不同文化背景、不同政治遭遇和生活际遇的作家,在其后的四十年间,以同一个目的,在爱荷华相遇了。我觉得从某种意义来说,这个写作计划,就是文学的"奥林匹克"。这个以文会友的盛会,为消除种族之间的敌视,消除不同社会制度下的人的隔阂,起了积极的作用。难怪一九七六年,安格尔和聂华苓因为这个写作计划,而被提名为诺贝尔和平奖的候选人。

在爱荷华这个文学大家庭里,我们看到了丁玲紧握苏珊·桑塔格的手；看到了以色列作家从最初坚决不肯与德国作家交往，到临别时主动与他们推心置腹地交谈；看到了伊朗女诗人泰皓瑞与罗马尼亚小说家易法素克之间临别之际爆发的深沉的爱恋。曾获得过诺贝尔文学奖的波兰诗人米沃什，爱尔兰诗人希尼，都曾是这里的座上宾。而上届诺贝尔文学奖得主，土耳其的帕慕克，也是国际写作计划邀请过的作家。

但作为中国人的聂华苓，对于身居海外仍然坚持用母语写作的她来说，那些用汉语写作的作家，才是她魂牵梦系的。国际写作计划在四十年间，共邀请世界各地作家一千二百多位，其中用汉语写作的作家，就占了一百多位。一九七九年中美建交后，萧乾成为第一位被邀请到爱荷华的中国作家。从他开始，中国作家的身影就不断地出现在那里。我们常常听聂华苓满怀深情地讲起到过这里的华文作家的一些逸事。那座红楼，留下过这样一些杰出作家的足迹：丁玲、王蒙、汪曾祺、艾青、萧乾、吴祖光、茹志鹃、陈白尘、徐迟、冯骥才、张贤亮、邵燕祥、柏杨、白先勇、郑愁予、余光中、杨逵、痖弦、谌容、王安忆、陈映真、阿城等。是她，最早为新时期中国文学中最为活跃的作家，打开了看世界的窗口。

聂华苓和安格尔于一九八七年退休，但聂华苓的目光，始终没有脱离她的"根"和"干"，她仍然积极地向国际写作计划推荐华文作家。一九九一年三月，聂华苓和安格尔先生离开爱荷华的家，满怀喜悦地去欧洲，准备领取波兰政府授予的国际文化贡献奖。他们在芝加哥机场转机的时候，安格尔先生猝然倒地，离别了他最不忍诀别的人。他在最后时刻，还是倒在了自己的祖国，倒在了他深爱的人的身边，倒在了他不倦的旅途中，他无疑是幸福的。

安格尔的离去，让聂华苓觉得"天翻地覆"，她也倒下了。但这个豁达开朗的红楼女主人，最终还是倚赖着安格尔对她刻骨铭心的爱，慢慢站了起来。一个在情感上富足的女人,是不会倒在任何命运的关隘的。二〇〇一年,一度与中国中断了的国际写作计划,在聂华苓的努力下,又恢复了。聂华苓对我说,相隔多年,她想一定要请一位在国内外都有影响的,将来能立得住的青年作家来爱荷华,她选择了苏童。时隔几年,她骄傲地对我说:"我没有选错!"苏童之后,又先后有李锐、西川、孟京辉、余华、莫言、刘恒、毕飞宇等中国作家来到爱荷华。也许有人不会知道,中国作家去爱荷华的费用,有很大一部分,是由民间募集而来的。当地一些热爱文学的华人,包括聂华苓自己,为了让国际写作计划中能有中国作家参与,每年都要捐款。而现在,由于经费不足,对中国作家的邀请,又陷入困境之中,这也让她感到深深的无奈。

聂华苓说:"我这辈子恍如三生三世——大陆、台湾、爱荷华。"这"三生",其实也是她经历的三个不同时代。她在大陆度过了战乱中的童年和青年,在台湾经历了国民党的白色恐怖时代。在国际写作计划如火如荼之时,美国也正陷入越战的泥沼,美国国内的反战浪潮一浪高过一浪。虽然说与安格尔结合后,她过上了平静无忧的生活,但是对"根"和"干"的眷恋,对母语的不舍,还是使她这个定居美国的"外国人",有着难言之痛。这种内心的矛盾,使她才情爆发,酣畅淋漓地写出了获得"美国书卷奖"的长篇小说《桑青与桃红》。

像聂华苓这样经历过三个时代风雨洗礼,依然能够笑声朗朗的作家,实在不多见。二〇〇六年,我在香港遇见台湾著名诗人郑愁予先生,与他在兰桂坊饮酒谈天说起聂华苓时,他用了四个字来评价她:"风华绝代。"聂华苓自称是一个有着小布尔乔亚情调的人,她爱憎分明,爱会爱得热烈而纯真,恨也恨得鲜明而彻底。她是一个艺术至上的人,这也就不难理解为什么她父亲死于红军枪下,而她却仍然能够与安格尔合译毛泽东的诗词。台湾因为她这个举动,骂她"亲匪",不忠不孝,背叛父亲的亡灵,以致一度不允许她回台。聂华苓在接受记者采访时说:"我最不关心政治,但政治似乎一直在缠我。"这句委屈话,听起来别样地苍凉。

国际写作计划的前两个半月以各种话题讨论、文学交流、参观及写作为主,后半个月则是旅行,每个作家都可以按个人兴趣自行设计旅程。二〇〇五年十一月,刘恒去了纽约,我去了芝加哥,归国前,我们又回到爱荷华。冬天来了,虽说还没下雪,但天儿已冷了。归国的前一天,我们来到安寓,在山林中拾捡烧柴,抱到红楼的壁炉旁,以备华苓老师生壁炉用。天渐渐黑了,我们生起火,围炉喝酒谈天。谈着谈着,她忽然放下酒杯,引我们来到卧室。她拉开衣橱,取出一套做工考究的中式缎子衣服,斜襟、带扣襻、银粉色,质地极佳。她举着披挂在衣架上的那身衣服,笑吟吟地说:"我已经嘱咐两个女儿了,我走的那天,就穿这套衣服!怎么样?"那套衣服出水芙蓉般的鲜润明媚,我说:"穿上后像个新娘!"她大笑着,我也笑着,但我的眼睛湿了。没有哪个女人,会像她一样,活得这么无畏、透明和光华!

安格尔先生安葬在爱荷华的一座清幽的墓园里,离红楼并不遥远。我记得十月十二日安格尔生日的那天,华苓老师驾车,我们带着他生前喜爱的鲜花和威士忌,一同去看望他。清洗完墓碑,华苓老师将酒洒在墓前,向安格尔介绍着刘恒和我的情况。介绍完,她莞尔一笑,轻抚着墓碑,无限感慨地对我说:"你看,这里很好,很宽,将来把我再放进去就是了。"她已经把自己的名字,提前刻在了碑上。我多么希望上帝紧紧捏住她的那个日子,永不撒手,虽然我知道对于任何人来说,那一天总会来临的。那座墓碑是黑色大理石的,圆形。不过它不是彻头彻尾的圆,而是大半个圆,看上去就像一轮西沉的太阳,在温柔的暮色中,闪闪发光。

第一辑　风雨总是那么的灿烂

年画与蟋蟀

最早迎接年的,不是灯笼、春联和爆竹,而是年画。

我家贴年画总是在腊月二十七、二十八的晚上,这是全家人都要参与的一项最美丽最快乐的劳动。我们把炕擦得又光又亮,将从城里书店买来的卷在一起的年画在炕上展开,随着一股芳香的油墨味飘扬而出,年画那鲜艳的油彩也就扑入眼帘了,让人仿佛在瞬间看见了春天。这时候年画成了太阳,而我们是葵花,我们的脑袋都探向它,沐浴着它散发出的暖人的光泽。我们一张张地欣赏着年画,议论着该把它们贴到哪个屋子的哪面墙上。通常来说,大屋中的北墙是贴年画最重要的位置,因为这面墙最为宽大,而且由南门进得屋子,最先看到的就是这面墙。还有,大屋的炕上住的是父母大人,他们躺在炕上,抬眼就可看到对面的北墙,如果那上面张贴的画不够精彩和悦目的话,想必他们也会觉得压抑的。不过在选择北墙的年画上,爸爸和妈妈常常意见不一。爸爸喜欢那些故事性强的、笔法细腻灵动、色彩雅致的,如《武松打虎》《三打祝家庄》,而妈妈喜欢那些富有民间传奇故事色彩并且画面印有吉祥图案的年画,比如杨柳青年画,那里面要金麒麟有金麒麟,要荷花有荷花,要鲤鱼有鲤鱼,要寿桃有寿桃,这就很符合妈妈的审美观、理想观。我们姊妹三人在他们意见相左时是做评判的,弟弟由于跟爸爸妈妈睡一铺炕,他很有发言权。他要是相中了哪一张,就拿着图钉往北墙摁了,而那画面上基本是些舞枪弄棒的古装画,这遂了爸爸的心意,妈妈却不很高兴,但大人过年原本就是为了哄小孩子过的,妈妈也不说什么,赶紧折中拣上一张《猪八戒背媳妇》的画挤上去,使那带金戈铁马的画面有了点喜庆的气氛。我和姐姐住的屋子,张贴的基本是那些胖娃娃与花朵的年画,当然,有的时候也有人物画,比如《红楼梦》中的《晴雯撕扇》《探春结社》《宝钗扑蝶》《黛玉葬花》等画,还有《草原英雄小姐妹》等。我妈妈不喜欢我们贴《黛玉葬花》,嫌那画面太凄凉。就是表现龙梅和玉荣保护集体羊群事迹的《草原英雄小姐妹》,妈妈也不喜欢,她大约怕我和姐姐也遭遇那样的暴风雪吧。最后上了我们屋子墙壁的,都是些光着屁股的童男童女,他们往往脚踏金麒麟或满载金元宝的船,怀抱红鲤鱼或者大寿桃,脚脖和手腕上套着莹光闪烁的珍珠,脖子戴着金项圈。画的四周又往往环绕着红牡丹和"福"字,看上去热闹而俗气。我最不喜欢年画上印有"福"字,如果它出现在画的边缘倒也可以忍受,倘若画面的中心是一个胖娃娃举着个巨大的"福"字,我就不能容忍了,一定坚持不能上我们小屋的墙。因为除夕贴春联时,所有的门窗都要贴上大大小小的"福"字,这张面孔熟得不能再熟了,已经让人生厌。所以到了正月里,风把门上的"福"字刮掉,狗叼着它,舔舐它背后用面粉打成的糨糊时,我就有一种快感,想着它为了给人昭示好运而忍饥受冻地站着,最终却落到了狗嘴里,实在是开心。

年画被分派好位置后,各就各位就很容易了。通常是父母一手掐着画的一角,一手拿着图钉张贴,而我们坐在炕上帮他们看画与画之间对得齐不齐。我们的眼力有时也出问题,待画贴好了,从炕上跳到地上再仔细一望,原来贴歪了,于是大家就在笑声中重来,这更让人感觉到年的滋味的浓郁。

正月里,家家都挂着花灯,城里的秧歌队也会走上十几里的山路来我们小镇表演。我家挂的灯笼,总是红色的宫灯,而糊灯笼是我的活计。也许因为我是正月十五灯节出生的缘故,而且乳名又唤作"迎灯",所以他们总是把与灯有关的活派给我。很奇怪,我在绣花和缝纫上笨手笨脚的,但糊灯笼却是无师自通,十分娴熟。我知道将红纸裁剪成什么形状,就能恰到好处地糊在灯笼的骨架上。糊的时候还要掌握好松紧度,太紧了容易使灯笼像熟透的果子而绽裂了皮,太松了纸张又容易起褶皱,使它看上去就像生了皱纹,老气横秋的。我糊灯笼的时候,妈妈往往会摆上一盘炸的江米条来犒劳我,我像狗一样用舌头舔着它吃,不敢伸手去抓,怕手沾上油污,弄脏了灯笼。由于爱灯笼,所以年画中出现它的影子,我是不厌烦的,而且只喜欢红色的宫灯,它看上去饱满而又美观。至于走马灯、南瓜灯,我就没有那么热爱了。

有一年学校组织了一支秧歌队,要在灯节的那一天表演秧歌,规定每个成员都要做一盏花灯。我妈妈求人为我做了一盏白菜灯。它的底部用的是白纸,上面张开的叶片用的则是绿纸。这灯白天看上去并不起眼,而一旦晚间点燃了它,它的美就幽幽呈现了。白纸和绿纸的光焰一交融,白纸就泛着柳树新绿的光泽,而绿纸上则仿佛洒满了月光,那种绿柔和而纯净极了。我举着白菜灯扭秧歌的时候,前来观看的家人找不到我,就找那盏白菜灯,一找就找着了,它在众多的灯中显得那么与众不同。我用不着展示自己的舞姿,只需挥动着胳膊,让它跳来跳去就可以了。我听见围观者不时发出对白菜灯的赞叹声,都说它水灵,好看,这让我得意非凡。回家之后,我异想天开地想绘制一幅关于白菜灯的年画,连画的位置都物色好了，就贴到后窗的左侧，这样它与右侧悬挂的月份牌就成了一对姊妹了。我找来一张十六开的白纸，把彩色蜡笔摆好，先用铅笔描画了一个小女孩的形象，让她一只胳膊垂着，一只胳膊举着白菜灯，然后给画涂色。也许蜡笔的质地太粗糙，涂来涂去，灯不像个灯样，女孩也没个女孩样，而蜡笔中鲜润的颜色基本被耗尽了，只剩下那些深色调的，让我好不失望。我做的第一张年画，就付之一炬了。想必火炉也是要过年的，它收留和吞噬它的时候是那么的惬意和畅快。而我的后窗的左侧，仍然是一片空白，那右侧的月份牌，也就只能独自流逝着岁月了。

那时我们一家人最喜欢的娱乐，就是晚间时聚集在大屋的炕上打扑克。我们只穿着背心和短裤，围成一圈。谁输了，谁的嘴唇上就会被粘上用一张纸条做的白胡子。爸爸暗中总是给我们让牌，所以每次都是他挂的白胡子多。我爱倚着北墙，因为这样坐着，肩头上扛的就是年画了。出了正月的年画就不那么鲜亮了，到了夏季，我们拍苍蝇和蚊虫时，又往往给这画增添了污迹。但它毕竟是年画呀，想着这旧的年画总有一天会被新的替代，就觉得日子是有盼头的。我们在年画下打扑克时，还喜欢从菜窖中取出一个青萝卜，把它洗净后切成片，当水果来吃。所以我们家的牌局可称为"萝卜牌局"。口中嚼着脆生生的萝卜，手里握着一把扑克牌，这日子已经足够滋润的了。偏偏还要有锦上添花的事情发生，那就是蟋蟀的叫声，我们管蟋蟀叫"蛐蛐儿"。蛐蛐儿常常在我们打牌的时候，在灶房发出清丽婉转的叫声，好像在为我们伴奏。它们喜欢待在阴湿的水缸旁边，平素你看不到它们的身影，但到了夜晚，它们却像夜莺一样亮开歌喉了。因为蛐蛐儿的学名叫"蟋蟀"，我们那一带的人依据其中的那个"蟋"字，把他和"喜"字联系到一起，所以蟋蟀的叫声就是吉祥的象征了。我打扑克的时候一听到蟋蟀叫，就忍不住要看一眼年画，好像蟋蟀蹦到了年画上,并且要从年画上跳到我的肩头似的。所以我回忆起年画,最先出现在脑海中的并不是色彩,而是声音。那笼罩着蟋蟀叫声的年画,虽然早已飘零了,但今天的蟋蟀仍然会在寂静的夜晚,用它那令我们无比熟悉的歌喉,把三十年前的夜晚给我们"曜曜——"地叫回来。

光明于低头的一瞬

寻石记

我们童年所做的游戏,稍微有点新意的,也不外乎让一个小伙伴扮成白军,我们一伙红军四处去抓他。一抓总能抓得到,他不是藏在柴垛后面,就是躲在狗窝里。每次白军垂头丧气地被捉住的时候,我都要想:白军真蠢啊,怪不得胜利的是红军呢!

这些游戏玩得腻了,有一天我们突发奇想,想砸家里的石头玩。听说石头能砸出火花,火花在白天看时不明显,须等到夜里来砸,才能把那火花看得真切和灿烂。

一般的人家都有一块大石头,是冬季用来腌酸菜的。夏季时,这石头闲在院子里,人们就把它当成板凳来使了。老人们坐在上面吸烟锅,女人们坐在那里补衣裳。有的时候鸡也会跳上去,在上面叽叽咯咯地叫着,好像那石头是它下的蛋似的。

终于有一个傍晚父母去邻居家串门了。我便与几个小伙伴砸家中的那块青石。它方头方脑的,大约有二十斤重吧,我们每砸一下,都要跳起来为迸射出来的银白色火花欢呼一番,直到它被砸碎为止。

次日清晨,我给母亲从被窝中揪出来。她呵斥我:"你给我去找个一模一样的石头回来,要不我就剁掉你的贱手!"那石头我们家年复一年地用着,成了我们的老熟人了,它的破碎自然要让母亲大发雷霆的。

我就不信我找不到一块石头,那样我不就跟白军一样愚蠢了嘛!我穿上衣服冲出家门,朝河岸走去,我印象中水里有大石头。刚到河畔,就见邻村的打渔人在收网,他问我一个小孩子这么早出来干什么,我如实说了。他就告诉我说,河里的石头动不得,石头底下藏着龙,我要是搬了石头,龙就会伸出尖爪子把我钩住。

我想河里的石头动不得,山上峭壁旁的石头应该能让人动的。我朝山上走去。到了那里时,正碰上同村的赤脚医生在采药材。他问我一个小女孩走这么远的路来这里干什么,我说要搬一块石头回家。他就笑着对我说,峭壁旁的石头动不得,它们是山神胸脯上的一块块肌肉,你动一块,等于在山神身上割了一块肉。

既然石头都有它们自己的来历和用场,我就空着手理直气壮地回家了。

母亲根本就不相信她清晨时的一句气话竟然使我独自出去寻石头,更不相信我听到的这些传说。她嗔怪我说:"我看你不用出去找石头了,你自己就是一块石头!"

我真的是石头吗?如果是,我可不想做家中的那块石头。我要做山上的石头听风雨,要做水底的石头亲吻鱼。

撕日历的日子

又是年终的时候了,我写字台上的台历一侧高高隆起,而另一侧却薄如蝉翼,再轻轻翻几下,三百六十五天就在生活中沉沉谢幕了。

厚厚的那一侧是已逝的时光,由于有些页上记着一些人的地址和电话,以及偶来的一些所思所感,所以它比原来的厚度还厚,仿佛说明着已去岁月的沉重。它有如一块沉甸甸的砖头,压在青春的心头,使青春慌张而疼痛。

发明台历的人大约是个年轻人,岁月于他来讲是漫长的,所以他让日子在长方形的铁托架上左右翻动,不吝惜时光的消逝,也不怕面对时光。当一年万事大吉时,他会轻轻松松地把那一摞用过的台历捆起,随便扔到什么地方让它蒙尘,因为日子还多得是呢。而对于中老年人来说,看着那一摞摞用过的台历,也许会有一种人生如梦的沧桑感。

于是想到了撕日历。

小的时候,我家总是挂着一个日历牌,我妈妈叫它"阳历牌",我们称它"月份牌"。那是个硬纸板裁成的长方形的彩牌,上面是嫦娥奔月的图画:深蓝的天空,一轮无与伦比的圆月,一些隐约的白云以及袅娜奔月的嫦娥飘飞的裙裾。下面是挂日历的地方,纸牌留着一双细眯的眼睛等着日历背后尖尖的铁片插进去,完成与它亲密的吻合。那时候我每天最喜欢做的事情就是撕日历。早晨一睁开眼,便听得见灶房的柴火噼啪作响,有煮粥或贴玉米饼子的香味飘来。这基本上是善于早起的父亲弄好了一家人的早饭。我爬出被窝的第一件事不是穿衣服,而是赤脚踩着枕头去撕钉在炕头被架子一侧的月份牌。凡是黑体字的日子就随手丢在地上,因为这样的日子要去上学,而到了红色字体的日子基本上都是星期天,我便捏着它回到被窝,亲切地看着它,觉得上面的每一个字母都漂亮可爱,甚至觉得纸页泛出一股不同寻常的香气。于是就可以赖着被窝不起来,反正上课的钟在这一天成了哑巴,可以无所顾忌地放纵自己。有时候父亲就进来对炕上的人喊:"凉了凉了,起来了!"

"凉了"不是指他,是指他做的饭。反正灶坑里有火,凉了再热,于是仍然将头缩进被窝,那张星期日的日历也跟了进来。父亲是狡猾的,他这时恶作剧般地把院子中的狗放进睡房,狗冲着我的被窝就摇头摆尾地扑来,两只前爪搭着炕沿,温情十足地呜呜叫着。我只好起来了。

有时候我起来后去撕日历,发现它已经被人先撕过了,于是就很生气,觉得这一天的日子都会没滋味,仿佛我不撕它就不能拥有它似的。

撕去的日子有风雨雷电,也有阳光雨露和频降的白雪。撕去的日子有欢欣愉悦,也有争吵和悲伤。虽然那是清贫的时光,但因为有一个团圆的家,它无时不散发出温馨气息。被我撕掉的日子有时飘到窗外,随风飞舞,落到鸡舍的就被鸡一轰而啄破,落到猪圈的就被猪给拱到粪里也成为粪。命运好的落在菜园里,被清新的空气滋润着,而最后也免不了被雨打湿,沤烂后成为泥土。

有会过日子的人家不撕日历,用一根橡皮筋勒住月份牌,将逝去的日子一一塞进去,高高吊起来,年终时拿下来就能派上用场。有时女人们用它给小孩子擦屁股,有时候老爷爷用它们来卷黄烟。可我们家因为有我那双不安分的手,日子一个也留不下来,统统飞走了。每当白雪把家院和园田装点得一派银光闪闪的时候,月份牌上的日子就薄了,一年就要过去了。心中想着明年会长高一些,辫子会更长一些,穿的鞋子的尺码又会大上一号,便有由衷的快乐。新日子被整整齐齐地装订上去后,嫦娥仍然在日复一日地奔月,那硬纸牌是轻易不舍得换的。

　　长大以后,家里仍然使用月份牌,只是我并不那么有兴趣去撕它了,可见长大也不是什么好事情。待到上了师专,住在学生宿舍,根本没日历可看,可日子照样过得一个不错。也就是在那一时期,商店里有台历卖了,于是大多数人家就不用月份牌了。我自然而然地结束了撕日历的日子。

　　我在哈尔滨生活的这几年才算像模像样过起了日子。每天早晨起来的第一件事就是翻台历,让它由一侧到另一侧。当两侧厚薄几乎相等时,哈尔滨会进入最热的一段日子。年终时我将用过的台历用线绳串起,然后放到抽屉里保存起来。台历上有些字句也分外有趣,如一九九三年二月十四日记载着"不慎打碎一只花碗";而二月二十八日则写着"一夜未睡好,梦见戒指断了,起床后发现下雪了";八月二十八日是"天边出现双彩虹,苦瓜汤真好喝"!

　　到了一九九四年的一月十九日,是腊月初八的日子,东北人喜欢这天煮"腊八粥",我在这天的日历上记着:"煮八宝粥。材料:大米、小米、绿豆、小楂子、葡萄干、核桃仁、大枣、花生。"三月三日写着"武则天墓被万人践踏,只因为她践踏了万人"。而七月十一日是"德国队以1∶2败给保加利亚队。保加利亚用火一样的激情焚烧了陈旧的德国战车"(好像引自一位体育记者之言)。

台历有意无意成了我的简易日记本,当然就更加有收藏价值了。

　　不管多么不愿意面对逝去的日子,不管多么不愿意让青春成为往事,可我必须坦然面对它。当我串起一九九五年的台历、将一九九六年散发着墨香气的日子摆在铁皮架上时,我仍然会在上面简要抒写一些我的所作所为、所思所感的。如果能把幼时已撕去的日历一一拾回,也许已故的父亲就会复活,他又会放一条狗进我的睡房催我起床,也许我家在大固其固的那个已经荒芜了的院落又会变得绿意盈门。

　　但日子永远都是:过去了的就成为回忆。可它毕竟深深地留在了心底。当我年事已高,将台历的日子看花了,翻台历的手哆嗦不已时,嫦娥肯定还在奔月。

光明于低头的一瞬

照相去

小学一年级，我入了少先队。那是我们班的第一批少先队员，总共六人，四女两男。班主任侯玉凤老师为了给我们留个纪念，决定在一个礼拜天带我们进城去照相。

我们住在漠河一个叫永安的小山村。它只有一家商店，一家粮店，一家卫生所。要想照相，只能去城里。城离我们说远很远，说近也近。说它近，那是因为我们住的村子地势极高，站在山顶向远方望去，可以影影绰绰看到城的影子。那时常想我要是长着一双长长的胳臂该有多好，一伸手就可以把城揽在怀中，想逛商店就逛了，想看电影就看了，想听汽车的喇叭声就听了。商店里五颜六色的花布、雪白的银幕上演绎的悲欢离合的故事、嘀嘀作响的汽车喇叭声，都是我童年梦寐以求的。别看站在村里能看到城的影子，一旦你走起来，可不是十分八分钟就能赶到的。去城里的路有两条，一条大路，一条小路。大路远，小路近。大路也叫公路，较为宽阔和平坦，路面铺着土黄色的砂石，夕阳洒在路面上，这路看上去就是金色的路了。而小路是从庄稼地里辟出来的，坑坑洼洼、坎坷不平，逢了阴雨天气，泥泞得让人寸步难行，虽然说它比大路要缩短近一半的路途，走的人并不是很多。但我们那次走的却是小路,因为那是个晴朗的礼拜天,小路格外干爽。而且小路两侧是庄稼地和草甸子,能时时与飞鸟和野花相遇,使我们的路途变得赏心悦目。

从小村向城里走去,是从高往低走。原先觉得白云离自己很近,似乎是被风刮跑的白衬衫,一跳脚就能把它抓回来。而出了村子之后,这白云好像是做了错事不敢回家的孩子一样,躲得远远的,让人觉得遥不可及。这时天空就显得格外高远。我们戴着鲜艳的红领巾,唱着歌走在田间小路上。由于我前一夜害了牙痛,一面脸肿了起来,因而有些情绪不高,何况牙仍然隐隐作痛呢!我记得两名男同学穿着白衬衣、蓝裤子,他们一个高,一个矮,高个的眼睛很大,而矮个的眼睛很小,他们在一起,形成了鲜明的对比,就像两个反义词一样。女同学除我之外,都长得水灵灵的,她们在一起,就是含有褒义的近义词了。我那天穿了一件水粉底带白点的上衣,一条天蓝色的背带裤子。上衣的点被阳光映得一闪一闪的,就像水面上跳跃的波光。我们走在小路上的时候,常常能看到在田间劳作的农人,他们有的我们熟识,有的则不认识。熟识的会和我们打招呼:"进城去啊!"这时候玉凤老师就会说:"领学生进城照相去!"

看他们眼睛里流露出的羡慕目光,我们就有了一种说不出的自豪感。不认识我们的人大抵都是城郊的农户,他们会双手拄着农具趁机歇一歇,看着我们走过。当我们走累了的时候,就会在草甸子边坐上一刻,这时女同学的眼睛就不够使了,刚看到红色的百合花,粉色的芍药花又跳出来了;芍药花还没欣赏够,紫色的马莲花又伸着纤细的腰肢蹦了出来;金莲花似乎觉得受到了冷落,它们很快让我们从马莲花身上转移了视线,它们一出现就是一大片,那金灿灿的花朵随风起舞,仿佛那些形态好看而又寓意优美的汉字一样,让人有书写的欲望。

这边姹紫嫣红的野花还没看完全,那边蝴蝶和蜻蜓又凑热闹来了。斑斓的蝴蝶在花间流连一番后,就朝我们几个女同学这里飞来了,我们就大呼小叫着捉蝴蝶,往往是随着它跑了一程,它悠然地飘走了,而我们却因为仰着头不看脚下,一个趔趄跌倒在地。这时老师和男同学的笑声都起来了,我们就有一种害羞的感觉。在玩的时候,我觉得牙不疼了,好像蝴蝶是牙医,它在漫不经心中就治好了我的病。

天越走越亮堂,可是也越走越炎热。我们渴了,见谁家地里长着一片青萝卜,就想偷着拔一个分着吃了解解渴。可是有老师跟着,我们怕挨批评,不敢任意妄为。于是就忍着不看萝卜地,把目光放得远一些,眺望离我们越来越近的城。想着一旦进了城,就可以用妈妈给我的零花钱买几根冰棍吃,既解渴又解馋。

城其实并不是很大,它只有几座小楼,其余的都是板夹泥的平房。城中心有两条主干水泥马路,主要的商店和饭店都集中在此,照相馆就在一家饭店的旁边,是一间蓝色的屋子。吃了冰棍,领略了往来的汽车发出的嘀嘀的喇叭声,侯老师就带我们去了照相馆。我记得照相师傅是个老同志,他把我们摆布了许久,才按动快门。侯老师坐在中央,我们四个女同学分成两对站在她的一左一右,两位男同学则蹲在老师的膝前,这使侯老师看上去像个家长,而我们则像是她的孩子一样。

如今面对着二十八年前的这张黑白合影照片,我不由感慨万千。侯玉凤老师在哪里我已打听不到了,当年同时入少先队的同学也已失去了联系,不知他们如今的日子过得可好?虽然现在拍照片是很容易的事了,且拍的都是彩色照片,但是它们却不能像那次照相一样给人带来美好的回忆。

  我怀念徒步进城去照相的那遥远的一天,怀念那天的阳光、蝴蝶和温柔的风。假如蝴蝶再朝我飞来,我绝不会扑它,就让它落在我的肩头,同我一起看天吧。

光明于低头的一瞬

露天电影

在二十世纪七十年代,山村的孩子大约没有没看过露天电影的。我们那个小镇,可看露天电影的地方有三处,一个是种子站,它就在我们小镇的西头,离它最远的东头的人家走过去,也不过是一刻钟的时间,所以那里一放电影,只有种子站是有灯火的,小镇的房屋都陷在黑暗中,男女老少都被吸引到银幕下了。另两处看露天电影的地方是部队,一个是十三连,一个是十七连。

如果是在种子站的广场放露天电影,那么下午的时候,一些老人就把座位给摆好了。老人们胳膊上挎着一个或两个板凳,抽着旱烟,慢悠悠地朝种子站走去。由于他们眼神差,又大都佝偻着腰,必须要坐在前几排,所以提前把座位占好是必须的了。那些板凳高矮不一、颜色各异地排列在一起,看上去就像一支杂牌军。他们放好板凳,会回家做他们的活计,等到电影快开演了,他们才不慌不忙地踱着步子走来,一副首长的派头。

那些挎着两个板凳占座位的老人,都是有老伴的。而那些孤老头子,拎的则是一只板凳。所以拎一只板凳的瞧不起拎两只板凳的,觉得他们成了老伴的奴隶;而拎两只板凳的又瞧不起拎一只板凳的,觉得他们身边没个人陪着,缺乏派头。我奶奶过世早,我爷爷属于拎一只板凳之列的,但他从来不提前去占座位,他总是在电影开映前才提着板凳过去。他并不急于把板凳放在前排的空地,而是抽着旱烟,先看一会儿扫在银幕上的画面,觉得有趣,就随便找个地方放下板凳;觉得无聊,就挎着板凳放开大步往回走。走的时候他总要大声吐几口痰,好像那些未打动他的画面是几缕不洁净的空气,阻碍他的气息流动了。

有一回我去种子站看电影,远远看见我爷爷提着板凳大步流星往回返,我以为电影不演了呢,一问他,他竟然气呼呼地说,今天演外国电影《死了不屈》,有什么好看的呢!他一向讨厌外国电影,说那些高鼻梁、蓝眼睛的洋人没有什么好货,更何况那电影名也让他生烦,什么叫死了不屈呢,人在人世间辛辛苦苦走一遭,尝遍了苦水,死了还有个不屈的?!听着他牢骚满腹地发着感慨并且大口大口地吐着痰,我觉得他比电影中的人还有趣。其实那部电影叫《宁死不屈》,他把名字记差了。那以后他要是蹙着眉看什么不顺眼了,我就会适时说一句"爷爷,死了不屈",他就不绷着脸了,他笑着用烟袋锅敲我的头,骂我是个调皮捣蛋的丫头,将来肯定不好往出嫁!

露天电影多是在夏天放映的,所以人们来看电影时,往往还拿着根黄瓜或者是水萝卜当水果来吃。当然,人群聚集的地方,也等于是为蚊子设了一道盛筵,所以看电影归来的人的脸被蚊子给叮咬了的占多数。人们在散场归家的途中,往往会一边议论着电影,一边谩骂着蚊子。

看露天电影,还得看天的脸色。它和颜悦色,不下雨,不起狂风,你观赏得也就滋润。而如果看着看着突然落了雨,人们又没有预备雨具的话,那简直就糟糕透顶。人们撤下板凳,纷纷挤进种子站的仓库,孩子哭老人叫的,像是一群难民。而如果遇到大风的天气,悬挂着的银幕被风吹得一皱一鼓的,那上面投映出的风景和人物全都变了形,人看上去不是歪嘴就是折了胳膊,而风景一律哆嗦着,仿佛正经历着一场大地震。所以看电影前,人们往往还要观察一下天,若是晚霞满天,炊烟笔直,去的人就多;而如果阴云密布,风声萧瑟,去的人就少了。

另两处看露天电影的地方,都不在我们小镇,它们是驻扎在山里的部队,一个离我们稍近一些,有五六里的样子,是十七连;另一处则要远很多,在打石场那一带,距离我们起码有十五里的路途,是十三连。老人们是绝不会去这两个连队看电影的,他们的腿脚经不起折腾了。而大人们就是去的话,也是选择十七连的时候多。能够去十三连的,都是如我一般大的孩子。大家相邀在一起,沿着公路,走上一两个小时,到达连队时已是一身的汗,而电影往往已过半场,看得个囫囵半片的。回来的时候呢,山路上阴风飒飒,再赶上月色稀薄的夜晚,森林中传来猫头鹰的叫声,我们就会被吓得一惊一乍的,得手拉着手行走才觉得心不慌。所以一去十三连看电影,就有小孩子回来后生病。高烧后说胡话照理是正常的,可家长们非说是走夜路时撞上了鬼,至于鬼长得什么样,想必他们也是不知道的。所以一说去十三连看电影,家长都不乐意,我们只有偷着去了。如果运气好,我们可以拦截到捎脚的车辆,顺路把我们丢在采石场,从采石场再抄着茅草小路去十三连,就很近了。可这样的运气很少光顾到我们身上,车辆不是装载着货物,就是虽然闲着,只能挤上一两个,大家不愿意分开,索性谁都不上;再不就是车是有地方的,可司机怕拉了一车孩子,万一出了事故,负不起这个责任,而加大油门从我们身边呼啸而过,扬长而去,将我们远远甩掉。但也有好心的司机,觉得一群孩子千里迢迢地去看电影怪可怜人的,就先送一批到采石场,然后掉转车头,回来再接一批,但这样的运气跟月亮旁的彩云一样,难得一见。

因为驻扎在我们小镇附近的这两个连队经常放电影,我曾经认为世界上过着最幸福生活的就是那些当兵的人。连队的战士格外欢迎孩子们来看电影,他们会把自己的板凳让给我们坐,还会用茶缸端来热水给我们喝。当然,战士们对待那些十七八岁的女孩的态度,比对待我们这些十一二岁的毛头小孩更要热情,他们喜欢围坐在大姑娘身边看电影,至于他们的眼睛盯的是银幕,心里想的又是什么,只有天知道了。

我们家的邻居有一个姑娘,叫青云,青云是个大姑娘了,她喜欢去十七连看电影。凡是有关电影的消息,最早都是她发布的。因为十七连的战士跟她很熟。要放电影了,总有人给她通风报信。她个子很高,腰肢纤细,头发又黑又亮,喜欢梳两条大辫子。她眼睛不大,眉毛浅浅淡淡的,肤色白里透粉,非常有韵味。如果不是因为她的嘴生得有些大,她可以称得上是一个美人。她带着我们去十七连看电影时,神情中总是带着几分得意,好像回她的娘家似的理直气壮的。到了电影开演的时候,她往往看着看着就不见了。我们都以为她去小树林解手去了,可她一去就不回来,直至剧终。所以若问她电影演了些什么,她只能说出个大概。

爱上青云家的,是小钟和小李,他们总是结伴而来。小李好像是部队的文书,不太爱说话,又黑又瘦的。小钟呢,他不胖不瘦,浓眉大眼,肤色跟青云一样白皙,在十七连当伙夫,所以有时他会偷上一些豆油带给青云家。青云一烙油饼的时候,我就想一定是十七连的人又给她送豆油来了。青云那时中学毕业,在家务农,那一年的秋天她去看护麦田,得了尿毒症,住进医院,不久就死了。她死的时候小钟正回南方探家,他回来后并不知道青云已是另一个世界的人了。而一直在连队没有下山的小李也不知情。等到又要放电影的时候,小钟和小李来到青云家,听说了青云的事后,两个人都呆了,小钟还落了泪。人们依据泪水,判断青云跟小钟是一对,小李只不过是个陪衬罢了。

　　青云没了，我们得知电影消息的源头也就断了。从那后，我们很少到十七连去看电影了。不久这个连队就换防到别处去了，他们留在营地的，不过是几顶废弃的帐篷。我们采山经过那里的时候，总要看看那两棵悬挂着银幕的大树，当时树间的那方白布曾上演过多少动人的故事啊。树还在，故事也在继续，只是演绎着这故事的人已经风云四散、各自飘零了。

第一辑　风雨总是那么的灿烂

看不见的邮差

去年夏天,我给家里接上网线后,第一件事,就是请单位的同事,帮我申请了一个免费邮箱。我写的第一封信,是给聂华苓老师的。在此之前,因为我不上网,几乎每隔半个月,她就要从美国打来电话,关切地询问近况。

那天晚上我把信发出去后,有点儿忐忑不安的,心想鼠标只那么轻轻一点,信就会长着翅膀翻山越海吗?

清晨起来,我奔向电脑,查看是否有回音。天啊,信箱里果然有聂老师的回信,她的第一句话是:"你也终于用网络了,太好了!"

没花一分钱,一封到美国的信,瞬间就抵达了,这使我觉得网络就是个魔术师,神通广大。

未上网前,我写好了稿子,若是短的,便在电脑上打印出来,去邮局寄掉。若是长的,就拷在软盘里,寄盘。我还记得,二〇〇五年我在青岛修改完长篇《额尔古纳河右岸》,寄给《收获》杂志的,就是一块薄饼似的软盘。

去邮局,是我最快乐的时光。寄完稿,我就顺路逛商场、副食店、花店、音像店或是点心铺子。有的时候懒得做饭了,就赶到饭时出门,完事后找家餐馆,舒舒服服地吃上一顿。

上网后,无论是长稿短稿,都可以用伊妹儿发出了。报纸的采访,往往需要配发作者照片。以往我会寄上一张照片,并在后面标记上"用后请奉还",麻烦得很。现在呢,请人把照片扫描了一些,放在自己的图片库里,哪里需要,就选一张把它派发到哪里,非常便捷。而且,新书出版前,你可以事先看到美编设计的封面,有不满意的,能够及时沟通和修正。而从前,出版社因为我不上网,让我看封面时,只得出一份打样,发特快专递过来。

二十多年前,我师范毕业,分配到故乡的山村学校教书。因为爱好写作,常有投稿,所以每天最盼望的,就是邮差的到来。那个邮差姓田,是个热心人,很善良。由于他是个歪脖子,头总是拧向一侧,他骑着墨绿的邮车行进在山间公路时,我常担心他会因为看不到正前方,而被迎面驶来的汽车撞上。从县城到我们山村,十来公里的路吧,他通常是上午九点多钟到。如果我的语文课恰好在第一节上完了,我便会在路口迎他。如果有我的信,他就会从自行车下来,从邮袋中取出信,递给我。如果那信薄薄的,他就笑着,以为我收到了用稿通知;如果是厚厚一沓,他大概猜测到那是退稿,同情地看着我,尴尬地笑笑,好像责备自己不该把坏消息带给我。我觉得这个邮差了不起,他不看大家都看的路,却依然走得稳稳当当的,从无闪失,说明眼前的那条路,他已熟稔于心。走上它时,只需轻轻一瞥,就能畅通无阻。能够在大路上用目光"别开蹊径",去瞭望别人不曾看到的"旁逸斜出"的美景,真乃神人啊!

有了网络,像田师傅这样的山村邮差,会渐渐失业了。我们的信件,在几秒钟内,不需辗转,就可以走遍世界。网络中有一个看不见的邮差,可以二十四小时为我们服务,随时准备出发。虽然是方便到家了,可有的时候,我还是怀念去邮局寄稿的日子。因为在返回的路上,你若买了点心,就可以边走边品尝;买了书,走累了,完全可以坐在街心花园的长椅上,先睹为快;而若买了花,又逢了雨,那束花,无疑就有了露珠。

光明于低头的一瞬

风雨总是那么的灿烂

　　我已经有五年多没有乘汽车在山间公路上旅行了。这次与弟弟陪母亲去漠河看望姥姥，一家人在选择出行工具上意见相左。弟弟坚持要找个友人的汽车，说是方便快捷；母亲呢，她说晕汽车，执意要乘火车。其实我心里清楚，五年前我爱人出的那场车祸，是她心中永久的隐痛，她憎恨汽车和公路，所以每当我外出要乘汽车时，她总是找种种借口予以阻止。其实汽车和公路是没有过错的，过错的是命运。
　　我说服了母亲，于是，中秋节后的第二天，我们乘汽车从塔河出发了。
　　从塔河到漠河，大约三百公里。三年前开通的水泥铺就的塔漠公路，不像以前坑洼不平的砂石路那么难行，很好走。大兴安岭正值深秋，穿行在林海中，等于看一幅长轴的山水画卷。绿了一春一夏的树，终于熬黄了脸，在秋风中簌簌落着叶子。天气不好，初升的太阳露了一下头，一耸身就不见了，好像天庭里有什么要紧事等着它去，懒得照拂人间。乌云翻卷着，森林暗淡了，不久，落起雨了。阴郁的天气让母亲情绪低沉，车刚过绣峰，她就唤司机停车，顶着雨在路边呕吐。看着她被折腾得脸色灰黄，我非常后悔让她乘汽车出行。

按照原来的打算,我们到达漠河后,先顺路去观音山进香,然后再到北极村。出发前,家人往后备箱里装捎给亲戚们的熏鸡和烤鸭时,我曾说,载着它们去观音山,是对菩萨的不敬,不如到了北极村后再去。可母亲觉得路过观音山而不下车,是更大的不敬。母亲信奉佛教,每逢初一和十五,我和弟弟都陪着她吃素。去年开光于漠河的观音,没有殿堂的护卫,朝拜它,当然是晴朗的日子最好。可是我们所经之路,不是越来越明媚,而是越来越阴晦。车到蒙克山时,雨声激昂,溅在挡风玻璃上的雨滴,豆粒般大,它们把我心击打得阵阵下沉,这满天的乌云,是没有开晴的迹象的,到了观音山,怎么烧香呢?森林里雨雾蒸腾,我们不得不放慢车速。母亲呕吐的频率越来越高,车到阿木尔时,她已经吐了十几回了。她哼唧着埋怨我们:我说坐火车吧,你们非让我坐汽车!她的声音是委屈的,无助的。我安慰她,回程时一定陪她乘火车,不让她受这份罪,她有气无力地应了一声。

乌云毕竟是乌云,不管它们多么来势汹汹,终要溃败。快到漠河的时候,雨小了,天色也明朗了一些。正午过了西林吉,我们很快就到了观音山下。母亲恹恹无力地对我们说,今天不去拜菩萨了,明天去。这也正合我的心意,我不愿意后备箱里的荤腥,玷污了佛门净土。

终于到了北极村,到了我的出生地。姥姥见到面色惨淡的母亲,心疼得直落泪。前年,姥姥轻微中风,一度不能起床。现在她拄着拐棍,能自如地行走了,可见恢复得不错。母亲见姥姥面色红润,精神矍铄,她的神色也开朗了,吃过饭就和姥姥偎在火炕上聊家常。看着六十多岁的母亲在八十多岁的姥姥面前像小孩子一样地乖,我心里忍不住想笑。

我们安稳地睡了一夜,可乌云却没有合眼,清晨起来,满天还是它们的阴影。吃过早饭,八点多钟,弟弟就张罗着去观音山。我担心中途下雨,劝他等天放晴了再走,可弟弟却满怀信心地说到了那里天就会晴了,好像他是个星象家。于是,我们上路了。汽车一驶出北极村,就遭遇山林间的大雾,我们打亮车灯,减速慢行。我埋怨弟弟出来早了,他一声不吭,眼里也现出担忧的神色。观音山离北极村只有三十多公里,真是奇怪,走出二十多公里后,雾气骤然疏朗了,天色也明朗了,接近观音山时,乌云迅疾地退去,等我们下车的时候,一场夺目的晴朗在天庭爆发了。天色变得湛蓝,厚厚的乌云化作了薄薄的白云,太阳激情四射地喷薄而出,朗照着山林。我们喜悦地走向观音的时候,晴天白日中,弟弟的鼻子竟淋上了一滴雨,看来他与佛是有缘的。

端坐于松林中的一体化三尊的汉白玉的观音圣像,是海南三亚南山海上一百零八米观音的原身像,十点八米高。大佛落成后,很多城市都想奉请观音原身像,但南山观音苑的信众最终还是选择了漠河。三亚在中国最南端,而漠河在中国最北端,观音南北相望,佛音万里相传,可谓吉祥如意。

这一体化三尊的观音圣像,头顶金轮,通体洁白,好像三支透明的蜡烛,为着需要光明的人而熊熊燃烧着。这三面观音,一面持箧,一面持莲,另一面持珠,神态庄严,仪态洒脱。当我们走到持莲观音面前时,东方的天际正有一片片云彩飞过,云与日交错的瞬间,白云幻化为一团连着一团的彩云,将圣像映照得一片金红。我们惊喜地叫道:"出佛光了!"母亲带着我们,俯地叩拜。

我去过一些名山古刹,也曾在幽幽梵音中进香,但心却脱不了迷茫。可是这屹立在北极的观音圣像,却让我无比的感动,无比的安宁。那仙乐一般飘来的彩云,恍如猩红的袈裟,将山河点染得一派绚丽。秋风变得柔软了,萧瑟的山林也变得暖意融融。能够栉风沐雨、披霜挂雪的观音,才能够真正体味人世的甘苦,普度众生。在极北漆黑的长夜里,它就是落在大地的明月;而在芬芳的白昼中,它就是拾取光明的宝盒。风雨雷电,它气定神凝;朝霞彩虹,它微笑如常。它是凝固了的时间,无始无终;它是浓缩了的宇宙,地久天长!

烧完香,我的眼前仍是一团一团的红,直到下山。回程的路上,天又阴了,雨滴落了下来。老天似乎只给了我们一个晴朗的瞬间,让我们体味佛法的无边。因为领略了最壮丽的风云,眼前的风雨,突然间变得灿烂起来。其实风雨也是上苍赐予我们的甘霖,它可以升华苦难、化解悲伤,教人以慈悲心对待尘世的荣辱。人生哪有一路的晴朗?波折起伏,最能修习心性;动荡颠簸,才会大彻大悟。

在北极村停留三天后,我们向回返了。我问母亲是否要乘火车,她神秘地笑着说,她再不会晕车了,欣然与我们同行。阳光热情奔放地在前方引路,车子开得很快,母亲竟然一点也没有晕车。她望着风景,不停地说说笑笑,与去的时候简直判若两人。我们顺利到达塔河后,我问她为什么状态这么好,她喜滋滋地说:"那还用说,都是观音菩萨保佑的!"

光明于低头的一瞬

花季的乞讨

我喜欢薄雾与微风。它们就仿佛是上帝伸向我的一双仁慈温柔的手,让我那颗在凡尘中日渐疲惫的心能得到滋润和安抚。

薄雾和微风总喜欢在有山有水的地方生成,这些纯美的事物从不愿意把城市作为落脚点。一九九八年初秋,我在桂林游漓江,不期与隐隐的薄雾和微风相遇。游艇在江面上缓缓而行,我站在甲板上,眺望两岸苍翠的山、嶙峋的岩石,感受着清凉的微风,怡然自得。然而船行不久,经过一个寨子时,船尾的水面突然涌现出一片白花花的人头,那些游水的孩子一边追逐着船,一边举着胳膊朝船上的游客"行乞"。有好事者或者是动了恻隐之心的人,就把一些面额不等的纸币抛进水里,引得这些孩子疯狂地争抢。看着他们抢钱时溅起的那一团团蓬勃的水花,我觉得它们是那么的刺眼。我的心为之一沉,再也感觉不到薄雾与微风的美好了。漓江在我眼里也因此黯然失色。我是多么希望水面突然绽开的是一片盛开的白莲,而不是孩子们那一颗颗乞讨的头颅啊。

前年在大连,港务局的朋友请我们一行人吃宵夜,从餐馆出来,已是凌晨了,我们在灯火阑珊的大街上散步。忽然,我觉得衣襟被人扯了一下,回身一看,见是一个五六岁模样的小女孩,她头发散乱、衣衫破烂地向我伸出一双乞讨的手。我见她形单影只，以为她是流落街头的孤儿，正欲施舍之时，朋友拉住我，说这小女孩的身后，肯定跟着一位"家长"。我们回身眺望，果然发现了一条正驻足观望着我们的人影。原来小女孩是大人放出的"诱饵"！

最让我吃惊的是在我居住的城市哈尔滨，在冰天雪地的闹市街头，我曾目睹一个男孩竟然赤裸着上身跪在地上行乞。看着他在寒风中咬紧牙关低垂着头宛若一尊雕像的凝然神情，我的心再一次被刺痛了！

看到这些处于花季的儿童行乞，我想起了鲁迅先生的那句话"救救孩子！"。的确，是该救救孩子的时候了。当有人为着金钱而把儿童推到前台，让他们做"招揽"，来榨取人的同情心的时候，其实是等于把一个孩子送到了断头台上。尽管我们的社会由于贫富差距的拉大使一些家庭和孩子面临着种种的生活问题，我们也不该让孩子过早地泯灭天真、良知和尊严，走向灵魂的"死亡"。我不希望他们长大成人后连欣赏薄雾和微风的情怀都丧失殆尽。虽然我明白，薄雾和微风比之金钱要虚无缥缈得多，可是当一个人的灵魂是死水一潭时，他真的是一无所有了。但愿这样近乎"残酷"的行乞不再出现在我们的视野之中。

寒冷也是一种温暖

年是新的,也是旧的。因为不管多么生气勃勃的日子,你过着的时候,它就在不经意间成了老日子了。

在北方,一年的开始和结束都是在寒冷时刻,让人觉得新年是打着响亮的喷嚏登场的,又是带着受了风寒的咳嗽声离去的。但在这喷嚏和咳嗽声之间,还是夹杂着春风温柔的吟唱,夹杂着夏雨滋润万物的淅沥之音和秋日田野上农人们收获的笑声。沾染了这样气韵的北方人的日子,定然是有阴霾也有阳光,有辛酸也有快乐。

我每年的日子,大抵是在写作和旅行中度过的。

六月,我去了梦想的国度——俄罗斯。这十几天的旅行对我的震撼很大,我记得午夜时分涅瓦河上的灿烂落日,记得红场上不熄的火炬,记得莫斯科特列季亚科夫美术馆那些深沉静美的大师画作,记得贝加尔湖上的清风和俄罗斯草原上的金黄色的雏菊。这些画面如今回忆起来,仍然让我心旌摇荡。

故乡是我每年必须要住一段时日的地方。在那里,生活因寂静、单纯而显得格外地有韵致。八月,我回到那里。每天早晨,我做的第一件事就是拉开窗帘,打开窗,看青山,呼吸着从山野间吹拂来的清新空气。吃过早饭,我一边喝茶一边写作,或者看书。累了的时候,随便靠在哪里都可以打个盹,养养神。大约是心里松弛的缘故吧,我在故乡很少失眠。每日黄昏,我会准时去妈妈那里吃晚饭。我怕狗,而小城街上游荡着的威猛的狗很多,所以我走在路上的时候,手中往往要攥块石头。妈妈知道我怕狗,常常在这个时刻来接我回家。家中的菜园到了这时节就是一个蔬菜超市,生有妖娆花纹的油豆角、水晶一样透明的鸡心柿子、紫莹莹的茄子、油绿的芹菜、细嫩的西葫芦、泛着蜡一样光泽的尖椒,全都到了成熟期。不过这些绿色蔬菜只是晚餐桌上的配角,主角呢,是农人们自己宰杀的猪,是刚从河里打捞上来的野生的鱼类。这样的晚餐,又怎能不让人对生活顿生感念之情呢?吃过晚饭,天快黑了,我也许会在花圃上剪上几枝花:粉色的地瓜花、金黄色的步步高或是白色的扫帚梅,带回我的居室,把它们插入瓶中,摆在书桌上。夜深了,我进入了梦乡,可来自家园的鲜花却亮堂地怒放着,仿佛想把黑夜照亮。

如果不是因为十月份要赴港,我一定要在故乡住到飞雪来临时。

我去过香港两次,但唯有这次时间最长,整整一个月。浸会大学邀请了来自美国、尼日利亚、爱尔兰、新西兰、肯尼亚等国家和台湾地区的八位作家,聚集香港,进行文学交流和写作,这一期的主题是"大自然和写作"。为了配合这个主题,浸会大学组织了一些亲近大自然的活动,如去西贡西湾爬山,去大屿山的小岛看渔民的生活,去凤凰山以及湿地公园等。香港的十月仍然炽热,阳光把我的皮肤晒得黝黑。运动是惹人上瘾的,逢到没有活动的日子,我便穿着一身运动装出门了。去海边,去钻石山的禅院等。有一天下午,我外出归来,乘地铁在乐富站下车后,觉得浑身酸软,困倦难当,于是就到地铁站对面的联合道公园睡觉去了。别看街上车水马龙的,公园游人极少。我躺在回廊的长椅上,枕着旅行包,听着鸟鸣,闻着花香,睡着了。等我醒来的时候,太阳已经向西了,我听见有人在喊"迟——迟——",

原来是爱尔兰女诗人希斯金,她正坐在与我相邻的椅子上看书呢。我有些不好意思,因为在国外,蜷在公园长椅上睡觉的,基本都是乞丐。

在香港,我每天晚上跟妈妈通个电话。她一跟我说故乡下雪的时候,我就向她炫耀香港的扶桑、杜鹃开得多么鲜艳,树多么的绿等等。但时间久了,尤其进入十一月份之后,我忽然对香港的绿感到疲乏了,那不凋的绿看上去是那么苍凉、陈旧!我想念雪花,想念寒冷了。有一天参加一个座谈,当被问起对香港的印象时,我说我可怜这里的"绿",我喜欢故乡四季分明的气候,想念寒冷。他们一定在想:寒冷有什么好想念的?而他们又怎能知道,寒冷也是一种温暖啊!

十一月上旬,我从香港赴京参加作代会,会后返回哈尔滨。当我终于迎来了对我而言的第一场雪时,兴奋极了。我下楼,在飞雪中走了一个小时。能够回到冬天,回到寒冷中,真好。

年底,我收到了一份沉甸甸的礼物,是艾芜先生的儿子汤继湘先生和儿媳王莎女士为我签名寄来的艾芜先生的两本书《南行记》和《艾芜选集》,他们知道我喜欢先生的书,特意在书的扉页盖了一枚艾芜先生未出名时的"汤道耕印"的木头印章。这枚小小的印章,像一扇落满晚霞的窗,看上去是那么的灿烂。王莎女士说,新近出版的艾芜先生的两本书,他们都没有要稿费,只是委托新华书店发行,这让我感慨万千。在我们这个时代,那些垃圾一样的作品,通过炒作等手段,可以获得极大的发行量,而艾芜先生这样具有深厚文学品质的大家作品,却遭到冷落。这真是个让人心凉的时代!不过,只要艾芜先生的作品存在,哪怕它处于"寒冷"一隅,也让人觉得亲切。这样的"寒冷",又怎能不是一种温暖呢!

原来姹紫嫣红开遍

——关于年货的记忆

我对年货的记忆,是从腊月宰猪开始的。

三四十年前,大兴安岭山林小镇的人家,没有不养猪的。一般的人家是春天抓猪仔,喂上一年,不管它长多大,进了腊月门,屠夫就提着刀,上门要它们的命了。猪挨宰时嗷嗷叫着,乌鸦闻着血腥味,呀呀叫着飞来。不过好的屠夫,会让它连一滴血都尝不着。血被接到盆里,灌了血肠吃了!猪被大卸八块后,家家会敞开肚子吃顿肉,然后把余下的作为年货,存在仓房的大木箱里。怕它风干了味道不好,人们在储肉箱里撒上雪。大兴安岭不趁别的,就趁雪花,你想撒多少就撒多少。有的人家图省心,干脆把肉埋在院子的雪堆里。可是吃的时候去拿,发现肉少了!在黑夜里做强盗的不是人,而是那些会倒洞的黄鼠狼!它们有拖走东西的本事。

有了猪肉,除夕夜的肉馅饺子就有了主心骨。可光有肉还不行,那夜的餐桌上,还必须有鸡,有鱼,有豆腐,有苹果,有芹菜和葱。鸡是"吉利",鱼是"富余",豆腐是"福气",苹果是"平安",芹菜是"勤劳",葱则是"聪明",这些一样都不能少!过年不能吃酸菜,说是"辛酸",白菜也不能碰,说是"白干"。

腊月宰过猪,就得宰鸡了。宰猪要请屠夫,宰鸡一般人家的女主人就能做。鸡架在霜降时,就从院子抬进了灶房,跟人一起生活了。这些过冬的鸡,基本都是母鸡,养它们是为了来年继续生蛋,而鸡架的大公鸡,不过一两只,主人留它们,是为了年夜饭,所以只能活半冬。公鸡死后,我们会把它身上漂亮的羽毛拔下来,以铜钱为垫,做鸡毛毽子,算是女孩子献给自己的年礼吧。

年三十餐桌上的鱼,通常是冻鱼、胖头鱼、鲅鱼、刀鱼之类。这是供给制时代,能够买到的鱼。做鱼不能剁掉头尾,说是"有头有尾",年景才好。女主人的菜刀要是不慎伤及头尾,就会很慌张,担心未来的日子起波折,所以过年时的菜刀不敢磨得太快。在鱼身上,除了防菜刀,还得防猫。闻着腥的猫,两眼放光,你一不留神,大半条鱼就被它消灭了!所以很多人家的猫,这时会被关在小黑屋。人在过年,猫在受苦,它的忧伤可想而知了。

有没有吃到鲜鱼的可能呢?那得看家中男主人捕鱼的本领和运气了。在冰河凿口冰眼,下片渔网,有时能捕到葫芦籽和柳根鱼。这类鱼都不大,上不了席面。谁要是捉到鲶鱼和花翅子,那就是中了彩了!这种能镇得住除夕宴的鱼,会让从冰河回家的男主人腰杆挺直,进屋后有老婆的热脸迎着,有热酒迎着。只是这样走运的男人很少,绝大多数都是如我父亲一样的人,空手而回。

比起鲜鱼,豆腐就很容易获得了。我们小镇有两爿豆腐房,得到豆腐除了用钱,还可用黄豆换。一般来说,换干豆腐,比水豆腐用的黄豆多。男人们扛着豆子去豆腐房时,你从他们肩上袋子的大小上,就能看出这家过年需要多少豆腐。莹白如玉的水豆腐进了家门,无非两种命运,一种切成小方块进了油锅,炸成金黄的豆腐泡,另一种则直接摆在户外的木板上,等它们冻实心了,装进布袋,随吃随取。

除夕宴上的葱,是深秋储下的。葱在我眼里是冬眠的菜蔬,它在零下三四十度的严寒中,看似冻僵了,可是进了温暖的室内,你把它扔在墙角,一夜之间,它就缓过气来,腰身变得柔软了!又过几天,它居然生出翠绿的嫩芽了,冻葱变成水灵灵的鲜葱了!至于芹菜,它也来自园田,不过它与葱不同,要是挨冻,就是真的冻死了!芹菜秋天时割下来打捆,下到户外的菜窖里。两三米深的菜窖,储藏着土豆、萝卜、大白菜等越冬蔬菜,芹菜就和它们同呼吸共命运了。不过芹菜没有它们耐性好,叶片很快萎黄,幸而它的茎,到年关时没有完全失去水分,仍然能做馅料。我小时一听大人们骂架,诅咒对方下地狱时,我就想,地下有什么可怕的,冬天时漫天飞雪,地窖却是春天呀!

年夜饭中唯一的冷盘,就是苹果了。苹果可用鲜的,也可用罐头的。我们那时更喜欢罐头的,因为它甜!这两种苹果的获得,都是在供销社,拿钱来买。除了买苹果,我们还要买烟酒糖茶,花生瓜子,油盐酱醋,冻柿子冻梨。最重要的是,买上一摞新碗新盘子,再加一把筷子,意谓添丁进口,家族兴旺。

在置办年货上,家中的每个人都会行动起来,各司其职。主妇们要去供销社扯来一块块布,求裁缝裁剪,踏着缝纫机给一家人做新衣。腊月里猪的嚎叫,总是和着缝纫机的哒哒声。缝纫机上的活儿忙完了,她们还得蒸各色年干粮,馒头、豆包、糖三角、菜包等等。馒头这时成了爱美的小姑娘,女人们会用筷子蘸着印泥,在正中央给它点上一枚圆圆的红点,那是馒头的眉心吧。除了这些,她们还要做油炸江米条和蕉叶子,作为春节的小点心。

那些平素淘气惯了的男孩子,这时候也得规规矩矩地忙年。他们负责买鞭炮,买回后放到热炕上,让它干燥着,这样燃放起来更响亮。他们得拿起斧头,劈一堆细细的松木桦子,让除夕夜的灶火旺旺的!他们还要帮着大人竖灯笼杆,买来彩纸糊灯笼。不过在我们家,糊灯笼是我的事情。因为我是元宵节天将黑时出生的,父亲送了我一乳名"迎灯",家人认定我的名字中有光明,糊灯笼非我莫属。不过我糊灯笼是讲条件的,那就是提前享用油炸小点心,虽然母亲不情愿,但为灯笼着想,只得依从。我给圆圆的宫灯糊上一圈红纸后,会用金黄的皱纹纸,为它铰上飘逸的穗子,粘在灯座上,让灯长出金胡子!

那时还没有印刷的春联,作为校长的父亲,因毛笔字写得好,腊月里就有很多人家求他写春联和"福"字。人们送来红纸,我帮着裁纸,父亲挥毫。写好一副,待墨迹干了,就把它卷起放到一边,写另外一家的。有时父亲让我编写春联,他也采纳过一副,是贴在仓房上的,记忆中我把他的小名"满仓"嵌了进去。父亲写完春联,会给我们做一盏用木座和罐头瓶子做成的灯。为了获得完美的灯罩,他得从户外捡回挂着霜雪的罐头瓶,然后飞快地将一瓢热水浇下去,这样它的底儿就会砰然脱落。当然取灯罩并不容易,有时一瓢热水下去,它整个碎了,只能弃之;有时那罐头瓶子如烈女一般,热水泼来,依然故我。父亲只得再跑回雪地中,去翻找罐头瓶子。

小年前后,我会和邻居的女孩子搭伴,进城买年画。好像女孩子天生就是为年画生的,该由我们置办。小镇离城里十几里路,腊月天通常都在零下三四十度,我们穿得厚厚的,可走到中途,手脚还是被冻麻了。我们知道生冻疮的滋味不好受,于是就奔跑。跑得快,血脉流通得就快,身上就不那么冷了。我们跑在雪地的时候,麻雀在灰白的天上也跑,也不知它们是否也去购置年画。天上的年画,该是西边天绚丽的晚霞吧!进了城里的新华书店,我们要仔细打量那一幅幅悬挂的年画,记住它们的标号,按大人的意愿来买。母亲嘱咐我,画面中带老虎的不能买,尤其是下山虎;表现英雄人物的不能买,这样的年画不喜气。她喜欢画面中有鲤鱼元宝的,有麒麟凤凰的,有鸳鸯蝴蝶的,有寿桃花卉的。而父亲喜欢古典人物图画的,像《红楼梦》

《水浒传》故事的年画。母亲在家说了算，所以我买的年画，以她的审美为主，父亲的为辅。这样的年画铺展开来，就是一个理想国。

买完年画，我们会去百货商店，给自己选择头绫子、发卡、袜子、假领子，再买上几包红蜡烛和两副扑克牌。那时我们小镇还没通电，蜡烛是家里的灯神。任务完成，我们奔向百货商店对面的人民饭店，一人买一根麻花，站着吃完，趁着天亮，赶紧回返。冬天天黑得早，下午三点多，太阳就落山了。想在天黑前到家，就要紧着走。我们嘴里呼出的热气，与冷空气交融，睫毛、眉毛和刘海染上了霜雪，生生被寒风吹打成老太婆了！不过不要紧，等进了家门，烤过火，身上挂着的霜雪化了，我们的朝气又回来了！

人们为自己办年货，也为离世的亲人办年货。逝去的人，未必坟茔就在近前。所以小年一过，小镇的十字路口，会腾起团团火光。人们烧纸钱时，不忘了淋上酒，撒上香烟。年三十的饺子出锅后，盛出的头三个饺子，要供在亲人的灵位前，请他们品尝。

我小的时候，父亲和爷爷都在时，我们只在十字路口为葬在远方的奶奶烧纸。爷爷去世后，除了给奶奶买下烧纸，爷爷那里也得备一份了。等我长大成人，父亲过世了，母亲预备下的烧纸，就比往年厚了。待到十年前我爱人因车祸离世，我回故乡过年，在给爷爷和父亲上过坟后，总不忘了单独买份烧纸，在除夕前夜，在我和爱人无数次携手走过的山脚下的十字路口，为回归故土的他，遥遥送上牵挂。火光卷走了纸钱，把我留在长夜里。

我快五十岁了，岁月让我有了丝丝缕缕的白发，但我依然会千里迢迢，每年赶回大兴安岭过年。我们早已从山镇迁到小城，灯笼、春联都是买现成的，再不用动手制作了。我们早就享用上了电，也不用备下蜡烛了。至于贴在墙上的年画，它已成为昨日风景，难再寻觅其灿烂的容颜了。我们吃上了新鲜蔬菜，可这些来自暖棚的施用了化肥的蔬菜,总没有当年自家园田产出的储藏在地窖的蔬菜好吃。我们的生活变得越来越便利,越来越实际,可也越来越没有滋味,越来越缺乏品质!

我怀念三四十年前的年,怀念我拿着父亲写就的"肥猪满圈"的条幅,张贴到猪圈的围栏上时,想着猪已毙命,圈里空空荡荡,而发出的快意笑声;怀念一家人坐在热炕头打扑克时,为了解腻,从地窖捧出水灵灵的青萝卜,切开当水果吃,而那个时刻,蟋蟀在灶房的水缸旁声声叫着;怀念我亲手糊的灯笼,在除夕夜里,将我们家的小院映照得一片通红,连看门狗也被映得一身喜气;怀念腊月里母亲踏着缝纫机迷人的声响;怀念自家养的公鸡炖熟后散发的撩人的浓香;怀念那一杆杆红蜡烛,在新旧交替的时刻,像一个个红娘子,喜盈盈地站在我家的餐桌上、窗台上、水缸上、灶台上,把每一个黑暗的角落都照亮的情景!

可是这样的年,一去不复返了!在我对年货的回忆中,《牡丹亭》中那句最著名的唱词:"原来姹紫嫣红开遍,似这般都付与断井颓垣!"不止一次在我心中鸣响。好在繁华落尽,我心存有余香,光影消逝,仍有一脉烛火在记忆中跳荡,让我依然能在每年的这个时刻,在极寒之地,幻想春天!

第二辑　美景，总在半梦半醒之间

农具的眼睛

看一个农民的活计做得是否地道，打量他家的农具便知晓了。

农具一般被放置在仓棚中，或者被挂在山墙上。放在仓棚中的，是镐头、犁杖、铁齿子和钐刀，而挂在山墙上的，是耙子、锄头和镰刀。农具似乎与树木有着亲缘关系，农具的把儿几乎都是木柄制成的。你能从光滑的农具把儿上，看到树的花纹和节子。那些大大小小的木节一个个圆圆的，有黑色的，也有褐色的，好像农具长了眼睛似的。

农具当中，我最憎恨的就是犁杖了。有了它，我们就得干牛做的活儿。由于家中没养牲口，用犁杖耕田时，我爸爸就把我们姐弟三人当成牛，套在犁杖上，让我们拉犁。我一拉犁就有屈辱的感觉，常常是直着腰，只把绳子轻飘飘地搭在肩头。这时父亲就会在后面叫着我的乳名打趣我，说我真不简单，能把绳子拉弯了。我父亲是山村小学的校长，曾在哈尔滨读中学，会拉小提琴。他那双手在那个年代既得写粉笔字，又得摸农具，因为我们上小学时，学工学农的热潮风起云涌，我们每周都要到生产队的田地里劳作一两次。而且家家户户又都拥有园田，种植着各色菜蔬，自给自足，所以无论大人还是孩子，没有没摸过农具的。

农具当中，我不厌烦的是锄头和镰刀。锄头的形态很像道士帽，所以你若把它倒立着，俨然是一个清瘦的道士站在那里。锄头既可用于铲除庄稼中的杂草,又可给板结的田地松土。我扛着锄头去田间劳作,一般是到土豆地里去了。土豆地一般要铲三次,人们称之为"头趟、二趟、三趟"。没打垄前铲头趟,那时苗才出齐不久,土豆秧矮矮的,杂草极好清除。铲二趟的时候呢,那是在土豆打垄之后,粉的白的蓝的土豆花也开了,杂草与土豆秧争夺生长的空间,这时就得抡起锄头"驱邪扶正"。到了铲三趟的时候,闷在土里的早熟的土豆已有把泥土顶破了的,这时稗草疯长,有的和秧苗缠绕在一起,颇有"绑票"的意味,想把秧苗一并拖垮,这时候为土豆清除"异己"就显得尤为重要了。所以,铲三趟的时候最累,有时候你得撇下锄头,亲手一下一下地把纠缠在土豆秧身上的杂草摘除。我喜欢铲二趟,我爱那些细碎的土豆花,它们会招来黄的或白的蝴蝶,感觉是在花园中劳作。干活乏了小憩的时候,躺在被阳光照耀得发烫的泥土中,感受着如丝绸一样柔曼滑过的清风,惬意极了。清风拍打着土豆花,土豆花又借着风势拍打着我的脸颊,那些娇柔玲珑的花朵如蜜蜂一样蜇着了我,让我脸颊发痒,那是一种多么醉人的痒啊。渴了的时候,我会到田边草丛中采上几枝酸浆来吃,它长得跟竹子一样,光滑的身子,细长的叶片,它的茎能食用,酸甜可口,十分解渴。我铲地时就不背水壶,因为酸浆早已存了满腹的清凉之汁等着我享用。

我父亲是个知识分子,他伺候庄稼的本事与他的教学本领是无法相提并论的。我们家的地不是因为施肥过少而使庄稼呈现一派萎靡之气,就是垄打得歪歪斜斜的,宽的宽,窄的窄,白菜和豆角往往长着就露出根茎,阻碍了它们的成长。所以进了我家园田的庄稼,很像是被送入孤儿院的弃婴,命运总是不大好。我就不止一次听见邻人在路过我家的地时,发出"啧啧"的叫声,那不是赞赏的"啧啧"声,而是惋惜,好像我们辜负了那肥沃的田地似的。我们家的农具,也因而比别人家的要邋遢许多,锄头上锈迹斑斑,镐头和犁杖上携带的尘土足够蓄一只花盆的,镰刀钝得割草时会发出被剧烈撕扯的痛苦的叫声,如乌鸦一样呀呀地叫,而不是锋利的镰刀割草时发出的刷刷刷的如流水一样的声音。而那些地道的农家,农具总是被磨得雪亮,拾掇得利利索索的,该放仓棚的就放在仓棚里,该挂在山墙上的就挂在山墙上,不似我们家的农具,一律被堆置在墙角,任凭风雨侵蚀,如一群衣衫褴褛的乞丐。即便如此,我还是热爱我们家的农具,热爱它的愚钝和那满身岁月的尘垢。

我喜欢镰刀,是因为割猪草的活儿在我眼中是非常浪漫的。草甸子上盛开着野花,你割草的时候,也等于采花了。那些花有可供观赏的,如火红的百合和紫色的马莲花;还有供食用的,如金灿灿的黄花菜。用新鲜的黄花菜炸上一碗酱,再下上一锅面条,那就是最美妙的晚饭了。我打猪草归来,肩上背的是草,腰间别的是镰刀,左手可能拿的是一束马莲,右手握的就是黄花菜了。所以我觉得猪的命运也不算坏,它一天到晚除了吃就是睡,窝里絮的草还来自于芳菲的大草甸子,比耕田的牛马要有福气,可惜它的命太短太短了。看来单纯为了人的口福而生存的动物,总是薄命的。

我们家在山村小镇使用过的那些农具,早已失传了。它们也许流失到别人手中,依然被农人的手把握着,春种秋收;也许它们已经在被废弃的老屋中静悄悄地腐烂了,成了一堆废铁。但我忘不了农具木把儿上的那些圆圆的节子,那一双双眼睛曾打量过一个小女孩如何在锄草的间隙捉土豆花上的蝴蝶,又如何在打猪草的时候将黄花菜捋到一起,在夕阳下憧憬着一顿风味独具的晚饭。我可能会忘记尘世中我所见过的许多人的眼睛,那些或空洞或贪婪或含着嫉妒之光的眼睛,但我永远不会忘记农具身上的眼睛,它们会永远明亮地闪烁在我的回忆中,为我历经岁月沧桑而渐露疲惫、忧郁之色的眼睛,注入一缕缕温和、平静的光芒。

会唱歌的火炉

我的少年时代是在大兴安岭度过的。那里一进入九月,大地上的绿色植物就枯萎了,雪花会袅袅飘向山林河流,漫长的冬天缓缓地拉开了帷幕。

冬天一到,火炉就被点燃了。它就像冬夜的守护神一样,每天都要眨着眼睛释放温暖。一直到次年的五月,春天姗姗来临时,火炉才能熄灭。

火炉是要吞吃柴火的。所以,一到寒假,我们就得跟着大人上山拉柴火。

拉柴火的工具主要有两种:手推车和爬犁。手推车是橡皮轮子的,体积大,既能走土路又装载得多,所以大多数人家都使用它。爬犁呢,它是靠滑雪板行进的,所以只有在雪路上它才能畅快地走;一遇土路,它的"腿脚"就不灵便了。而且它装载小,走得慢,所以用它的人很零星。

我家的手推车买的是二手货,有些破旧,看上去就像一个辛劳过度的人,满脸疲惫的样子。它的车胎常常慢撒气,所以我们拉柴火时,就得带着个气管子,好随时给它打气。否则你装了满满一车柴火要回家时,它却像一个饿瘪了肚子的人蹲在地上,无精打采的,你又怎么能指望它帮你把柴火运出山呢!

　　我们家拉柴火,都是由父亲带领着的。姐姐是个干活实在的孩子,所以父亲每次都要带着她。弟弟呢,那时虽然他也就是八九岁的光景,但父亲为了让他养成爱劳动的习惯,时不时也把他带上。他穿得厚厚的跟着,看上去就像一头小熊。我们通常是吃过早饭就出发,我们姊妹三人推着空车上山,父亲抽着烟跟在我们身后。冬日的阳光映照到雪地上,格外的刺眼,我常常被晃得睁不开眼睛。父亲生性乐观,很风趣。他常在雪路上唱歌、打口哨,他的歌声有时会把树上的鸟儿给惊飞了。我们拉的柴火,基本上是那些风倒的树木,它们已经半干了,没有利用价值,最适宜做烧柴。那些生长着的鲜树,比如落叶松、白桦、樟子松是绝对不能砍伐的。可伐的树,我记得有枝丫纵横的柞树和青色的水冬瓜树。父亲是个爱树的人,他从来不伐鲜树,所以我们家是镇上拉烧柴最本分的人家。为了这,我们拉烧柴就比别人家要费劲些,回来得也会晚。因为风倒木是有限的,它们被积雪覆盖着,很难被发现。我最乐意做的,就是在深山里寻找风倒木。往往是寻着找着,遇见啄木鸟"笃笃"地在吃树缝中的虫子,我就会停下来看啄木鸟;而要是看见了一只白兔奔跑而过,我又会停下来看它留下的足迹。由于玩的心思占了上风,所以我找到风倒木的机会并不多。往往在我游山逛景的时候,父亲的喊声会传来,他吆喝我过去,说是找到了柴火,我就循着锯声走过去。父亲用锯把倒木锯成几截,粗的由他扛出去,细的由我和姐姐扛出去。把倒木扛到放置手推车的路上,总要有一段距离。有的时候我扛累了,坚持不住了,就一耸肩把倒木丢在地上,对父亲大声抗议:"我扛不动!"那语气带着几分委屈。姐姐呢,即使那倒木把她压得抬不起头来,走得直摇晃,她也咬牙坚持着把它运到路面上。所以成年以后,她常抱怨说,她之所以个子矮,完全是因为小的时候扛木头给压的。言下之意,我比她长得高,是由于偷懒的缘故。为此,有时我会觉得愧疚。

冬天的时候,零下三四十摄氏度的气温是司空见惯的。在山里待的时间久了,我和弟弟都觉得手脚发凉。父亲就会划拉一堆枝丫,为我们笼一堆火。洁白的雪地上,跳跃着一簇橘黄的火焰,那画面格外的美。我和弟弟就凑上去烤火。因为有了这团火,我和弟弟开始用棉花包裹着几个土豆藏到怀里,带到山里来,待父亲点起火后,我们就悄悄把土豆放到火中,当火熄灭后,土豆也熟了,我们就站在寒风中吃热腾腾、香喷喷的土豆。后来父亲发现了我们带土豆,他没有责备我们,反而鼓励我们多带几个,他也跟着一起吃。所以,一到了山里,烧柴还没扛出一根呢,我就嚷着冷,让父亲给我们点火。父亲常常嗔怪我,说我是一只又懒又馋的猫。

天越冷,火炉吞吃的柴火就越多。我常想,火炉的肚子可真大,老也填不饱它。渐渐地,我厌烦去山里了,因为每天即使没干多少活,可是往返走上十几里雪路后,回来后腿脚也酸痛了。我盼着自己的脚生冻疮,那样就可以理直气壮地留在家里了。可我知道生冻疮的滋味很不好受,于是只好天天跟着父亲去山里。

现在想来,我十分感激父亲,他让我在少年时期能与大自然有那么亲密的接触,让冬日的那种苍茫和壮美注入了我幼小的心田,滋润着我。每当我从山里回来,听着柴火在火炉中"噼啪噼啪"地燃烧,都会有一股莫名的感动。我觉得柴火燃烧的声音就是歌声,火炉它会唱歌。火炉在漫长的冬季中就是一个有着金嗓子的歌手,它天天歌唱,不知疲倦。它的歌声使我懂得生活的艰辛和朴素,懂得劳动的快乐,懂得温暖的获得是有代价的。所以,我成年以后回忆少年时代的生活,火炉的影子就会悄然浮现。虽然现在我已经脱离了与火炉相伴的生活,但我不会忘记它,不会忘记它的歌声。它那温柔而富有激情的歌声在我心中永远不会消逝!

第二辑 美景,总在半梦半醒之间

苍苍琴

我最早聆听的琴声,是小提琴。

童年在小山村时,清晨时分,要是父亲唤我们起床得不到响应的话,他会动用两大法宝,把懒睡的我叫出被窝。这两大法宝是:狗和小提琴。

父亲会把屋门敞开,将在院子中守完夜的狗放进我的睡房,狗摇头摆尾地进来后,欢天喜地地把两只前爪搭在炕沿儿上,伸出柔软的舌头,哼哧哼哧地舔我的脸,直到把我舔醒。

要么,父亲会取下挂在墙上的小提琴,站在炕前,有板有眼地拉起来。琴声如黎明之船,驶入我昏沉的睡眠里,将我照亮。当我睁开眼的时候,琴声还在继续,玻璃窗上弥漫着朝霞,好像朝霞也喜欢琴声,特意从天庭飞来听琴。

我对琴声的记忆,与"苏醒"就分不开了。在我心目中,琴声就是林间的流水,能让人提神醒脑;琴声更是田野的清风,带给人温柔的心境。这样与朝阳为伴的琴声,无疑是年轻的、活泼的、富有朝气的。

成年以后,尽管我在音乐厅欣赏过名家演奏的小提琴,但感觉总不如童年听到的琴声美妙。细究起来,不是父亲的琴拉得好,而是因为琴声的出现依托着朴素的板夹泥房屋,依托着红彤彤的朝霞,依托着青葱的菜园和纯净的空气，依托着一颗少年的心，因而显得格外有韵致。

在交响乐中，我总能从笛、笙、号等管乐器，以及锣鼓、木鱼等打击乐器中，感受到小提琴强大的存在。交响乐离开它，如同一个人被剥离了心脏，是没有生命力的。由于爱它，连带着喜欢上了其他的弦乐器，如琵琶、胡琴等。那一根根琴弦在我眼中就是汩汩流水，丝丝晨风，缕缕月光，袅袅炊烟。

现存的世界上最古老的琴，是古琴吧。古人的诗词歌赋中，常常出现"瑶琴"的字眼，说的就是它。我最早认识古琴，是一九九四年在云南丽江的玉龙雪山脚下。中秋节的晚上，一行人在大研古镇听老人们演奏洞经音乐。洞经音乐如同仙乐，至美至纯。在幽幽的丝竹声中，你能清晰地辨出古琴清丽的影子。古琴声宛如落在水面的星光，宛如生长在花蕾中的晨露，给整首乐曲带来湿润、清新的气象。据说有张古琴，有几百年的历史。它似乎还裹挟着旧时代梅花的苦香气，说不出的风雅。

我与古琴这一别，竟是十多年。

去年十一月，在香港城市大学的惠卿剧院，我又与古琴相逢。城市大学举办了一场古琴演奏会，请来了国内演奏古琴的名家。那天剧院爆满，作为主持人的城市大学中国文化研究中心主任郑培凯教授，特意穿上了一件灰色的长袍。演奏开始了，首先出场的，是丁承运先生，他是武汉音乐学院的教授，他首演的曲目是《白雪》。尽管剧场很安静，音响效果也不错，可是几百人的呼吸声聚合在一起，还是弱化了琴声，虽然古琴传达的是那种旷古的美感，但在大剧场听起来，它还是显得寥落了。第二个出场的，是李祥霆先生，也许由于他是辽源人的缘故，他的《流水》和《幽兰》，粗犷豪放，如同一阵急雨，沁人肺腑，声声入耳。然而接下来的几位，又回到了初始的风格，尽管他们在演奏上无可挑剔,弹奏的又是名曲,如《忘忧》《平沙落雁》《长门怨》等,可是却缺少那种摄人魂魄的力量。未等曲终,与我同去的几位外国作家,有两位提前离座,一位酣然入睡。只有坐在我身旁的尼日利亚作家阿基耶拿,始终饶有兴味地欣赏着。演奏间隙,阿基耶拿问我,迟,你最喜欢哪一曲?我说最喜欢第二个人的演奏,他兴奋地叫道:我也喜欢他!看来李祥霆那苍凉雄浑的琴风,与尼日利亚大地上回荡的风是相似的。

  这次演奏会,总感觉不如在丽江与古琴初识时来得惬意,究其原因,当年我听到的古琴,是裹挟在笙、笛和胡琴等乐器声中的。古琴有了唱和的,气势就大了。而且,那次欣赏洞经音乐时,坐在草墩上,手中又有高山雪茶在握。而在惠卿剧院听到的古琴,是在大剧场不说,古琴还是单枪匹马地出场,剧场偶有的咳嗽声和手提电话的铃音,都伤害了音乐的品质。我想古琴的独奏,最适合的场所还是在大自然中,在林中溪畔,在鸟语和落花声里。听众不需多,三五人,散坐在石头上。抚琴者完全可以把琴置于膝上,与松涛和流水唱和。由此说来,真正的风雅是私人化的。难怪王维在《竹里馆》里这样写道:"独坐幽篁里,弹琴复长啸。深林人不知,明月来相照。"

  联合国教科文组织在二〇〇三年把古琴列为世界文化遗产。古琴由此成为世上最苍老的琴。它们很难再回到曾让它们无比灿烂的那个时代,它们在日新月异的时代里落落寡合。但它们是巍峨的,如同冰山,风骨依然,难以征服。这样的琴哪怕有一天消失了,它留给天地间的,也是最美的一抹斜阳!

故乡的吃食

北方人好吃,但吃得不像南方人那么讲究和精致,菜品味重色黯,所以真正能上得了席面的很少。不过寻常百姓家也是不需要什么席面的,所以那些家常菜一直是我们的最爱。

如果不年不节的,平素大家吃得都很简单。由于故乡地处苦寒之地,冬季漫长,寸草不生,所以吃不到新鲜的绿色蔬菜。我们食用的,都是晚秋时储藏在地窖里的菜:土豆、萝卜、白菜、胡萝卜、大头菜、倭瓜,当然还有腌制的酸菜和夏季时晒的干菜,比如豆角干、西葫芦干、茄子干等等。人们喜欢吃炖菜,冬天的菜尤其适合炖。将一大盆连汤带菜的热气腾腾的炖菜捧上桌,寒冷都被赶走了三分。人们喜欢把主食泡在炖菜中,比如玉米饼和高粱米饭,一经炖菜的浸润,有如酒经过了岁月的洗礼,滋味格外地醇厚。而到了夏季,炖菜就被蘸酱菜和炒菜代替了。园田中有各色碧绿的新鲜蔬菜,菠菜呀黄瓜呀青葱呀生菜呀等等,都适宜生着蘸酱吃;而芹菜、辣椒等等则可爆炒,这个季节的主食就不像冬天似的以干的为主了,这时候人们喜欢喝粥,芸豆大楂子粥、高粱米粥以及小米绿豆粥是此时餐桌上的主宰。

家常便饭到了节日时,就像毛手毛脚的短工,被打发了,节日自有节日的吃食。先从春天说起吧。立春的那一天,家家都得烙春饼。春饼不能油大,要擀得薄如纸片,用慢火在锅里轻轻翻转,烙到白色的面饼上飞出一片片晚霞般的金黄的印记,饼就熟了。烙过春饼,再炒上一盘切得细若游丝的土豆丝,用春饼卷了吃,真的觉得春天温暖地回来了。除了吃春饼,这一天还要"啃春",好像残冬是顽石一块,不动用牙齿啃噬它,春天的气息就飘不出来似的。我们啃春的对象就是萝卜,萝卜到了立春时,柴的比脆生的多,所以选啃春的萝卜就跟皇帝选妃子一样周折,既要看它的模样,又要看它是否丰腴,汁液是否饱满。很奇怪,啃过春后,嘴里就会荡漾着一股清香的气味,恰似春天草木复苏的气息。立春一过,离清明就不远了。人们这一天会挎着篮子去山上给已故的亲人上坟。篮子里装着染成红色的熟鸡蛋,它们被上过供后,依然会被带回到生者的餐桌上,由大家分食,据说吃了这样的鸡蛋很吉利。而谁家要是生了孩子,主人也会煮了鸡蛋,把皮染红,送与亲戚和邻里分享。所以我觉得红皮鸡蛋走在两个极端上:出生和死亡。它们像一双无形的大手,一手把新生婴儿托到尘世上,一手又把一个衰朽的生命送回尘土里。所以清明节的鸡蛋,吃起来总觉得有股土腥味。

清明过后,天气越来越暖了,野花开了,草也长高了,这时端午节来了。家家户户提前把风干的粽叶泡好,将糯米也泡好,包粽子的工作就开始了。粽子一般都包成菱形,若是用五彩线捆粽叶的话,粽子看上去就像花荷包了。粽子里通常要夹馅的,爱吃甜的就夹上红枣和豆沙,爱吃咸的就夹上一块腌肉。粽子蒸熟后,要放到凉水中浸着,这样放个两天三天都不会坏。父亲那时爱跟我们讲端午节的来历,讲屈原,讲他投水的那条汨罗江,讲人们包了粽子投到水里是为了喂鱼,鱼吃了粽子,就不会吃屈原了。我那时一根筋,心想你们凭什么认为鱼吃了粽子后就不会去吃人肉?我们一顿不是至少也得吃两道菜吗？吃粽子跟吃点心是一样的，完全可以拿着它们到门外去吃。门楣上插着拴着红葫芦的柳枝和艾蒿，一红一绿的，看上去分外明丽，站在那儿吃粽子真的是无限风光。我那时对屈原的诗一无所知，但我想他一定是个了不起的诗人，因为世上的诗人很多，只有他才会给我们带来节日。

端午节之后的大节日，当属中秋节了。中秋节是一定要吃月饼的。那时商店卖的月饼只有一种，馅是用青红丝、花生仁、核桃仁以及白糖调和而成的，类似于现在的五仁月饼，非常甜腻。我小的时候虫牙多，所以记得有两次八月十五吃月饼时，吃得牙痛，大家赏月时，我却疼得呜呜直哭。爸爸会抱起我，让我从月亮里看那个偷吃了长生不老药而飞入月宫的嫦娥，可我那双朦胧的泪眼看到的只是一团白花花的东西。月光和我的泪花融合在一起了。在这一天，小孩子们爱唱一首歌谣：蛤蟆蛤蟆气臌，气到八月十五，杀猪，宰羊，气得蛤蟆直哭。

蛤蟆的哭声我没听到，倒是听见了自己牙痛的哭声。所以我觉得自己就是歌谣中那只可怜的蛤蟆，因牙痛而不敢碰中秋餐桌上丰盛的菜肴。

中秋一过，天就凉了，树叶黄了，秋风把黄叶吹得满天飞。雪来了。雪一来，腊月和春节也就跟着来了。都说腊七腊八冻掉下巴，所以到了腊八的时候，人们要煮腊八粥喝。腊八粥的内容非常丰富，粥中不仅有多种多样的米，如玉米、高粱米、小米、黑米、大米；还有一些豆类，如芸豆、绿豆、黑豆等，这些米和豆经过几个小时慢火的熬制，香软滑腻，喝上这样一碗香喷喷的粥，真的是不惧怕寒风和冰雪了。

一年中最大最隆重的节日莫过于春节了。我们那里一进腊月，女人们就开始忙年了。她们会每天发上一块大面团，花样翻新地蒸年干粮，什么馒头、豆包、糖三角、花卷、枣山，蒸好了就放到外面冻上,然后收到空面袋里,堆置在仓房,正月时随吃随取。除了蒸年干粮,腊月还要宰猪。宰猪就是男人们的事情了。谁家宰猪,那天就是谁家的节日。餐桌上少不了要有蒜泥血肠、大骨棒炖干豆角、酸菜白肉等令人胃口大开的菜。

  人们一年的忙活,最终都聚集在除夕的那顿年夜饭了。除了必须要包饺子之外,家家都要做上一桌的荤菜,少则六个,多则十二或十八个,看到盘子挨着盘子,碗挨着碗,灯影下大人们脸上的表情就是平和的了。他们很知足地看着我们,就像一只羊喂饱了它的羊羔,满面温存。我们争着吃饺子,有时会被大人们悄悄包到饺子里的硬币给硌了牙,当我们"当啷"一声将硬币吐到桌子上时,我们就长了一岁。

油茶面儿

吃油茶面儿,那是中学时代的往事了。在城里求学的住宿生,几乎每人都有一个点心袋。它用粗布缝成,长条型的口袋,上面用粗线绳做一个勒口。当它盛着食品被吊在柱子上时,就成了圆锥形。

所谓的点心袋,里面盛的不是饼干、蛋糕、月饼等当时盛行的点心,而是油茶面儿。因为住宿生多半家境贫寒,能保证学费和简单的一日三餐的开销,对很多家庭来说已经很不容易了。吃真正的点心无疑是一种奢望,而油茶面儿在某种程度上弥补了这一缺憾。

正宗的油茶面儿,是食品店卖的那种。它用牛油炒熟,其中加了糖和芝麻。而我们吃的油茶面儿,都是自家加工的。千篇一律地用猪油炒熟,里面搀上少许的白糖。放芝麻的可能性微乎其微,因为芝麻价格不菲。偶尔为油茶面儿增色的,是花生仁,把它们碾碎后兑进去,这样的油茶面儿就有一种不同寻常的香味。我们都管油茶面儿叫"炒面"。它通常是晚自习归来聊以充饥的食品。每个人用开水冲一碗油茶面儿,站在昏暗的灯影下有滋有味地喝着,一天的学习生活就宣告结束了。有时喝完油茶面儿没水刷碗,就把碗面目糊涂地搁在桌子上,老鼠在那一夜就会闹得格外欢,把碗磕出一片瓷声。早晨起来时,碗里残存的油茶面儿不见了,取而代之的是漆黑如墨的老鼠屎。我们破口大骂着老鼠,依然是把碗刷了,然后拿着它去买早饭。老鼠在油茶面儿中滚过,想必也脏了它自己的毛发,所以有时发现床单上有油茶面儿的污迹,便知老鼠从此爬过。

油茶面儿吃时香,吃后常觉胃不舒服,尤其是它炒的火候欠缺的时候。我们就常捂着肚子说"烧心",一口口地呕酸水。即便如此,大家仍是别无选择地钟情于它,因为它毕竟是我们的"点心"呀。

我曾经炒过油茶面儿,把一块雪白的猪油在锅里融化,然后放上面粉用文火慢慢地炒,直到把它炒成茶色。新炒的油茶面儿喷香喷香的,而放久了就容易"哈喇"。哈喇了的油茶面儿仍然舍不得扔,把它吃下后,胃就备受煎熬。

我很羡慕现在的学生,他们有那么多名目繁多的营养品可以摄取。各种风味的营养麦片、高乐高、花生糊、芝麻糊等等,味道确实比油茶面儿好。但我想生活在农村的学生,未必就有如此口福,也许他们还吃着十几年前我吃过的那种"油茶面儿"。

几年前我在隆冬时节去鸡西煤矿,在逛农贸市场时,意外发现有个卖油茶面儿的摊位。我买了一碗,站在寒风中一口气把它喝光。不曾想当夜回到旅馆胃便火烧火燎地难受,从此后再不敢碰它。偶尔走进食品店,觑见油茶面儿时,都像逢到老朋友一样有种久违的亲切感。现在的油茶面儿内容丰富得很,不唯掺了芝麻、花生和核桃仁,还撒了青红丝。只是不知味道如何。我想再美的味道,也不如曾体验过的老味道好。老味道是晚风,沐浴它时内心会有一种宁静、甜美而又不乏惆怅的感觉。

家常豆腐

　　大凡在农村长大的孩子,对豆腐房该是不会陌生的。村子小的至少要有一爿,而大一些的则有两三爿。我童年生活的村子百户人家,却有两爿豆腐房,一爿在村西,另一爿在村东。在村东的那爿就在我家的前一趟房。

　　豆腐房都临着水井,这样取水方便。做豆腐的人在前一夜就泡好了黄豆和纱包。当我们还在梦乡中时她就得起来和驴拉磨。驴被蒙上眼睛拉着石磨艰难地转圈,人就得不时往磨眼里填泡涨了的黄豆。待到人们呵欠连天地从炕上爬起来时,两爿豆腐房里的豆腐就都压好了。

　　常常是在睡眼惺忪时就被父母喊起来去豆腐房换豆腐。盆子里装着黄豆,黄豆上又放着零钱,我便端着它们没精打采地去豆腐房。那时吃豆腐的人多,常常要排队,豆腐房里满是雾气。有时能换着,有时赶到我这恰好就没了。卖豆腐的人称过黄豆后就将秤盘一掀,黄豆咕噜噜进了一口缸里,一斤豆腐才一毛钱,每块豆腐是二两。一般的情景下我都端着五块豆腐回来。我在地上走,豆腐则在盆子里走;我走出了汗,而它们走出了一汪淡黄的水。它在盆里显得颤颤巍巍的,但那不是老态龙钟的表现,而是充满生机的跃动。豆腐进了灶房不是调了汤,就是被炒成糊状,名为"鸡刨豆腐",再不就是将葱花撒在豆腐上,佐以盐或香油,吃它个爽爽快快的一清二白。

土豆、白菜、萝卜和豆腐把我养育成人。由于常吃豆腐,就有腻的感觉。所以上师专以后逢到食堂做豆腐,我就拿着饭盒犯愁。

如今豆腐又走俏起来了,价廉物美是一方面,更重要的是一些医学专家对它的营养的充分肯定。于是各大副食品商场里总有十几种的豆腐制品。豆腐干、豆腐泡、素什锦、豆腐鱼、豆腐鸡等等,品种繁多,不一而足。拿平凡的豆腐做了大文章。豆腐已经不仅仅是豆腐,它被包装成鸡、鱼、鸭等等的形状。这品种和尚吃起来当然最妙,既未违背清规戒律,又在意念之中对凡俗的"荤腥"有了一丝幻想,两全其美。当然我这种说法是对佛的大不敬了,得罪得罪。换作我是商家,就抛出一种"豆腐西施"的品种,把豆腐制成美人,男人们大约会趋之若鹜,岂不财源滚滚如长江水?若是真有哪位机敏的商人看了我的文章果然炮制出"豆腐西施"的品种,别忘了到迟子建这来申请专利,否则我会与之对簿公堂的。

豆腐在农村还有另外一种讲究,那就是除夕夜的饭桌上要有一道豆腐菜,意谓"逗福",仿佛是伸出一根长长的饵线将满年的福气都钓到自家门中。除夕夜的豆腐不能做汤,汤上不了席面,最好是切成方方正正的六片或八片,用油煎透了,使之泛出金黄色,然后一片片相挨着摆在盘中。六片是"六六大顺",八片是"八仙过海",有要平安的,也有要沾染仙气的。

大概由于豆腐是寻常百姓家的惯常食品,所以现在饭店里有一种菜就叫"家常豆腐"。"家常"二字极为准确和形象地概括出了豆腐的特点。豆腐那莹白的颜色比得上蟹肉,它的鲜嫩也敌得过野生的鲜蘑,所以它能美誉不减。有土地在,就有黄豆可打;有河流在,就有永不枯竭的水源。有了豆子和水,豆腐的生命力将长盛不衰。而且豆腐的大众化还体现在它不欺老凌弱,老人牙齿老化和松动后嚼不动肉,可豆腐却以温柔的品性体恤他们的难处;幼儿未生牙时对待许多美食要由母亲的口先嚼成泥状后方能下咽,拾人牙慧,而豆腐却省了这一层麻烦,它永远不会噎住小孩子。

既然豆腐这般好,那么我也重续与豆腐的缘分了。只是城里的豆腐不如家乡的鲜美,大约是水质不同的缘故吧。漂浮着漂白粉的自来水显然比不上清洌的井水好吃。而且现在的豆腐不用豆子来换了,花上一元钱就可提回一块,少了一种交换的乐趣。

北方的盐

盐那雪白的颜色常使我联想到雪。在北方,盐与雪正如雷与电,它们的美是裹挟在一起呈现的。

盐与雪来历不同。雪从天上来,而盐来自地下。雪的成因与低沉的云气有关,而盐的提取有两种途径,其一是多年矿物质的沉积,其二便是海水的凝结。不论它们来自天上还是人间,其形成都有一个浪漫的过程。云与海水作为雪与盐的载体,其氤氲与浩渺的气质总令人浮想联翩,谁能想到缥缈的云会幻化出那么轻盈、美丽、灿烂的雪花?谁能想到奔涌的海水会萃取出结晶的、闪着宝石一样光泽的盐粒?

是北方的寒冷引得雪花翩跹起舞,还是姿态婀娜的雪的降临赋予了北方以寒冷?反正在北方,寒冷与雪花是一对孪生姐妹,它们总是结伴而来,形影不离。尤其在北方之北方,也就是我的故乡北极村——那个夏至时可以看到白夜的地方,每年的九月底就进入冬季了,雪花会与还没有享受够暖阳的我们不期而遇。初始的雪似乎还不大敢肯定这就是它们的落脚之地,所以雪下得很斯文,有点小心翼翼的味道。一旦它们发现这片寒冷的土地使它们毫发无损,且能保持其明艳的肤色时,它们就一改矜持的姿态,沸沸扬扬地腾空而下,把大地染得一片洁白、一片苍茫。

雪来了,天气越来越冷了。这时的北方大地寸草不生,看不到一抹绿色,所有的植物都成了寒冬的战利品,被彻底地俘虏了,无声无息。我童年记忆中的北方人的餐桌上,是看不到新鲜的绿色蔬菜的。不似现在,由于运输的畅通和市场经济的发达,数九天气也能吃到来自南国的蔬菜。

盐在漫漫寒冬中披着它银色的铠甲在北方闪亮登场了。它其实在秋天就亮着它的白牙向北方女人微笑了。秋季是北方人腌菜的时节。家庭主妇们把还新鲜的豆角、辣椒、芹菜、黄瓜、萝卜、芥菜等等塞进形形色色的缸里,撒上一层又一层的盐,做成咸菜,以备冬季食用。北方人爱吃的、一直以来被大张旗鼓腌制的酸菜,更是缺少不了盐。盐被白花花地撒向缸里的时候,会发出簌簌的声响,好像盐在唱歌。

在秋天,山间的蘑菇也露出毛茸茸的头了,蘑菇除了晒干外,还可以用盐腌渍在坛子里存储起来,冬天时用清水漂出它的盐分,吃起来味道仍是鲜美的。所以盐在秋季是撒向北方土地的最早的雪,它融化了,融化在菜蔬最后的清香中。如果你问一个北方人,你们的灶房里什么物件最多?我猜十有八九的人都会冲口而出:咸菜缸!的确,腌酸菜的大缸,腌萝卜和芥菜的中等型号的缸,以及腌糖蒜和韭菜花的坛子等等,就像乐池上摆放着的形形色色的乐器一样,你一进灶房它们就会扑入你的视野,并且在你不小心碰撞了它们的时候,为你奏出或沉郁或清脆的乐声。

咸菜是北方人餐桌上的"正宫娘娘",在寒风呼啸的日子里占据着统治地位,因而北方人也较其他地区的人摄盐量大,形成了口重的习惯,似乎不多加盐的食物都是寡淡无味的。北方人对盐有种近乎崇拜的心理,认为它是力量的化身,所以民间流传着吃盐长力气的说法。那些靠力气而生活的伐木工及家庭主妇,对盐的青睐可想而知了。记得童年时看电影《白毛女》,看到白毛女在山洞里因为多年吃不到盐,而过早地白了少年头的时候,盐在我心目中还具有了乌发的作用,这印象一直延续至今,根深蒂固。现代膳食讲究低盐少糖,这与北方人对盐的巨大热情是背道而驰的。北方人心脑血管的发病率远远高于江南,其气候的寒冷与摄盐过量无疑是两大元凶。尽管如此,北方人对盐仍然像对老朋友一样紧紧相拥,人们并未将它当敌人一样警惕着。虽然冬季可以从副食商场购得新鲜蔬菜,紫白红黄地点缀着餐桌,但在餐桌的一角,总会有几碟颜色黯淡的酱菜与之唱和着,有如一部歌剧在结尾时撒下的袅袅余音,它们呈现着旧时阳光的那种温暖与美好,令人回味。

当我们吃着腌制的酱菜,望着窗外的雪花,听着时光流逝的声音时,浓云会在深冬的空中翻卷,海水会在遥远的天际涌流。而当我们为着北方的冻土上所发生的那些故事无限感怀时,泪水便会悄然浮出眼眶。泪水一定来自大海,不然它为什么总是咸的?

因为有了寒冷,有了对寒冷尽头的温暖的永恒的渴望,有了对盐那如同情人般的缠绵和依恋,我想北方人的泪水会比南方人的泪水更咸。

山水豆花

食物与人一样,是有秉性的。都说"江山易改,秉性难移",那是就人而言;食物呢,它们有着"入乡随俗"的秉性,随着环境的变化,会微妙地改变风味。从这个道理来说,人是硬的,食物是柔软的。

我对香港美食的记忆,不是尖沙咀酒楼中的生猛海鲜,亦不是铜锣湾烧味店里被熏制得流蜜似的肉食,而是寻常的山水豆花。

原以为香港是个缺乏野趣的地方,其实不然。

从九龙的钻石山出发,乘坐一个小时的大巴车,便摆脱了都市的喧嚣,到了清幽的西贡渔港。从这里再乘半小时的计程车,便到了山脚下。

这个地方叫大浪湾,是个有山有海的地方。

当一座座山横在你面前,且看不见人烟的时候,这些山就是一本被风掀开了书页的大书,撩起了人阅读的欲望。

虽然我曾登过华山和黄山,又生长在山区,但由于十几年没有登山了,所以一开始很担心自己会掉队。香港的朋友吓唬我,说是山中潜藏着一些偷渡客,他们看见独行者,往往会从树丛中窜出打劫。所以从迈向第一级石阶开始,我就紧紧地跟随着队伍。同行的两位美国作家是登山爱好者,他们登过很多世界名山,海拔不足千米的山在他们眼里就是小菜一碟,不在话下。他们健步如飞,走在最前。两位来自非洲的作家体力充沛,他们身体的柔韧性好,登山如同舞蹈,轻松而优雅。而我和浸会大学的钟铃教授,走了半小时便气喘吁吁,汗如雨下。好在台湾作家刘克襄有谦谦君子风度,陪伴我们走在最后。

十月底了,香港的太阳仍然火辣辣的。蜿蜒起伏的石阶宛如大海抛出的一条长长的浪花,在山中明亮地闪烁着。逢到林木茂盛的地方,就有难得的阴凉,能缓释行山时的疲劳;而石阶暴露在草木稀疏的向阳山坡上时,脊背就有被灼伤的感觉,好像背着火炉在走。

一个半小时后,第一座山终于被甩在身后,我们看到了人烟,一座依山傍海的客栈。远远地,就听见了主人殷勤的召唤声。我们散坐在凉棚下歇脚,点了客栈的招牌吃食:山水豆花。

它们被装在方方正正的硬塑盒里,储藏在冰箱中。店主人把它们拿到桌子上时,其身上的冷气与热气在刹那间融合,产生了一层细密的水珠,覆盖在山水豆花的薄膜上。揭开薄膜,随着水珠滑落,你看到的就是雨过天晴的情景:一块又白又嫩的豆花,像一朵初绽的白玉兰,鲜润明媚地看着你!

豆花的原料是黄豆,它是由盐卤点化豆浆而成的半固体,细腻柔软。用一次性的塑料调羹轻轻一挖,一块豆花就荡进调羹,看上去莹白如玉。豆花凉爽滑腻,入口即化。细细品来,它的清香不完全是豆子被研磨后迸出的香气,它还沾染了山中草木的气息,因而那清香是别致的。一份豆花落肚,疲劳感一扫而空,说不出的惬意和滋润。我实在爱极了这吃食,又叫了一份,这次不是原汁原味地吃,而是像别人一样,佐以含糖的姜汁。这份豆花虽然也好吃,但是淋了姜汁的豆花,味道还是俗了些。

两份豆花,给我增添了无穷的力气。再次上路时,脚步就轻快了。我不再落伍,而是走在前面了。开始时是尾随着行进在最前面的人,后来与他们渐渐拉开一段距离,为的是独行的那份快乐。好像人一有了力气,胆量也大了,我不再惧怕山中会跳出什么劫匪。我在溪畔驻足,观赏水中的游鱼;我在半山腰那白色的茶花和红色的扶桑前放慢脚步,看大团大团的花朵如何含着阳光绽放。突然,树丛传来"哗哗——"的声响,枝叶摇曳,我心下一惊,抬眼一望,原来是一只毛头小猴,正在树间戏耍呢!

两份山水豆花,使我在余下的两个半小时的行山中精神饱满,兴致盎然。直到下得山来,到了海边,也没有疲惫的感觉。

十月的最后一天,我们乘船去了大屿山的一个小海岛。

这个小岛居住的都是打渔人,他们是香港原住民的后代。他们住的房屋很有特点,一座座灰色的棚屋就建在水上,支撑棚屋的水泥石柱裹着海草,很多棚屋上落着鹭鸶。住在棚屋的人,出门乘船,归家也乘船。晚上,他们是枕着海涛入梦的。香港政府为渔民盖了新房子,可他们还是喜欢老式的棚屋,不肯迁出。我站在石拱桥上,看归来的渔船。有的渔船是大丰收,鱼儿满舱;有的则收获平平,不过几斤小杂鱼。打渔人站在船头,都黑瘦黑瘦的。不管收获大小,他们脸上的表情都是平和的。

我们在小岛的石街中闲逛,看形形色色晒干了的海产品。不知谁说,这里的山水豆花很好吃,于是一行人踅进一家小店。女主人很热情地推荐她店里的其他小吃,可我对山水豆花情有独钟,只点了它。它上来了,仍然是那么的凉爽滑腻,那么入口。不同的是它有着微微的咸腥气,好像它是一艘白轮船,刚刚出海归来。

直到此时,我才恍然明白山水豆花中"山水"的含义。这是一种与大自然最有亲和力的食物,在西贡的山中,我品尝的豆花中有山的气息;而在大屿山的小岛上,它则裹挟着海水的气息。这样浸润着山水精华的食物,无疑是有魂灵的。谁又能忘怀有魂灵的食物呢!

动物们

有一种门,是门中门,只有一尺见方,通常设置在院门的底端,挨着地,由两个自由翻转的合叶一左一右牵着它,既能往里开,又能向外开。这门当然不是走人的,更不是什么装饰物,它是专为家中的动物和家禽而设计的。白天时主人锁上家门,上班的上班,下田的下田,猫啊狗啊鸡啊鹅啊的就各忙各的去了,觅食的觅食,闲逛的闲逛,会友的会友。主人们若是回来晚了,当它们该回家的时候,就会从这扇小门钻进院子,喝喝水啦,趴在院子里打个盹啦等等。而当它们又想出门的时候,只要用头一顶这扇门,眼睛里看到的就是户外的风景了。

动物和动物的力气是不一样的,比如狗的力气就比猫大。而家禽呢,鸡的力气就比不上鹅。所以那扇小门的厚度就有个讲究,要轻点,薄点,使它们进出时自如一些。但是它们又不能过于轻薄,否则赶上风大的夜晚,它就会被吹得一脚门里一脚门外地摇荡,发出啪啪的响声,而搅扰了屋里人的美梦。

最自如出入这扇门的无疑就是狗了。看家的狗一般忠于职守,但它们老是待在院子里也是闷的,所以寂寞时会溜出家门,看看院外的风景,或者与其他相熟相知的狗亲昵一会儿。猫呢,它们身怀翻墙跨院的绝技，高高的院墙对它们来说根本就不是屏障，它们往往不走这扇小门，尤其是有狗望着它们的时候，它们会精神抖擞、三下两下爬过院墙，轻盈地跳到院外，让狗只能低头哀叹自己的愚笨。所以猫与狗的关系总是比较疏离。

我养过两条狗，一条是黄狗，一条是黑狗。黄狗叫傻子，黑狗叫黑子。傻子其实一点都不傻，它威风凛凛的，很剽悍，是北极村属得上的一条好狗。它太厉害，一直被一条长长的铁链拴着，只能待在后菜园里。它的嗅觉很灵敏，若是有生人来，隔着一条街，它就会发出吠叫；而若是有主人要回来了，也是隔着很远，它就能感知，提前摇起尾巴，做出欢迎的姿态，而姥爷或是舅舅一会儿的工夫就会推开家门。我常拿了馒头在它面前吃，趁大人不注意，会掰一半喂它。傻子很聪明地飞快地一口把它吞下，然后歪着脑袋十分动情地望着我，发出温柔的叫声，用一只前爪轻轻挠着地，企望我再偷着喂给它一些。我受不了它那种如水的目光和低低的猜叫，总是想方设法满足它。所以，我往往是吃了一个馒头还不够，再去拿第二个。傻子有个爱好，它喜欢吃蜜蜂，它跳得很高地捉空中飞旋的蜜蜂，几乎是百发百中，让我为之欢呼。不过它一吃了蜜蜂我就为它担心，万一蜜蜂没死，蜇破了它的肚子，它还怎么吃食儿啊？我一见它躁动不安地拖着锁链哗啦啦地走来走去，就想，糟了，一定是蜜蜂在傻子的肚子里嗡嗡地飞，闹得它心烦意乱了。我至今不明白它为什么喜欢吃蜜蜂，也许蜜蜂身上有蜂蜜，吃了能甜它的心？傻子的任务就是看家护院，不过到了冬天，家人若是去很远的山中拉烧柴或者是去江上捕鱼，就会把傻子带上。山中有野兽，狗能判断出它们的方位，发出警告的吠叫，提醒主人。而去江上捕鱼时，傻子要被套上爬犁，去时爬犁上装着捕鱼的工具，回来时则多了一样东西，那就是鱼了。傻子一跟着去捕鱼就兴高采烈的。如果运气好，上网的鱼多，姥爷会把狗鱼等不太上讲究的鱼撇给它一两条,它在冰面上就把它生吃了。回家的时候,傻子拖着沉重的爬犁,走了一身的汗,毛发上的汗气凝结成霜,使它看上去成了一条白狗了。我离开北极村的时候,最不舍得的就是傻子。我握着它的爪,哭了。回到父母身边后,只要姥姥家来信了,我就会问信上说没说傻子怎么样了?可信上都是人的消息,没有关于傻子的只言片语。隔了很多年我再回北极村时,傻子还认得我,不过它已经老态龙钟了,毛发稀疏而没有光泽。姥姥说傻子有一回偷吃了鸡窝的蛋,被姥爷打得半死,至此后精神就一天不如一天。傻子最后死了,姥姥念着它对主人多年的感情,把它埋了。

  黑子是我回到父母身边后家人养的狗。它的毛很短,尖头尖脑的,瘸着一条腿,十分丑陋。我不明白家里为什么要养这样一条狗。我不喜欢它,左邻右舍家来了人,它多管闲事地叫得很凶,而当我们家来了生人呢,它却欢天喜地地给迎进来了,简直就是个叛徒。我爸爸的风湿病一旦发作,走路就一瘸一拐的,跟着爸爸走的黑子呢,也是一瘸一拐的。同学们见了我会不怀好意地说,你家的狗跟你爸走路怎么一模一样啊?我觉得很没面子,真想找条绳子把它悄悄勒死。我最厌烦在放学的路上它来迎我,别的同学也有被家中的狗迎接着的,但人家的狗个个都精神,黑子呢,它严格来说是个残疾,所以它一旦跑过来亲昵地蹭我的裤脚,我就没有好声气地斥责它,把它赶走。它夹着尾巴灰溜溜地一瘸一拐地离去,总能招来同学们的嘲笑声。黑子虽然面容丑,它的心却是不丑的。鸡回家时若是顶那扇小门吃力了,它就帮助撞开,用一条腿支着门,让鸡进院子,很有绅士风度的样子,所以鸡们都不反感它。大多数人家的鸡喜欢与狗争食儿,我们家的鸡却不会去吃黑子的食儿。后来镇子里发生狗瘟,黑子染了病,被勒死了,当时让我觉得无比畅快,觉得一块碍眼的东西终于从眼前被清除了,只是以后在镇子里再也看不到有一条狗是一瘸一拐地走路,总觉得少了点什么。而且黑子死了,家中的鸡也显得有些落寞,傻呆呆的,不爱出门,大约是怕回来时万一顶不开门,再也没有狗帮助它们了。不过鸡的落寞也落寞不了多久,它们在冬天时会被宰了,用雪埋了,留作过年时吃。在人心中,家禽的命运跟狗的命运一样,是轻薄的。

比较而言,猫的命运相对要好一些。它们可以依偎在主人的饭桌旁,分享主人吃的东西。而且,它们除了捉老鼠之外,没有其他的活计,所以猫常常是蜷伏在热炕上呼呼大睡。不过,若是仓房中的老鼠闹得凶,主人在米缸里发现了漆黑的老鼠屎,它们就会遭到叱骂,主人会饿着它们,不让它们进屋门,让它们在仓房中专心捉鼠。偏偏很多猫是懒惰和贪图富贵的,一怒之下离家而去,再不肯为主人效劳。所以你家丢失了的猫,几年后在另外一个村镇的人家的炕头上可能会看到。而一个人家养的狗,你就是每天打它五十大板,它也还会兢兢业业地为主人家守夜,这大约就是猫与狗的不同之处吧。常吃人的食物的猫,也许不知不觉中,把人与人的背信弃义的气息也沾染了过去。而狗呢,就像旧时代的小媳妇,即使遭受了天大的委屈,也会忍辱负重地陪伴主人过下去。

哀蝶

　　我童年时曾是扼杀蝴蝶的小妖魔。大兴安岭有一种俗称"大马莲"的蝴蝶,深紫色,羽翼上有点点赤金的颜色,它比一般在花间蹁跹的蝴蝶要大上好几倍,雍容华贵,飞起来姿态娴雅,美得令人炫目。这种蝴蝶不大喜欢徘徊花间,它们通常是在林间的草地上翻飞悠游。我和许多女孩子那时最热衷的事便是用衣服罩住这种蝴蝶,将它捉到手中,它的羽翼在我的指间簌簌抖动的时候,我们便将它在掌心拍死,然后在蝴蝶的蛹上插一颗图钉,将它按到白纸棚的灯畔。晚上拉亮电灯,哗地一照,灯畔那一圈已死的蝴蝶便栩栩如生了。那时我究竟扼杀了多少蝴蝶,已经无从计算了。只知道那些蝴蝶过不多久就会像落叶一样脱离纸棚,落下来的自然和泥土融为一体了。

　　蝴蝶的美是靠羽翼的震颤来传达的,而它的死亡也是由此带来的。折断它的羽翼,它便丧失了传达美的能力。艺术的羽翼同蝴蝶一样是华美而脆弱的。比如一幅名画,它可以在欣赏它的人面前呈现丰满辉煌的羽翼,给赏画的人以一种心灵的沟通和震动,但同时,一把意外的大火会使它化为灰尘。比较而言,陶器的羽翼才算最为坚硬,无论风吹日晒雨淋,都无法伤害它的本质,即使深埋地下,陶还是陶,所以陶才最能成为中国的象征,才经久不衰。

光明于低头的一瞬

我曾经异想天开,认为应该把伟大的艺术品放入坟墓保存。因为展览大厅明亮的光线会使一幅画改变颜色,人的混浊的呼吸会伤害画的神经。但是如果创造艺术是为了让它进坟墓的话,那么人类又如何进行艺术的传达呢?又如何进行精神的交流呢?人是渺小的,艺术却是巍峨的。我们无法得到梵高身上的一片指甲,但他的向日葵却比地球上所有开放的向日葵都灿烂、明亮和忧伤;我们无法得到柴可夫斯基的一根头发,可他的音乐的羽翼将在漫长世纪的空中低回,并且深深地感染着一代一代的人。所以我不再做把艺术品放入坟墓的梦想。我们庆幸人类的先知,他们创造了音乐、绘画、建筑、文学等等的艺术形式,他们向我们传达了已逝世纪的辉煌与宁静,喧嚣与平和,他们艰难地扇动着艺术的羽翼,告诉我们战争、和平、瘟疫、繁华、颓败等等人类曾经历过的一切,我们承受并延续着这一切。埃及的金字塔不可能成为人类文明的永久纪念碑,也可能再过几万年没人会知道梵高、莫扎特、海明威这些在我们这个世纪仍被视为伟大的人物,因为艺术的羽翼既长久又脆弱,它很可能在飞向某一个世纪的途中而彻底消失在茫茫宇宙中,创造这艺术的人的名字也一同沉沉地消失。但这些担忧已经不重要了,重要的是总会有艺术的羽翼会飞向未来的天空,它仍能给人带来生存以外的惊喜和慰藉。如同童年时我在苍茫的暗夜中哗地拉亮电灯,能看到那圈美丽的蝴蝶一般。

大约两年前,我曾写过一篇悲观的文章《谁为这个世界送葬》(这文章最终没能发出),大意是说忽然一日想到如果人类全部消亡了,这个世界不复存在了,能最后为这个世界送葬的是什么?我说是大地上翻飞的画卷、四散的书籍、破败的琴和空旷的建筑。当一颗流星最后一次划破天幕,它会看到大地上我所设想的壮观场景,没有比这种送葬更动人的了。

这种杞人忧天的想法其实缘自内心深处对艺术深深的痴迷和渴望,也可视为对自己精神追求的一种激励。于是,艺术会为这个世界送葬成了我深信不疑的一个真理。人死后暴露出的白骨是那么千篇一律,可人的心灵创造出的艺术光华却又是那么斑斓夺目。这样想来,艺术的确是完善人生的一种途径了。

当我捺住蝴蝶,当它的羽翼在我指间轻轻颤动,我还会扼住它的呼吸吗?虽然我知道蝴蝶不经我的手早晚也会成为泥土的一部分,但现在我的心还是为二十几年前的过失而颤抖了。能够让羽翼震颤这是多么重要的事情,不然那羽翼又有何用?静止千年的美,也抵不上飞翔一瞬的美更动人心魄,因为后者是一种流光溢彩的美。所以我深深祈祷艺术的羽翼不要轻易被人折断,让它自由地颤动并且深入人心吧。同时,我也愿意在这遥远的北国,深深地向着极北的童年生活领地鞠一躬,哀悼那些毙命于我掌心的蝴蝶。

光明于低头的一瞬

年年依旧的菜园

外祖母家有一片很大很大的菜园。春天一到,最先种上的是菠菜、生菜和白菜,之后种香菜、水萝卜和土豆,再之后种那些爬蔓的植物:豆角、倭瓜、黄瓜等。当然,如果弄到茄子秧、柿子秧、辣椒秧,它们也一定会被恰到好处地栽种在园子里,那时候菜园中菜蔬的品种可就丰富多彩了。

外祖母对外祖父说:"你去给园子锄锄草。"

我便跟着外祖父到园子中锄草。

外祖父对外祖母说:"你去园子里给我弄点葱来蘸酱。"

我便跟着外祖母到园子中拔葱。

我常常在帮助外祖父锄草的时候将苗也锄了下来,我也往往在帮外祖母拔葱的时候将葱根断在土里。

我总是帮倒忙,但外祖父和外祖母从不责备我,我是太爱菜园了。

菜园中不总种菜,也种花。花种在边边角角的地方。有步步高、胭粉豆、大烟花、地瓜花、爬山虎,当然种的最多的要数扫帚梅了。只要花一开,蜜蜂和蝴蝶也就来了。绿油油的菜地衬托着紫白红黄的花朵,看上去美极了。

如果看厌了菜园的景致,当然还可以走出园子到自留地去。自留地的面积可要比菜园大多了,它大多种苞谷和麦子。我喜欢啃青苞谷吃,那滋味甜丝丝的,感觉是在吃糖,可又比糖的味道柔和多了。而我喜欢麦子并不喜欢它的果实,我喜欢麦芒,那些像胡茬子一样的麦芒可以用来挠痒痒。

太阳下山了,菜园中还散发着阳光留下的余温,待到月亮升起的时候,菜园完全是另外的景致了。分不清哪里是花,哪里是菜,只是见月光像泉水一样倾泻下来,把那些开花的不开花的植物全都镀上一层银光。这时候蜜蜂和蝴蝶都不见了,只是听得见水边青蛙的叫声,像是在歌颂月夜下菜园的美景。而当天色微明、菜园种的植物感染了浓重的露水、太阳忽然跃出山顶将露珠照散的时候,农人们也就下田干活了。

外祖父和外祖母都是农民。农民是土地真正的主人。我扯着外祖父的手时感觉那手是粗糙而荒凉的,我扯着外祖母的手时感觉那手也是粗糙而荒凉的。外祖父摆弄那些农具的时候我便也跟着摆弄,外祖母给地施肥时我便也跟着施肥。

我不喜欢谷子。外祖母就说:"谷子是粮食啊,人是靠它才活命的啊。"我就渐渐喜欢上了谷子。

外祖父说:"别小看我这片菜园和自留地,它可以养活城里的几十条人命呐。"

我便知道城里其实是个很贫乏的地方。

外祖母告诉我,我生活的地方就是农村,我便知道农村是广大的,我也知道那些菜地和麦田都是农民的命根子。我跟着他们学会了打垄、锄草、间苗、施肥和收割,所以直到如今我的手仍然缺乏女性的细腻和柔美,它们同样是粗糙而荒凉的。

当我的这双手远离那些农具的时候,我就很自然地用手拿起笔回忆那些让人感觉到朴实和亲切的消逝了的日子。回忆那菜园,菜园中的蚂蚱和蜻蜓;回忆麦田,丰收后有稻草人屹立在麦田里的情景。我便觉得那田野的风又微微吹来,我的心头不再是一潭死水,我生命的血液又会畅快地在体内涌流起来。

当我坐在城市的咖啡厅里听着那些饱食终日的人发着空虚的牢骚,我便会想到外祖父劳累一天后吃罢晚饭沿着菜园散步的情景。外祖父呼吸着真正的空气,所以无论在他生前还是死后,他的睡眠都是安详的。如今他在他种过黄豆和玉米的土地上安息了。

外祖母依然健在,她仍然用她粗糙而荒凉的手忙碌在菜园里。外祖母种的菜外祖父如今是吃不到了,就由她的儿孙们来吃,而到了她的儿孙们也吃不到的时候,外祖母肯定早就不在人间了。而菜园总要有人种下去。人一代代地老下去,菜园却永远不老。

冬天来了。冬天来了的时候菜园就被白雪覆盖了。那些好看的蚂蚱和蜻蜓不见了,那些花和碧绿的菜蔬也都死灭了。白雪覆盖着生长过茂盛植物的土地,白雪同样覆盖着为耕种这些植物而死去了的人的灵魂,那些寂寞而宽厚的依附着土地的灵魂。

我的手是粗糙而荒凉的。

我的文字是粗糙而荒凉的。

蚊烟中的往事

如果是夏天,如果火烧云又把西边天映红了的话,我们喜欢将饭桌放置在院落里吃晚饭。当然,这时候必不可少的,是笼蚊烟,因为傍晚的蚊子很活跃,你若不驱赶它,当你享受美味佳肴的时候,它也会叮我们的脸和胳膊,享受它的美味佳肴。

笼蚊烟其实很简单,先是用一蓬干树枝将火引着,让它燃烧一会儿,就赶紧抱来一捆蒿草,将它们均匀地散开,压在火上。这时丝丝缕缕的青烟就袅袅升起了,蚊子似乎很不习惯这股在我们闻来很清香的烟,它们远远地避开了。我们就可以轻松地吃晚饭了。

这样对着青翠的菜园和绚丽晚景的晚饭,是别有风味的。饭桌上通常少不了一碗酱,这酱都是自己家做的。每年二月二龙抬头的日子一过,寒风还在肆虐的时候,做酱的工作就开始了。家庭主妇们煮熟了黄豆,把它捣碎,等它凉透了,再把它们揉捏成砖头的形状,用报纸一层又一层地裹了它们,放置起来。这种酱块到了清明之后,自然风干了,将它身上已经脆了的报纸撕下来,将酱块掰开,放到酱缸里,兑上水和盐,酱就开始了发酵的过程。酱喜欢阳光,所以大多数的人家不是把酱缸放在窗跟前,就是搁在菜园的中央,那都是接受阳光最多的地方。阳光和风真是好东西,用不了多久,酱就改变了颜色,由浅黄变为乳黄直至金黄,并且自然地把酱汁调和均匀了,香味隐约飘了出来,一些贪谗的人受不了它的诱惑,未等它充分发酵好,就盛着它吃了。夏日的晚餐桌旁,占统治地位的就是酱了。那些蘸酱菜有两个来源:野地和菜园。野地的菜自然就是野菜了,比如明叶菜、野鸡膀子、水芹菜、鸭子嘴、老桑芹和柳蒿芽。野菜通常要在开水中焯一下,让它们在沸水中打个滚,捞出来,用凉水拔了,攥干了再吃。野菜中,我最爱吃的就是老桑芹,所以采野菜时,明明看到了大片的水芹菜和鸭子嘴,我还是会绕过它们,去寻觅老桑芹。很多人不喜欢吃老桑芹,说它身上有股子奇怪的气味,像药味,可我却格外青睐它。因为有了酱,就有了采野菜的乐趣,你可以堂而皇之地提着篮子出了家门,就说是采野菜去了,你愿意在河边多流连一刻,看看浸在水中的柔软的云,是没人知道的;你愿意在山间偷偷地采一些浆果来吃,大人们依然是不知道的;反正有那么几种野菜横在篮子中,你就可以理直气壮地踏入家门。但野菜是分季节的,春季和初夏吃它们是可以的,等到天气越来越热的时候,它们就老了,柴了,吃不得了,这时候伺候晚餐桌上酱碗的,就得是园田中的蔬菜了。青葱、黄瓜、菠菜、生菜、香菜和小白菜水灵灵地闪亮登场了。园田中的菜适宜于生吃,只需把它们在清水中洗过则是。一家人围坐在饭桌旁,这个人拿棵葱,那个人拿棵菠菜,另一个人则可能把香菜卷上一绺,大家纷纷把这些碧绿的蔬菜伸向酱碗,吃得激情飞扬的,而此时蚊烟静静地在半空浮悬,晚霞静悄悄地落着,天色越来越黯淡,大家的脸上就会呈现出那种知足的平和表情。

　　我最钟情的酱,是炸鱼酱。鱼来自草甸子中的水泡子。水泡子里有鲫鱼、柳根和老头鱼。父亲用一根柳条杆为我做了杆鱼竿,虽然它不直溜,但钓起鱼来却不含糊。我挖上一些蚯蚓,放到铁皮盒里用土养起来,做诱饵,然后扛着简陋的鱼竿和蚯蚓罐去了大草甸子。水泡子大都在芳香的草甸子上，面积不大，圆形或椭圆形，非常幽静，我择一个水深的地方，将鱼竿抛下去，静候鱼咬钩的时刻。只要鱼上钩了，鱼竿就会像闪电那样颤动着，这时候你轻轻收回鱼竿，随着银白的饵线露出水面，鱼也就跟着摇头摆尾地上岸了。我把逮着的鱼用铁丝穿上，重新上了蚯蚓，把饵线再次抛入水中。水泡子中的鱼不似河里的，它长不大，都是小鱼，而且由于是死水，鱼有股土腥味，所以决不能清蒸和调汤喝，只能放上浓重的调料煎炒烹炸。我钓回来的鱼，基本都是把它连着骨头剁成泥，舀上一碗黄酱，炸鱼酱吃了。只要晚餐桌上有一碗鱼酱，园田中的蔬菜就遭殃了，一盆青菜往往不够，再拔上一盆，可能还是不够，不把酱碗蘸得透出瓷器的亮色，我们的嘴是不会罢休的。当然，我去水泡子边钓鱼的次数屈指可数，一个是因为女孩子家，家长不放心我去；还有一个是我自己也恐惧去了，因为水泡子边的蚊子十分猖狂，一场鱼钓下来，我的脸上被咬得到处是包。终于，有一个学生溺死在水泡子，彻底结束了我的钓鱼活动。二十世纪七十年代不是响应毛主席的号召，到大风大浪里锻炼成长吗？有一次体育老师就把学生带到水泡子，不管大家会不会游泳，一律给赶下水去，让他们经受风浪的洗礼。结果一个不会水的男生被洗礼得丢了性命，他被淹死了。他妈妈闻讯赶来，晕厥在岸边，从此她就常常念着儿子的名字，在水泡子边疯疯癫癫地走。人们说水泡子有了鬼，会缠人，就很少有人涉足了。我猜想那以后水泡子里的鱼也是寂寞的，因为它们听不到人类的脚步声了。

　　酱缸其实是很娇气的，它像小孩子一样需要精心呵护着。它的脸要蒙上一层白纱布，以防蚊虫飞进去，弄脏了它；它喜欢晒太阳，似乎还很害痒，要经常用一个木耙子捣一捣它，把它身上的白醭撇出去；它还惧怕雨水，所以酱缸旁通常要放着一块玻璃，一看雨要来了，就把它盖上去。我就很心疼家中的酱缸，有的时候在学校上课，一听到雷声轰隆隆地响起,就举手跟老师请假,撒谎说要上厕所,而我出了教室后会一路飞奔回家,冲进菜园,盖上酱缸。酱没被淋着,我却会在返回的路上被雨水打湿。

  蚊烟稀薄的时候,火烧云也像熟透了的草莓似的落了。我们吃完了晚饭,天也就越来越陈旧,蚊子又三三两两地回来了。我们把饭桌撤了,打扫干净笼蚊烟的灰烬,站在院子里盼着星星出来,或者是打着饱嗝去火炕上铺被窝。我还记得父亲酒足饭饱在院子中看天时,如果被飞回的蚊子给咬着了,他会得意地喊我妈妈出来,说他很招人稀罕,母蚊子又啃他的脸了!我们那时就都会发出快意的笑声,以为爸爸在开玩笑。长大后我才知道,父亲说得也没错,吸食人的血液的确实都是雌蚊,而雄蚊吮吸的则是植物的汁液。如今曾说过这话的父亲早已和着缥缈的蚊烟去另一个世界了。菜园依然青翠,火烧云也依然会在西边天燃烧,只是一家人坐在院落中笼起蚊烟吃晚饭的岁月一去不复返了,让我在回忆蚊烟的时候,为那股亲切而熟悉的气息的远去而深深地怅惘着。

西栅的梆声

乌镇是一枝莲,东栅、西栅、南栅、北栅是它张开的花瓣。东栅因为天光和烟火气盛,这片花瓣在我眼里是银粉色的。西栅呢,它被不绝的流水环绕着,那层层叠叠的楼台水阁,迷宫似的灰街长巷,也就有了舟楫的气象,似乎你轻轻一推,它们就会启航。这片轻灵的花瓣,在我眼里就是烛白色的了。烛白色不像银白那么耀眼奢华,也不像乳白那么温柔平淡。烛白色,它高贵朴素,充满激情而又深沉内敛。因为烛白色里,掺杂着天堂的色彩。

来乌镇的,不仅仅是人,还有白鹭、云朵、晨雾。与它们比起来,依赖车船出行的人,是多么地被动啊。白鹭来,乘着清风,扇动着丝绸一样的翅膀,倏忽间就翩然而至了;云朵呢,如果它们思念身下这片枕河入梦的人家了,从天宇的某个角落出发,且歌且舞,飘飘洒洒,也是说到就到了。比起白鹭和云朵,晨雾不是远客,它们就栖息在乌镇纵横交织的水泽深处。只要它们起了顽皮,就一哄而起,缚住太阳,把人间幻化为海市蜃楼,霸气十足地做这世界早晨的皇帝。

我在乌镇,住在西栅。西栅由十二座小岛组成,所以进出西栅,须乘坐渡船。到乌镇时已是晚上九点,江南的雨淅淅沥沥下着,好像乌镇这个素服女子忙活了一天,正在做安寝前的沐浴。从西栅的码头登船,去通安客栈,大约一刻钟。西栅的渡船是我喜欢的那种,带篷的木船,梭形,人工摇橹,至多坐六人,既不像大船那样笨拙少情调,又不像只能容一两个人坐的小舟,在水波上活跃得像条鱼一样,让人心生不安。不大不小的渡船,如同恰到好处的鞋子,最适合游人的脚。船家是个女子,乌镇人对她们有个亲切的称谓:船娘。而我觉得,女子的性情,最适合在西栅摆渡。因为这儿不是荒凉的海域,需要顶天立地的男人披荆斩棘,西栅是一个宁静的港湾,是个听桨声的地方,由性情多温婉的女子做"掌门人",再妥帖不过了。

船娘戴着斗笠,不紧不慢地摇着橹。虽然落着雨,但岸上投下的灯影,依然盛开在河面上,看来电的筋骨,实在强啊。没有月亮的夜晚,那一团团湿漉漉的橘黄的灯影,看上去像是月亮生出的金发婴孩,是那么的鲜润明媚。带着一身的水汽,船停靠在客栈的码头上了。简单吃了点东西,洗漱后躺下,已是深夜了。旅途的劳顿,并没有使我立刻入睡。不过在西栅,失眠是幸福的,因为你在静得出奇的夜里,能听见淙淙的流水声。

来乌镇的次日,是茅盾文学奖颁奖的日子。我醒来的时候,西栅还没醒,因为它被浓雾包裹着,所以到了天亮的时辰,它却亮不起来。早饭后,我出了客栈散步。上了一座灰白的石拱桥,站在桥上,只见河两岸的房屋,好像晾晒着一匹匹白色的丝绸,被雾气紧紧缠绕。你想看远一点的河道,看不清楚;想看近处房屋的飞檐,也是看不清楚的。雾中的西栅,也就有了如梦似幻的感觉。上午十点多,雾小了,雨又来了,所以那个白天的太阳,和那个夜晚的月亮,是逃跑的新娘,芳踪难觅。如果说乌镇是一朵静静的莲的话,那么茅盾文学奖的颁奖典礼在我眼里就是昙花。那个夜晚的颁奖盛典结束后,第二天,与会人员纷纷离去了。客栈的小码头忙碌起来,船娘忙碌起来,被桨搅起的水波,也忙碌起来了。

我也乘渡船出去,但奔赴的不是飞机场,而是东栅。太阳终于露出了芳容,天地间变得亮堂起来了。东栅游人如织,每一座石桥、每一条小巷、每一座古老的牌楼下,都有驻足观望和拍照的人。导游带着我们,先是参观了一个专门展览雕花木床的博物馆,然后去了乌镇名酒——从清朝就开张了的三白酒的酿造地。在乌镇这样的水乡,如果没有酒,老百姓的日子,无疑是少了魂儿。出了酒坊,近午的时候,在去餐馆的途中,我在一条巷子里,遇见一个白发苍苍的老婆婆。她将自家炉灶支在屋外,微微弓着背,神色怡然,当街翻炒着一锅羊肉。羊肉显然被酱汁浸透了,油红色,有扑鼻的香气。很多游人停下脚步,眼馋着那锅肉。而我眼馋的,是老婆婆手中的那把锅铲。如果我到了她这般年岁,能像她一样自如地使着锅铲,为自己烹调下酒的小菜,那就是此生最大的福气了。

从东栅回来,小憩片刻,导游又带着我们游西栅,看了白莲塔、通济桥和仁济桥所形成的著名的"桥里桥"景观、蚕丝厂以及酱坊。西栅最有趣的景观,是三寸金莲馆。那里展览的,是历朝历代形形色色的小鞋。有研究者说缠足始于隋唐,也有人说由五代兴起。清入主中原后,反对汉族人缠足,尤其是康熙大帝。从这点看,康熙就是一个充满人性的皇帝。康有为在自己的老家广东南海,还曾联合当地乡绅和开明人士,创立过不缠足会。这种病态的审美和风习,在中国流传了近千年,却是一个不争的事实。那些小巧玲珑的鞋子,多有斑斓刺绣,花色妖娆,可我却看不出丝毫的美来,因为它们是女人的脚镣啊。

游过西栅,天色已昏。我们就近在一处临河的餐馆吃晚饭。饭后,回到客栈,清理完旅行箱,想想明天就要离开西栅了,心中似乎还有什么割舍不下的。九点一刻,我独自出了门,看夜下的西栅。

石板路上,几乎看不见行人了。西栅静起来,而另一种光明,却升起来。点缀着夜晚的灯光,以乳黄为主,但也有幽蓝的光带,裹着石桥,使桥有了闪电的气象。那一盏盏古朴的风灯,在苍灰的屋檐下,随着晚风轻轻摇荡,像恋人温柔的眼。我走进一条深巷,周围竟一个人都不见,那一座座阒然无声的深宅大院,使我怀疑里面居住的不是人,而是神灵。我有些害怕,连忙回到离出发点不远的放生桥那儿,桥下有一个小酒吧,还有零星的顾客。刚停下脚步,就见柳树丛中闪出一只猫来,雪白雪白的,它好像赶赴什么约会,飞也似的越过石桥,去另一岸了。猫离去了,一个清扫员出现了。她一手拎着撮子,一手提着扫帚,打扫石巷。我看了看撮子,里面较少有废纸和食品包装袋之类的垃圾,更多的是落叶。乌镇再怎么的江南,也是秋意阑珊了。我跨上桥,刚好看见有一只载客的船从远处荡来。我听见客人在问:"岸上是什么树呀?"船娘答:"香樟树。"之后再无人语,有的只是水声。我看着这只船渐渐接近石桥,然后鱼似的从桥下跃过,不见了踪影。正当我要走下石桥的时候,一阵梆声石破天惊地响起,这是打更的人在报时了。打更的人穿行在哪一条巷子,我并不知晓。但这寂寥而空灵的梆声,与教堂的钟声一样,让我身心顿时为之一爽。是啊,这禅意深厚的梆声让我明白,所有的盛典和荣耀,不过是一季的盛花,会转瞬间化为流水。那些相识的和不相识的人,包括我自己,不过是这世界的过客而已。明白了这个道理,你就不会在脱离了灯火璀璨、人语喧嚣的环境后,惧怕一个人走夜路。这复古的梆声,让西栅的夜,白了。

第二辑　美景，总在半梦半醒之间

鲁镇的黑夜与白天

名人的故居，最辛劳的要数门槛了。它要承载参观者或轻或重的脚印，这脚印当然比不得落叶抚过来的温存，更比不得风儿漫过来得清爽。更何况，这老门槛迎来的并不是它旧日的主人，它听到的大抵是游人的感慨声和照相机的快门跳动的"咔嚓"声。稍好一些的，也无非是怀着凭吊情怀的人发出的几声叹息。我想这门槛在寂静的深夜，也许会为自己身上无端地沾染了陌生人脚上的尘土而感到难过，它也许会捂着被践踏得伤痕累累的脸，对着屋顶的残瓦或者天井中的老树而哭泣。

我是迈过鲁迅故居的门槛的，我不敢踩它，怕那像历史卷轴一样的门槛会被踏碎了。天色本来就阴沉，再加上人多嘈杂，我已消去了对这老屋的兴趣。只记得它很大，门是一重接着一重的，所有的房间都陈设着古旧的家具和器皿，它们就像老人们历经沧桑的眼睛一样，沉静而又略嫌冷淡地望着我们。我注意到，屋子没有大窗口，那栗色的窗子又一律是木格的。木格很细碎，它们就仿佛是横在窗上的一把把剪刀一样，把进屋的阳光给凭空剪得零落而黯淡，所以几乎很难看到一间阳光充足的屋子。我想当年的"迅哥"流连在这样的深宅大院里，住在永远暮气沉沉的房子里，他对外部世界的关注就会更为迫切了吧。而由这寂静和昏暗生发出的幻想，也会像河里游荡的小鱼一样地活跃。

这是绍兴，而绍兴在我的心目中就是鲁镇。在听过了一场让人失望的"社戏"后，我与几位朋友寻到了一处大排档，那已是子夜时分了。没有星星，亦没有月亮，大排档正在高潮上。那排档是南北向的一条长巷，有些歪斜，而正是这歪斜，使它显出了随意、世俗和浪漫的气息。巷子里湿漉漉的，这当然不是雨的滋润，而是每个摊主洗菜时泼出的水。摊位一座连着一座，它们是清一色的塑料棚顶，每个棚子大约放四五张圆桌，每张桌都能容七八个人。摊前的煤火通红通红的，炒菜的声音和着摊主招徕客人的声音，让人觉得亲切和温暖。我们要了炸臭豆腐干、咸蛋黄炒南瓜丝、爆炒黄泥螺、辣椒鳝丝、盐水煮茴香豆等菜，叫了一壶酒。酒不用说，一定就是孔乙己和阿Q都喝过的黄酒。这酒被温过，未放城市里时尚喝法中要加的话梅、姜丝、冰糖等调味品，因而纯正敦厚。我们先前还比较文雅地吃酒谈天，后来酒喝得人情绪飞扬，几个人就行"棒虎鸡虫"的酒令玩，输家罚酒，往往是男人一说"鸡"就赢，而女人一说"虫"则输，大家又笑又叫，好不快活。这种时刻，我心中鲁镇的影子一闪一闪地呈现了，我嗅到了一股古中国生活的气息。我仿佛看到了孔乙己穿着长衫站着喝酒的情形，他用尖细的手指在柜台上排出一文一文的铜钱；我还看到了在酒楼上的吕纬甫讲述两朵剪绒花故事时怅惘的神情。我甚至想，如果不远处的护城河下停泊着一条船，我们登得船上，在夜色中划桨而行，一定能够看到真正的社戏，能喝到戏台下卖的豆浆。当然，如果碰到一个老旦坐在椅子上咿咿呀呀地唱个不休，我也一样会烦得撑船就走。如果偷不成别家的豆子在船上煮着吃，就姑且偷一缕月光来当发带，让它束着我随风飘扬的长发。夜越来越深了，是凌晨两点的时分了，我们却毫无睡意，这时忽然来了一个瘦弱的孩子，他胸前斜挎的吉他比他还要高。他手里拿着一个用小学生的练习本写就的歌本，很老练地请求我们点歌。他眼睛很大，但却没有少年的那种天真之气。我问他几岁了。他说六岁。又问他点一支歌多少钱，他用生意人惯用的口气告诉我，点一支四元，但如果点三支的话，只收十元钱。我不假思索地说，那就点三支。他唱的第一首歌是《三个老婆》，歌词写得庸俗不堪，什么"三个老婆不嫌多""老婆多了有人疼"等等，歌词里甚至形象地给三个老婆所司其职做了分工，什么做饭的、捏脚的、陪睡觉的等等。他这一唱，大家的心一下子沉下来了。在他身上，我看不到少年闰土身上的天真、朝气和童趣，反而感觉相遇的是成年的闰土，那个被沉重生活压迫得几近麻木的闰土。我们没等他唱另外两首歌，付了他十元钱，打发他走了。他挎着吉他离去的背影有些摇晃，感觉那吉他是一头蛮力十足的怪兽，死死地拖着他走，我真怕它在这黑夜里把这卖唱的少年给拖得支离破碎了。自此，大家再无兴致逗留，仿佛是刚参加完一个好友的葬礼似的，郁郁走掉。

次日我起得很迟，把早饭和午饭放在一块吃了。天色仍然寡白寡白的，两三个朋友聚集在一起，都说不想到安排好的景点去参观，我说那不如到绍兴的老街走一走。以我的经验，看一卷历史书，不如在一个有历史感的老街上走上一程更能领会历史的含义。因为老建筑会透出一股清秋般的苍凉之气，你能在其上看到岁月抚过的痕迹，触摸到历史心音的脉搏。

沿着绍兴广场的护城河向北走，没有多远，老街就呈现了。见到它，我的眼睛蓦然一亮，感觉它仿佛扭着身子活跃地动了几下。在被高楼簇拥着的宽敞的柏油马路上行走，我常常觉得自己走在一具巨大的僵尸上，紧张、空虚、不知所措。而在狭窄的老街上闲走，我会无限地放松和陶醉。这种时刻，你觉得那街分明像河流一样，潺潺地流动着,等着你的脚踏出阵阵水花。这街只有两米左右的宽度,它的两侧是层层叠叠的老房子。房前的门楼各具特色,有的高而窄,有的矮而阔。房子多数是两层的小楼,但也有三层的,极少。它们的色彩以栗色和苍灰为基调,屋顶的瓦却基本是深灰的,灰色年头久了,就泛黑了。不过它们与天色是极为协调的,仿佛它们就是天的底座。你不要小觑了这老街,看着它不长,走起来就长了,长得仿佛没有尽头。而且它也不是笔直的,略略地弯着,它这种弯不是老人的那种透出暮气的驼背,而是一个少女笑得不能自持时妖娆的弯腰,风情万种。街上很少有行人,石板路上干干净净的,给人以明净、清爽之感。我们推开了几户门楼,进得院子,想更直接地接近老房子。真正的老屋比比皆是,它们保持房屋原来的状态,格局是老格局,窗户也是老窗户。到这样的屋子走一下,你会嗅到一股散发着隐隐腥气的潮味,仿佛这房子是放置已久的鱼,它因离河太久而伤感得落泪,那气息或许就是它的眼泪。如果不是有现代的人闪现在房子里,我会误以为回到了一百年前的鲁镇,听见了单四嫂子在空虚寂静的夜晚呼唤宝儿的哭声,嗅到了华老拴买来的人血馒头被火焰舔舐过所发出的奇怪的香味,看到了祝福声中被主人呵斥后凄凉地放下烛台的眼神呆滞的祥林嫂。这是鲁镇,是鲁迅笔下那个永远也不会消失的鲁镇。那屋檐上的荒草,那窗棂上所弥漫的蒙昧天光,那院子中的桂花树,那天井中放置的杂物,似乎都透着旧时代的气息,它让人有某种伤感和惆怅,又让人有某种辛酸后的喜悦。

在那条老街里,我印象最深的是一个着白衣的盲人。他用一根细而长的竹竿探着路走,走得不急不躁,有板有眼。看来他对这老街熟稔之极,老街也许是他的眼睛仅能看到的一道光。当我们走完老街在一家茶楼坐下时,透过拉起的窗户,我能望见护城河上的拱形石桥,那桥是灰色的,上面匍匐着一些绿色藤萝,有棵高高的柳树越过石桥,它就仿佛是一个淘气的少年,赤脚站在水里,笑嘻嘻地看着流水。把目光放得远一些,再远一些,便可望见老街上的房屋,看见灰瓦和飞檐,它们像飘浮在鲁镇上空的凝重的浮云,让我陷于回忆和思索之中。

我总想鲁迅在骨子里其实是一个浪漫主义者。只不过我们把他定位在"民族魂"这个高度后,更多地注意了他作品的现实和批判的精神,而忽略了任何一个伟大的作家内心深处都具有的浪漫主义情怀。从他的故居直到老街,我感受到的是栩栩如生的鲁镇,它闲适、恬静、慵懒、舒缓,这种环境是能让人的想象力急遽飞翔的地方。孔乙己是现实的,但也是浪漫的,只不过那是被苦难压榨出的辛酸的浪漫,他赊账喝酒,他偷了书被人打断了腿时为自己的辩解,都体现了鲁迅在其身上倾注的浪漫主义的热情。还有那个让人过目不忘的阿Q,我觉得他就是一个浪漫主义者,他对革命的无知的游戏态度,他由调戏小尼姑而生发出的对爱情的向往,他自甘其辱后的精神上的自我安慰,直至他为自己生命的终结而努力画上一个圆圈时,他的形象都是神秘的、可爱的,让人憎恨而又同情的。而在《故事新编》中,鲁迅的浪漫主义情怀可以说体现得淋漓尽致,挥洒自如。《奔月》里吃腻了乌鸦炸酱面的嫦娥,《出关》里骑着青牛的老子,还有《铸剑》里在滚烫的大金鼎里那颗如泣如诉的报仇的人头,不都在向我们昭示着:这是些有光彩、有魅力、经得起时间检验的浪漫主义人物嘛!

绍兴似乎总是阴气沉沉的,我心目中的鲁镇因了这特定的天色而一直伫立在眼前。它的白天和黑夜仿佛是没有界限的,白昼有暗夜的气象,而黑夜又有白昼隐约的影子,一如鲁迅作品带给我的气息。当我喝了一杯碧绿的茶,再望护城河的时候,望见了一条乌篷船正从远处荡来。那船黑黑的,就像跃出水面的一条青鱼。到得近处,我见那桨搅起一阵一阵的乌黑的淤泥上来,它使绿水有了一道道黑色的印痕,就像人的伤疤一样。待我把目光再转到石桥上时,竟然看见了先前在老街里遇见的那个盲人,他怀抱着竹竿,坐在石桥上。但他不是沉静地坐着,他不时地转身,用竹竿去抚弄柳树,于是就有一些微黄的柳叶天女散花般地被打落,它们落在水里,向下游荡来,渐渐地接近我们所坐的茶楼。我多想在它们经过的一瞬泼一杯清茶于它们身上,可我怕同行者笑我痴狂,而且我也不敢肯定,它们确乎能够领受茶的芬芳之气,于是就只是静静地看着它们一摇一摆地走远。

第二辑 美景,总在半梦半醒之间

周庄遇痴

未见周庄,先就喜欢上了它的名字。文人总改不了"望文生义"的虚荣毛病,所以一厢情愿地认为周庄一定是个古朴、宁静、平和的有种夕阳西下安闲情调的小镇。

从苏州到周庄,乘车大约要一个多小时。那天是周日,阴雨。同行者说这日子游周庄不好,因为上海离周庄很近,每逢双休日,周庄便人潮蜂拥,到处都是"阿拉"声。我便暗暗祈祷雨下得再大一些,那样"阿拉"声也许便会退潮。可是乌云并不偏袒我满含自私情怀的游兴,它很正直地从天庭撤退了。我第一眼望见的周庄,便是一带青砖灰楼顶上跳荡着的一轮湿漉漉的白太阳。

周庄旧名贞丰里,开始只是个小村落,到了元朝中叶,它才逐渐发展起来。一个地方的迅速繁荣,必定与商业活动有关,而商人中的巨富无疑起着举足轻重的作用。周庄也不例外。是江南富豪沈祐由湖州南浔迁徙至周庄,才仿佛在一夜之间给周庄下了一场白银大雪,使这里富得闪光。而沈祐之子沈万三又给这白银般的富庶涂抹了一层灿烂的金黄色,使它显出一派登峰造极般的辉煌,以至人们传说沈万三有一个聚宝盆。然而富庶极端了便有"招摇"之嫌,沈万三便因此而罹难。

据民间传说,明太祖朱元璋要修筑南京城墙,沈万三曾资助一万三千两白银,负责洪武门至水西门一段工程。后来工程超支,他又捐出一万三千两。但朱元璋贪得无厌,命沈万三献出聚宝盆。沈万三不从,将银子运回周庄,藏在银子浜下,又携带聚宝盆远走他乡。后来他被朱元璋的御林军捉住,发配云南充军。而《周庄镇志》记载:"富民沈秀者助筑都城三分之一,请犒军,帝怒曰:匹夫犒天下之军乱民也,宜诛之。后谏曰,不祥之民,天将诛之,陛下何诛焉!乃释秀,戍云南。"

不管是传说还是史料,都能证明沈万三是因为"露富"而犯上。只要你让皇帝感觉到富得咄咄逼人了,即便不马上人头落地,也只能是虽生犹死、苟延残喘地度过残生。

沈万三终于客死他乡,他的灵柩后来被运回周庄,葬于银子浜底。

周庄的石桥和窄窄的巷道中,果然有层出不穷的"阿拉"声。我们随着导游进入"沈厅"。沈厅原名敬业堂,清末改为松茂堂。由沈万三后裔沈本仁于清乾隆七年建成。沈厅面临河埠,水上有苫着天蓝色布的船在往来穿梭。没有我想象中的临河梳妆或淘米洗菜的女人,那船虽然也古旧,但载的都是嬉笑不已的游人。沈厅的中部是茶厅和正厅,我坐在厅中央的红木椅子上小憩的一刻,觉得一股砭人肌肤的阴凉从足下生起,仿佛我正踩在寒气萧森的地狱之口上。我参观过很多有钱人的宅院,它们大都有着高大的门楼,厅堂四四方方,里面雕梁画栋,陈设的椅子也大都笨重不堪。这样的屋子因为远离窗口,所以阳光的进入就极为艰难。何况周庄的建筑屋檐与屋檐之间几乎相交错,阳光投射下来已经颇多阻隔,又怎谈得上一泻厅堂呢。少见阳光的房屋,在拥有其凝重气氛的同时,必然给人一种挥之不去的压抑感,给人一种隔绝了自然的沉闷感。流连于沈厅那数不清的房屋,就仿佛是行走在地下墓穴一般,让人觉得阵阵悲凉。后来我们一行人聚在一处小茶坊前就着腌苋菜喝阿婆茶,我偶然看见窗前几株绿色植物的叶片上鼓着几滴被阳光照得晶莹剔透的雨滴,才觉得沈厅的周围仍然有生命在搏动,而在那一瞬间抹去了拜访它时萦绕于心头的凄凉感和萧瑟感。

  周庄保留下来的基本上是明清建筑,它的基调是灰色的。在绿色永不凋、永远是春天的江南,这种灰色总是像闪电一样跳跃。一座座的石桥像一匹匹骏马一样横跨在水巷上,并在水中投下它们的倒影。阳光照着石桥和石桥上的人,也照着水中的石桥和人淡墨似的倒影。吆喝茶点的声音仍然从深巷中掠过奇峭的飞檐传来。在某一瞬间,我似乎捕捉到了周庄的神韵,然而不绝如缕的游人很快就冲淡了那种感觉。我在嘈杂声中想象九百年前的周庄,也是这样的建筑,不过人很少,坐在厅堂里喝茶的时候,便能清楚地听到归船的桨声。船归的时候,也许会惊扰水中浮游的鸭子,也许闺中的小姐在临河的绣楼里推开窗户,看看那归船上是否有她喜欢的人。若没有她喜欢的人,又有没有她喜欢的丝绸或陶器。屋前的垂柳把一半绿意赋予石墙,另一半绿意却袅袅漫向河水。天色黄昏时,水巷里溢满金色,糯米糕和清茶的气息在每一位盼夫归来的妇人的指间琴音般萦绕。灰蒙蒙的周庄就在一派典雅平和的气氛中滑入夜晚。后来月亮起来了,周庄没有夜游人,月光就散散淡淡地照着周庄的石桥、流水、屋檐、垂柳以及树深处的鸟……

  然而纷乱的现实很快又把我与周庄的"神交"隔绝,我们开始参观"迷楼"。迷楼原名德记酒店,柳亚子先生同南社诗词社的人曾在此居留并饮酒作赋。顺着狭窄的楼梯攀上二楼,兀然看见几个南社成员的蜡像,他们看上去仿佛是在切磋诗艺,然而人物凝固的表情却给人一种彻头彻尾的做作感。其实有这一座古旧的小楼足以让人想象南社成员在此居留时的风采了,然而人们却总以为用蜡像来复原某种生命才能达到栩栩如生的效果。于是我败兴地下楼,又尾随大家来到三毛茶楼。据说三毛曾在一九八九年仲春来到周庄,我们参观的正是三毛喝茶的地方。茶楼很小,桌凳比较古旧,墙壁上有三毛的巨幅黑白照片。我觉得三毛自缢时不该选择丝袜,而应该用自己的长发做绳索来结束自己,她的长发太美了。我坐在三毛茶楼小憩的一刻,石巷中忽然传来一阵泼辣的叫骂声。那是一个女人的声音。骂声琅琅,无拘无束,跟雨后的阳光一样自由洒脱。我从窗口探出头,见是一个梳短发、着白背心的微胖的中年女人倚着一家铺子的石墙在骂,她目光散漫,举止粗俗,一眼望去便知她是个痴呆。然而正是她这一通骂,使我觉得九百年前的周庄突然掉头回来了。这深深的石巷中有一种经久不息的痴语长风般地穿越了时空。我蓦然想起了沈万三的悲剧命运,他因"露富"而犯上,而痴人却不会因为"露痴"而遭贬谪。"痴",向来被认为是一种无知,所以处于这一状态的人不管说出如何辛辣的话,都不会遭人嫉恨。难怪历史上有那么多名人因为突遭厄运而"佯痴"渡过难关,他们以一种消极的方式进行了内心最痛切的反抗。于是就有了阮籍、嵇康的假意"癫狂",有了明代大才子杨慎被流放云南后,酒后插花满头、穿巷而过,使人疑为痴人的传说。"痴"是一种可以使心灵自由飞翔的生存状态,它像一座永远开着窗口的房屋,可以迎接八面来风。于是我便想,沈万三若是一个"痴人",肯定会逃出朱元璋为他设置的"虎口"。但沈万三不是一介书生,而是财大气粗的商人,这决定了他不会佯痴来求生存。所以世上的英雄有两种,一种是叱咤风云、我行我素、把生命置之度外的人;一种是内敛激情、藏锋不露、能忍受奇耻大辱的人。而我更欣赏的是前者,因为他们像飞旋在阳光中的灰尘一样透明。

朱元璋在南京拥有一片绿意浓郁的山陵作为长眠之所,而沈万三则是"水冢"一座,葬于周庄的银子浜底。王者的灵魂在千秋万代后仍然可以在大地上浪漫地浮游,而沈万三的灵魂则永远湿漉漉地浸在水中,仿佛是在低低饮泣。

光明于低头的一瞬

寻道都江堰

从羊脖岭流出的岷江,在没有都江堰前,性子是暴烈的。稍不如意,它就会挟着滚滚洪流,咆哮上岸,为害生灵。岷江两岸的百姓,饱受水患之苦。秦昭王三十一年,也就是公元前二七六年,蜀地迎来了一位在中国历史上空前绝后的郡守——李冰,他似乎是专为调理岷江的性情而来,历时十八年修建的都江堰,成为他的旷世杰作。从此后,岷江变得温顺了,它滋润的巴蜀大地,无有饥馑,仓廪殷实,稻谷飘香。

四月的川西平原,一派清明。这时节是可以不出太阳的,因为金黄的油菜花已经把田畴照亮了。淡淡的雾霭里,隐约见得鸟儿一闪一闪地掠过。它们的身影是暗淡、模糊的,但它们的叫声却是明朗、活泼的。看来大地上最知春的生灵,是它们啊。

参观都江堰水利工程时,太阳时隐时现着。忽明忽暗的天色,让视野中的岷江不停地变色。阳光照耀着它时,岷江是浅绿的,绿中还泛着微微的蓝;而天色阴郁时,岷江是青绿色的,绿中掺杂了淡淡的紫。不管岷江的颜色怎么变,有一点却是不变的,那就是它的清澈纯净!

这些年,关于被污染了的大江大河的报道,不断地见诸报端。所以能够看到水色灿烂、洋溢着芬芳之气的河流,我有一种惊喜的感觉。李冰正是握着岷江这饱蘸墨汁的笔,书写了人间奇迹。

都江堰的核心工程渠首,选择在岷江的自然弯道上。都江堰海拔七百多米,而成都平原的平均海拔在四百多米,形成了天然的坡降,得以进行自然灌溉。渠首主要由三部分组成:鱼嘴分水堤、宝瓶口和飞沙堰溢洪道。鱼嘴将岷江分为内江和外江,内江流入川西平原,用于灌溉和人民的生活用水,外江泻洪排沙。内江进入宝瓶口后,就像一个少女被束了一条飘逸的腰带,使她的气质变得端庄典雅。因为人工开凿的宝瓶口,以其恰到好处的宽度,控制着进水量,使多余的水无法进入成都平原,而是经飞沙堰分流到外江。由于内江处于凹岸,外江处于凸岸,根据弯道的水流规律,表层水流向凹岸,底层水流向凸岸,自然把岷江中的沙石淘入外江,解决了排沙问题。而所有这一切,都是利用地势和水流的自然规律,并没有大动干戈,成为举世瞩目的无坝引水的典范。难怪二十世纪四十年代,日军准备炸毁都江堰时,当战机盘旋在半空,他们看到身下,只是欢腾的河水,并没有预想中的堤坝时,只能望河兴叹,悻悻而去。那空投下的几颗炸弹,只不过让岷江溅起了几朵灿烂的水花而已。

岷江流经的玉垒山上,有清幽的灵岩寺,还有为祭祀李冰父子而修的二王庙。山寺的桃花因为浸染了香火的幽香,而显得无比的清雅。站在宝瓶口,可以看见身下一棵粗大的皂角树,它斜斜地插在那儿,无比惊艳。这树大约有二十米高,分支繁复,树冠阔达。那嫩绿的叶片充满了勃勃生机,像一群飞翔着的翠鸟。我想疲惫的旅人站在这里,完全可以摘下几朵树上的皂角花,就着岷江水,洗去风尘。洗好的衣服晾晒在哪儿呢?自然是不远处飘荡在岷江上的安澜索桥了。据说,这座桥在唐代以前就存在了,它几经修缮,在明朝末年,毁于战火。由于这座桥是连接岷江南北两岸的"生命线",没了它,两岸的通道也就断了。直到清嘉庆八年（一八〇三），有一个叫何先德的乡绅，偕同妻子，重修索桥。等桥修好后，这个腰缠万贯的乡绅已经成为一个赤贫者。何先德夫妇把这桥命名为"安澜桥"，但后人感激他们的恩德，都叫它"夫妻桥"。川剧有个名段《夫妻桥》，说的就是这个故事。我从宝瓶口下来，沿着岷江逆行，踏上了安澜索桥。这座用木板和粗壮的棕绳捆扎的索桥，看上去就像荡在岷江上的一个巨大的秋千。那时恰好桥上没有行人，我晃晃悠悠地走到桥心时，俯身望着这条流了两千多年依然青春烂漫的河流，忍不住大声叹息了一声。那是一声最美好的满含着缅怀之情的叹息，我为李冰父子、何先德夫妇，为那些伟大的古人而感动。入夜，辗转难眠中，翻阅有关都江堰的书籍，这才知道花间派重要的词人韦庄就葬在都江堰的鱼嘴之侧。他的词我依稀记得的有"住在绿槐阴里，门临春水桥边""遇酒且呵呵，人生能几何"。我一时诗兴大发，胡涂乱抹了一首诗，把它抄在书的环衬上，以示纪念：

　　宝瓶口中插皂角，
　　玉垒山下播青稻。
　　索桥晒衣趁春好，
　　古寺听禅待月高。

离都江堰十几公里处，便是著名的道教的发祥地——青城山。一个午后，我们来到那里。由于先去后山看了一座古镇，所以到了青城山的山门时，已近黄昏。大多数人听说索道即将关闭，便选择在山下闲坐。我和几个人抱着一线希望，拾级而上，至月城湖，然后乘船过湖，上岸后赶上了末班的索道，终于在落日融融的时分如愿地踏入山顶的上清宫。据说道教的始祖太上老君，就是老子的化身。一部

《道德经》，让老子流芳百世。拜谒青城山的人，有多少是为着寻道而来的呢？而"道"，真的在青城山中吗？

老子说，道法自然。看来真正的"道"，是顺应客观规律的。从这个意义上说，李冰是得道者。能够读懂都江堰，也就能够读懂老子的经书。至少对我来说，我要寻的"道"，不在青城山中，那不过是一个被香火缭绕的道场而已；而穿越了两千多年时光依然生机勃勃的都江堰，以其独特的光芒，成了我心中最庄严的道场。我愿意对它，一拜再拜。

今日水犹寒

江苏南通的狼山,被誉为中国佛教的"八小名山"之一。传说古时候,有一只成精的白狼盘踞山头,为害生灵。大圣菩萨来到此山,欲借白狼"一衲"之地修行,白狼慨然应允。大圣菩萨凭借法力,在祭袈裟时令祥云满天飞,山上金光闪烁,最终袈裟将整座山都罩住了。白狼大骇,自知领地将失,痛悔不已。它在远遁他乡前提出一个要求,欲在此山留个名儿。于是,大圣菩萨就将这处宝地封为"狼山"。大圣菩萨以一衲之地,得万树千花;而白狼丧一衲之地,失却的是沧海桑田啊。看来造化的深浅,决定着气象的大小啊。

狼山不高,但因为忘了换旅游鞋,我选择了乘缆车上山。缆车,其实就是"懒车",它在给人带来便捷的同时,也把细致入微的风景掠去了。山上盛开的桃花和玉兰,在缆车下只是红红白白地一闪,就不见形影了,我那么轻易地就与它们灿烂的姿容和蓬勃的香气错过了。所以到山顶的寺庙拜过菩萨后,我想即使脚打了血泡,也要步行下山。

狼山脚下,是长江了。下山时,在每一处休憩处,都可以看见江水。大概由于这儿已是江之尾,海之头,所以江水既带着股入海的欣喜,又有即将脱离旧道的惆怅。它浩浩荡荡,苍苍茫茫。海纵然好,但过于广阔的它看不到江水流经之处常见的那种鸡犬相闻的人间景致,总让人觉得有些空寂和贫乏。看来大也有大的失落啊。

每走一程,我都要停下来,看看身后寺庙的飞檐,看看身前娇羞的桃花,看看身下的江水。与闹市毗邻的山,已没有清幽可言了。山路上随处可见茶肆和商铺,游人与商贩讨价还价的声音不绝于耳。不唯人声喧闹,香气也是喧闹的。香气中有香火的浓香,也有花儿的淡香,还有的呢,是往来的女人身上散发出的各色脂粉和香水的气味。这一波一波的香气朝你涌来,雅也罢,俗也罢,你都得嗅着啊。

就这么着走走停停,不觉已接近了山脚。看看时间尚早,我见旁边的一条小路上没有行人,就叉过去。然而刚踏上那条石板小路,就看见一块指示牌,上面写着"骆宾王墓",并有前行的箭头标记。

骆宾王,不就是那个七岁时做了"鹅、鹅、鹅,曲项向天歌,白毛浮绿水,红掌拨清波"的神童吗?他是著名的"初唐四杰"之一,其中《在狱咏蝉》中的"无人信高洁,谁为表余心"我一直铭记在心。

骆宾王的墓地怎么会在狼山?带着疑问,我踏上那条小路。路旁的草丛中点缀着星星一般的金黄色的野花,我顺手折了一枝,打算献给骆宾王。

山顶的寺庙香火旺盛,人声鼎沸,而骆宾王的墓前却是冷冷清清,一个游人都没有。看来从古到今,文人都是热闹处的冷点。这墓不是一座,而是连在一起的三座墓,骆宾王的居中,右边的是宋金将军墓,左边的是刘南庐墓。我对另两座墓室的主人是陌生的,所以只对着骆宾王的墓深深一拜,并献上那枝花。我在抬头的一瞬,只觉眼前光影浮动,好像一千多年前的时光幽幽回来了。

回到酒店,我翻阅关于狼山的资料,才对骆宾王墓有了大致了解。武则天专权时,徐敬业在扬州起兵,讨伐武则天,骆宾王代徐敬业拟写了檄文,其中的"一抔之土未干,六尺之孤安在"和"请看今日域中，竟是谁家之天下！"令武则天都为之动容，她慨叹："宰相安得失此人！"为骆宾王的才华折服和惋惜。徐敬业兵败之后，骆宾王下落不明。《资治通鉴》说他与徐敬业同时被杀，《新唐书》说他"亡命不知所之"，民间还流传着他投江自尽和遁入空门等说法。

　　南通的骆宾王墓，发现于明朝。说是南通郊区一个姓曹的农民在城北黄泥口开荒掘地，发现一座墓，墓碑上写着"唐骆宾王之墓"，他打开墓一看，见一人"衣冠如新，少顷即灭"，农民吓坏了，他怕被人告发他盗墓，就把墓碑打碎，扔回原处。两百多年后，军山有个处士叫刘名芳，字南庐，他听说这件事后，专程去黄泥口寻觅，发现骆宾王墓一半浸在水中。他掘得一块断碑，上面有"唐骆"二字，刘名芳便向通州知州建议，将骆宾王的墓迁至狼山。如果这一切是真实的话，那么兵败之后，骆宾王隐姓埋名活了下来，最后他死于南通。而与骆宾王为邻的金应将军，是文天祥最忠实的部下，他是在旅途中，客死南通的。

　　这三位墓主，一个生于唐朝，一个生于宋朝，还有一个是清朝。他们一个是一代诗杰，一个是将军，一个是布衣。他们生不同时，死却同处。看来人可以有千万种的来处，归途却只有一个。他们在狼山赏佛乐，听涛声，生前的荣辱悲欢，想必早已化为清风了。

　　其实我拜谒的墓下，所埋之骨是不是骆宾王的，已经不重要了。在我想来，骆宾王的魂灵是诗，而诗魂是可以葬在云中，葬在波涛中，葬在月光中，葬在落花声里的。只要我们还爱恋着山川河流，日月星辰，就可以与他的魂灵相逢。我很喜欢骆宾王《于易水送人》中的两句诗："昔时人已没，今日水犹寒。"能够在这么精短的句子中，把人生的冷暖写到极致，古往今来，又有几人呢？

落红萧萧为哪般

萧红出生时,呼兰河水是清的。月亮喜欢把垂下的长发,轻轻浸在河里,洗濯它一路走来惹上的尘埃。于是我们在萧红的作品中,看到了呼兰河上摇曳的月光。那样的月光即使沉重,也带着股芬芳之气。萧红在香港辞世时,呼兰河水仍是清的。由于被日军占领,香港市面上骨灰盒紧缺,端木蕻良不得不去一家古玩店,买了一对素雅的花瓶,替代骨灰盒。这个无奈之举,在我看来,是冥冥之中萧红的暗中诉求。因为萧红是一朵盛开了半世的玫瑰,她的灵骨是花泥,回归花瓶,适得其所。

香港沦陷,为安全计,端木蕻良将萧红的骨灰分装在两只花瓶中,一只埋在浅水湾,如戴望舒所言,卧听着"海涛闲话";另一只埋在战时临时医院,也就是如今的圣士提反女子中学的一棵树下,仰看着花开花落。

我三月来到香港大学做驻校作家时,北国还是一片苍茫。看惯了白雪,陡然间满目绿色,还有点不适应。我用晚饭后漫长的散步,来融入异乡的春天。

从我暂住的寓所,向南行五六分钟吧,可看到一个小山坡。来港后的次日黄昏,我无意中散步到此,见到围栏上悬挂的金字匾额是

"圣士提反女子中学"时,心下一惊,难道这就是萧红另一半骨灰的埋葬地?难道不期然间,我已与她相逢?

我没有猜错,萧红就在那里。

萧红一九一一年出生在呼兰河畔,旧中国的苦难和她个人情感生活的波折,让她饱尝艰辛,一生颠沛流离,可她的笔却始终饱蘸深情,气贯长虹。萧红留下了两部传世之作《生死场》和《呼兰河传》,前者由鲁迅先生作序,后者则是茅盾先生作序。而《生死场》的原名叫《麦场》,标题亦是胡风先生为其改的。可以说,萧红踏上文坛,与这些泰斗级人物的提携和激赏是分不开的。不过,萧红本来就是一片广袤而葳蕤的原野,只需那么一点点光,一点点清风,就可以把她照亮,就可以把她满腹的清香吹拂出来。

萧红在情感生活上既幸运又不幸。幸运的是爱慕她的人很多,她也曾有过欢欣和愉悦;不幸的是真正疼她的人很少。她两度生产,第一个因无力奉养,生下后就送了人;而在武汉生下第二个孩子时,萧红身边,却没有相伴的爱人,孩子出生不久即夭折。婚姻和生育,于别人是甜蜜和幸福,可对萧红来说,却总是痛苦和悲凉!难怪她的作品,总有一缕摆不脱的忧伤。

萧红与萧军在东北相恋,在西安分手。他们的分手,使萧红心灰意冷,她东渡日本。那期间,她的作品并不多,有影响的,应该是短篇小说《牛车上》。赴日期间,鲁迅先生病逝,这使内心灰暗的她,更失却了一份光明。萧红才情的爆发,恰恰是她在香港的时候,那也是她生命中的最后岁月。《呼兰河传》无疑是萧红的绝唱,茅盾先生称它为"一幅多彩的风景画,一串凄婉的歌谣",可谓一语中的。她用这部小说,把故园中春时的花朵和蝴蝶,夏时的火烧云和虫鸣,秋天的月光和寒霜,冬天的飞雪和麻雀,连同那些苦难辛酸而又不乏优美清丽的人间故事,用一根精巧的绣花针,疏朗有致地绣在一起,为中国现代文学打造了一个独一无二的"后花园",生机盎然,经久不衰。

萧军、端木蕻良和骆宾基,这几个与萧红的情感生活紧密相连的男人,在萧红故去后,彼此责备。萧红身处绝境,一盏灯即将耗掉灯油之际,竟天真地幻想着尚武的萧军,能够天外来客一样飞到香港,让她脱离苦海。萧红临终前写下的"半生尽遭白眼冷遇……身先死,不甘,不甘!"可以说是她对自己凄凉遭遇的血泪控诉!事实是,萧红去了,但她的作品留下来了,她用作品获得了永恒的青春!

我想起了多年以前,追逐着萧红足迹的美国著名汉学家葛浩文,对我讲起他当面指责端木蕻良辜负了萧红时,端木突然痛哭失声。我想无论是葛浩文还是我们这些萧红的读者,听到这样的哭声,都会报之以同情和理解。毕竟,那一代人的情感纠葛,爱与痛,欢欣与悲苦,只有他们自己最清楚。端木蕻良能够在风烛残年写作《曹雪芹》,也许与萧红的那句遗言不无关系:"我将与蓝天碧水永处,留下那半部《红楼》,给别人写了。"而且,按照端木蕻良的遗嘱,他的另一半骨灰,由夫人钟耀群带到了香港,埋葬在圣士提反女校的树丛中,默默地陪伴着萧红。只是岁月沧桑,萧红那一抔灵骨的确切埋葬地,没人说得清了。只知道她还在那个园子里,在花间树下,在落潮声里。

萧红在浅水湾的墓,已经迁移到广州银河公墓,而她在呼兰河畔的墓,埋的不过是端木蕻良珍存下来的她的一缕青丝而已。一个人的青丝,若附着在人体之上,岁月的霜雪和枯竭的心血,会将它逐渐染白;而脱离了人体的青丝,不管经历怎样的凄风苦雨,依然会像婴孩的眼睛一样,乌黑闪亮。

圣士提反女子中学规模不大,但历史悠久,据说范徐丽泰和吴君如就毕业自这里。它管理极严,平素总是大门紧锁。有一天放学时分,趁学生们出来的一瞬,我混进门里。然而一进去,就被眼尖的门房发现,将我拦住。我向她申明来意,她和善地告诉我,萧红的灵骨确实在园内,只是具体方位他们也不知道。如果我想进园凭吊,需要与校方沟通。她取来一张便条,把联系人的电话给了我。我怅惘地出园的一瞬,忽闻一阵琴声。循声而望,那座古朴的米黄色小楼的二层,正有一位梳短发的女孩,倾着身子,动情地拉着小提琴。窗里的琴声和窗外的鸟鸣呼应着,让我分不清鸟鸣是因琴声而起呢,还是琴声因鸟鸣才如泣如诉。

我没有拨那个电话。在我想来,既然萧红就在园内,我可以在与她一栏之隔的城西公园与她默然相望。圣士提反,是首位为基督教殉难的教徒,他是被异教徒用石块砸死的。以他的名字命名的女校,有一股说不出的悲壮,更有一股说不出的圣洁。其实萧红也是一个虔诚的教徒,只不过她信奉的教是文学,并且也是为它而殉难。她在文学史上的光华,与圣士提反在基督教历史上的光华一样,永远不会泯灭。

清明节的那天,香港烟雨蒙蒙。黄昏时分,我启开一瓶红酒,提着它去圣士提反女子中学,祭奠萧红。我本想带一束鲜花的,可萧红在园内四季有鲜花可赏,那红的扶桑和石榴,紫色的三角梅和白色的百合,都在如火如荼地盛开着。萧红是黑龙江人,那里的严寒和长夜,使她跟当地人一样,喜欢饮酒吸烟。我多想洒一瓶呼兰河畔生产的白酒给她呀,可是遍寻附近的超市,没有买到故乡的酒。我只能以我偏爱的红酒来代替了。

复活节连着清明,香港的市民都在休长假,圣士提反女校静悄悄的。我在列堤顿道,隔着栏杆,搜寻园内可以洒酒的树。校园里的矮株植物,有叶片黄绿相间的蒲葵,有油绿的鱼尾葵,还有刚打了骨朵的米子兰。我把它们轻轻掠过,因为它们显然年轻,而萧红已经去世六十八年了。最终，我选择了两棵大树，它们看上去年过百岁，而且与栏杆相距半米，适合我洒酒。一株是高大的石榴树，一棵则是冠盖入云、枝干遒劲的榕树。铁栏杆的缝隙，刚好容我伸进手臂。我举着红酒，慢慢将它送进去，默念着萧红的名字，一半洒在石榴树下，另一半洒在树身如水泥浇筑的大榕树下。红酒渐渐流向树根，渗透到泥土之中。它留下的妖娆的暗红的湿痕，仿佛月亮中桂树的影子，隐隐约约，迷迷离离。

洒完红酒，我来到圣士提反女校旁的城西公园。一双黑色的有金黄斑点的蝴蝶，在棕榈树间相互追逐，它们看上去是那么的快乐；而六角亭下的石凳上，坐着一个肤色黝黑的女孩，她举着小镜子，静静地涂着口红。也许，她正要赶赴一场重要的约会。如今的香港，再不像萧红所在之时那般的碧海蓝天了，从我居所望见的维多利亚港和它背后的远山，十有七八是被浓重的烟霭笼罩着。大海这只明净的眼，仿佛患上了白内障。而圣士提反女校周围，亦被幢幢高楼挤压着。萧红安息之处，也就成了繁华喧闹都市中深藏的一块碧玉。不过，这里还是有她喜欢的蝴蝶，有花朵，有不知名的鸟儿来夜夜歌唱。作为黑龙江人，我们一直热切盼望着能把萧红在广州的墓，迁回故乡，可是如今的呼兰河几近干涸，再无清澈可言，你看不到水面的好月光，更看不到放河灯的情景了。我想萧红一生历经风寒，她的灵骨能留在温暖之地，落地生根，于花城看花，在香港与拉琴的女生和涂红唇的少女为邻，也是幸事。更何况，萧红临终有言，她最想埋葬在鲁迅先生的身旁。

走出城西公园，我踏上了圣士提反女校外的另一条路——柏道。暮色渐深，清明离我们也就越来越远了。走着走着，我忽然感觉头顶被什么轻抚了一下，跟着，一样东西飘落在地。原来从女校花园栏杆顶端自由伸出的扶桑枝条，送下来一朵扶桑花。没有风，也没有鸟的蹬踏,但看那朵艳红的扶桑,正在盛时,没有理由凋零。我不知道,它为何而落。可是又何必探究一朵花垂落的缘由呢!我拾起那朵柔软而浓艳的扶桑,带回寓所,放在枕畔,和它一起做星星梦。

寒夜生花

今冬大兴安岭奇寒,春节前后,气温都在零下摄氏三十七八度之间。世界看似冻僵了,但白雪茫茫的山林中,依然有飞鸟的踪迹;冰封的河流下,鱼儿也在静静地潜游。北风呼啸的街头,人们也依然忙着年。

有生命的不只这些,还有花儿。

是霜花!

每天早晨,我从床上爬起,拉开窗帘,便可望见玻璃窗上的霜花。户外寒风凛冽,室内温度只有摄氏十七八度,所以今冬我见的霜花,不像往年只蔓延在窗子底部,而是满窗盛开!

霜花姿态万千,真是要看什么有什么。挺直的冷杉,摇曳的白桦,风情万种的柳树,初绽的水仙,半开的芍药,怒放的菊花,你在霜花的世界中,都能寻到。当然,除了常见的树木和花朵,霜花也隐现动物的形影,比如呼呼大睡的肥猪,飞翔的仙鹤,低头喝水的鹿,奔跑的狗,游走的蛇等。你要问霜花中有没有人?答案是肯定的。亭亭玉立的少女,蹒跚学步的儿童,弯腰弓背的老人,霜花也不吝惜它的笔,勾勒他们的形影,并为之配上人间的烟火气——房屋、水井、田地、牛车、犁铧、米缸、灶台、饭桌、碗筷甚至肥皂。仅有这些还不够,没有光,世界是彻头彻尾僵死的,于是霜花中就有了日月星辰,有了来自天庭的照耀!

不要以为霜花总是烟花般灿烂,它也有孤独的脚印;它也不总是祥云缭绕,那里也有离人的眼泪!

在这里,一年中最寒冷的时刻,也是最黑暗的时刻。太阳三点多就落山了,好像它答应了要去照耀另一个更黑暗的世界,而把人间过早地推入暮色之中。白昼中被阳光鞭挞的寒流,在太阳消失后,竟做起了浪漫的事情。它们中的一部分,潜入千家万户的窗缝,在人们熟睡时,用月光星光做笔,蘸着清芬的霜,在明净的玻璃窗上,点染出一幅幅图画。

有千万扇窗户,就有千万个霜花的世界,因为霜花的世界没有相同的。今天你看到的芭蕉树形态的霜花,明天演变为一片葳蕤的野花了;今天你看到的少女,明天就可能变成老妪;今天你看到的光秃秃的树,明天挂上了几盏灯笼。还有那饭桌和房屋,可能一夜之间会缺了桌脚,或是两层的房屋变成了三层四层,让你慨叹它们造房的神速。

太阳走得早,并没有想着第二天要早来。它晚来也好,霜花会存留长久些。七点多钟,晨曦初现,霜花被映照成柠檬色,远看像张金箔纸;等八点多太阳完全冒出头来,霜花就是橘红的了,如果此时恰好有酒杯形态的霜花闪烁其中,我就是喝到浓郁的葡萄酒了;而等太阳升得高了,阳光照耀着雪地,天地间跃动着白炽的光芒,霜花就回到本色,一片银白,玻璃窗就成了银库了!不过,太阳每前进一步,霜雪图就损毁一些:花瓣凋零了,树木枯萎了,河流干涸了,房屋坍塌了,动物少了四蹄或是尾巴,犁铧残破了,玻璃窗像是心疼什么人似的,漫溢着霜花的泪滴。阳光把这样的泪滴照耀得晶莹剔透,美轮美奂。如果说冬天也有露珠的话,该是它们吧。

霜花在正午时消失了,玻璃窗干干净净的了!不要以为它们的故事就此结束了,夕阳尽了,霜花又会在玻璃窗上重谱新篇。于是像我这种爱做梦的人,又有了新的憧憬。

霜花似乎很懂得主人的心思,有的时候,我能从霜花中看到已故亲人用过的东西,比如茶壶、眼镜,比如砚台、笔管。让人怀疑他们夜间悄悄匍匐在窗棂上,听我梦中的呓语。在冷酷的现实世界中失去的,那个世界又温柔地回馈了我,让我直想亲吻那片霜花,让我所爱的,再度与我的呼吸共融。

没有一个早晨,我不是与霜花共度的。我站在它面前看它,它也在静静地看我。能与心灵共通的世界,谁敢说是虚幻的!霜花是彼岸世界送给此岸世界的哈达,你的目光与它交汇时,就是领受了福气。

二〇一二龙年到来的那一刻,我凑近霜花,仔细地闻。有一个熟悉的声音在我身后说,你还能闻出香味来?是啊,霜花不是尘世的花朵,没有凡俗的香味。可它那股逼人的清新之气,涤荡肺腑,这难道不是上天赐予人间最好的香味吗?我把这话说与身后发问的人,回首处,却看不见人影,只有门楣处的红灯笼,在寒夜里一闪一闪的,像是在跟我搭话。

美景，总在半梦半醒之间

太阳是不大懂得养生的，只要它出来，永远圆圆着脸，没心没肺地笑。它笑得适度时，花儿开得繁盛，庄稼长势喜人，人们是不厌弃它的；而有的时候它热情过分了，弄得天下大旱，农人们就会嫌它不体恤人，加它身上几声骂。看来过于光明了，也是不好。月亮呢，它修行有道，该圆满时圆满着，该亏的时候则亏。它的圆满，总是由大亏小亏换来的。所以亏并不一定是坏事，它往往是为着灿烂时刻而养精蓄锐。

在故乡的夜晚，一本书，一杯自制的五味子果汁，就会给我带来踏实的睡眠。可是到了月圆的日子，情况就大不一样。穿窗而过的月光，会拿出主子的做派，进了屋后，招呼也不打，赤条条地，仰面躺在我身旁空下来的那个位置。它躺得并不安分，跳动着，闪烁着，一会儿伸出手抚抚我的睫毛，将几缕月光送入我的眼底；一会儿又揉揉我的鼻子，将月华的芳菲再送进来。被月光这样撩拨着，我只能睡睡醒醒了。

月光和月光是不一样的。春天的月光，似乎也带着股绿意，有一种说不出的嫩；夏日的月光呢，饱满、丰腴，好像你抓上一把，它就能在指尖凝结成膏脂；秋天的月光，一派洗尽铅华的气质，安详恬淡，如

第二辑　美景，总在半梦半醒之间

古琴的琴音,悠远,清寂;冬天的月光虽然薄而白,但它落到雪地后,情形就不一样了,雪地上的月光新鲜明媚得像刚印刷出来的年画。所以冬日赏月,要立在窗前。看着月光停泊在雪地上焕发出的奇异光芒,你会想,原来雪和月光,是这世上最好的神仙眷侣啊。相比较,冬春之交的月光,就没什么特别动人之处了。雪将化未化,草将出未出,此时的月光,也给人犹疑之感,瑟瑟缩缩的。

今年四月十号,是满月的日子,又是周末,故乡的亲人们聚在一起,做了几道风味独特的菜,大家快活地喝酒聊天。晚饭后,我回到自己的住处时,月亮已经升起来了。微醺的缘故,未及望月,我就熄灯睡了。大约凌晨三点来钟的样子吧,我被渴醒了。床畔的小书桌上,通常放着一杯白开水。室内似明非明,我起身取水杯的时候,发现杯壁上晃动着迎春枝条般的鹅黄光影。心想月光大约太喜欢玻璃杯了,在它身上作起了画。喝过那杯被月光点化过的水,无比畅快。回床的一瞬,我有意无意地望了一下窗外,立时被眼前的情景震住了:天哪,月亮怎么掉到树丛中了?我见过的明月,不是东升时蓬勃跳跃在山顶上的,就是夜半时高高吊在中天的,我还从没见过栖息在林中的月亮。那团月亮也许因为走了一夜,被磨蚀得不那么明亮了,看上去毛茸茸的,更像一盏挂在树梢的灯。那些还未发芽的树,原本一派萧瑟之气,可是掖在林间的月亮,把它们映照得流光溢彩,好像树木一夜之间回春了。

看过了这样的月亮,我再回到床上时,又怎能不被美给惊着呢!虽然我接着睡了,可是往往眯上二三十分钟的样子,又惦记着什么似的,醒来了。只要睁开眼,朦胧中会望一眼窗外——啊,月亮还在林间,只不过更低了些。再睡,再醒来,再望,也不知循环往复了多少次,月亮终于沉在林地上,由灯的形态,变幻成篝火了。这是那一夜的月亮,留给我的最后印象。

第二天彻底醒过来时，天已大亮。窗外的山，哪还有满月时的圣景。消尽了白雪而又没有返青的树，看上去是那么的单调。虽然寻不见月亮的踪迹，但我知道它因为昨夜那一场热烈的燃烧，留下了缺口，不知去哪儿疗伤去了。因为它燃烧得太忘我了，动了元气，所以不管怎么调理，此后的半个月，它将一点点地亏下去。待它枯槁成弯弯的月牙儿，才会真正复苏，把亏的地方，再一点点地盈满。它圆满后，不会因为一次次地亏过，而就不燃烧了。因为月亮懂得，没有燃烧，就不会有灰烬；而灰烬，是生命必不可少的养料。

我怎么能想到，在印象中最不好的赏月时节，却看见了上天把月亮抛在凡尘的情景呢。在那个时刻，那团月亮无疑成了千家万户共同拥有的一盏灯。假使我彻头彻尾醒着，这样的风景即使入了眼，也不会摄人心魄。正因为我所看到的一切在黎明与黑夜之间，在半梦半醒之间，那团月亮，才美得夺目。

冰灯

冰是寒冷的产物,是柔软的水为了展示自己透明心扉和细腻肌肤的一场壮丽的死亡。水死了,它诞生为冰,覆盖着北方苍茫的原野和河流。

我出生在漠河,那里每年有多半的时间被冰雪笼罩着,零下三四十度的气温是司空见惯的。我外婆家的木刻楞房子就在黑龙江畔,才入九月,风便把树梢经霜后变得五颜六色的树叶给吹得四处飘扬,漫山漫坡落叶堆积,斑斓奇丽。然而这金黄深红的颜色没有灿烂多久,雪便从天而降,这时节林中江面都是一片白茫茫的。奔腾喧嚣的黑龙江似乎流得疲惫了,它的身上凝结了厚厚的冰层,只有极深处的水在河床里潜流着。那时候冰上就可以打爬犁,用鞭子抽陀螺玩,当然还可以跑汽车。水在变成冰后异常坚硬,它的负载能力极其惊人。这时节我们还用冰钎凿开冰层捕鱼,将银白的网撒向鱼儿穿梭的底层的水域。撞网的鱼总是络绎不绝。

在水源枯竭的漫漫寒冬,人们曾凿冰放到缸里融化,使之成为饮用水。而将冰做成一盏盏灯,不知是谁最先发明的。总之人在利用冰满足了物质需求之后,理所当然便有了审美的要求。我最初见到冰灯是在童年记事的时候,当然是过年的时候了。人们用韦得罗(俄语音译,意谓小水桶,一种底小肚大,横面切断呈梯形的盛水用具)装满清水,然后放到屋外的寒风中让它冻成冰,未等它全部冻实,便将其提回屋里,放到火炉上轻轻一烤,冰便不再沾连桶壁,再从正中央凿一小小的圆洞,未成冰的水在桶倾斜时汩汩而出,剩下一具腹中空空、四面冰壁环绕的躯壳,那便是冰灯了。除夕,家家户户门口的左右两侧都摆着冰灯,它们体体面面地坐在木墩上,中央插着蜡烛,漆黑的夜里,它们通身洋溢着无与伦比的宁静和光明,那是每家每户渴望春天的最明亮的眼睛了。

北方的百姓如今过年仍然沿袭着这一古老的习俗,在吃热气腾腾的团圆饺子时,屋外干冷的空气中绽放着睡莲般安详的冰灯,它的美丽和光明曾温暖了我寂寞的童年时光。

离开大兴安岭后,我来到了哈尔滨。一到冬天,这座有典型俄罗斯情调的城市便开始筹备一年一度的冰灯游园会了。人们在冰封的松花江上切割下一块块巨大的冰,然后用吊车弄到岸上,再由卡车运至兆麟公园,接下来便是来自世界各地的冰雕艺术家施展才华绝技的时候了。他们在园子里竖起了一道道晶莹剔透的冰墙,然后在各个角落雕出了狮子、老虎、雄鹰、孙悟空西天取经、天使、长城、荷花、宫殿等等千姿百态、栩栩如生的冰雕作品。冰雕里装饰着五颜六色的彩灯,一到夜晚,那些灯亮起来,那冰因此而变成了嫣红、桔黄、天蓝、浓翠、浅粉和深紫。来自各地的观光游客就纷纷涌向那里。

我也去了看了冰灯。公园里人潮涌动,照相机的闪光灯闪烁不休,千姿百态的冰雕作品妖娆地出现在我眼前。我走上一条长长的冰墙筑成的走廊,我摘下手套,用温暖的手去抚摸冰墙,寒冷透过肌肤浸润着我的整个身心。我的心竟悚然为之一抖。我抚摸的是松花江的冰,这玲珑剔透的冰是松花江水失去呼喊后沉默的结晶。这是沦陷时那曾经被鲜血浸染的松花江的水吗?这是遭受现代工业文明污染后的松花江的水吗？这是那负载过无数苦难的岁月之舟的松花江的水吗？它是如此冰冷、凛冽而断肢解体地把那晶莹和单纯展现给观众，它那么虚荣地把河床底层淤积的泥沙和碎屑给摈弃了。它的红色是彩灯装点的结果，而不是沦陷时人民惨遭日军屠戮陈尸松花江的那种血腥之色了；它的黄色也是彩灯装点的结果，而不是连年来遭受严重污染、水患纵横的松花江浊黄的水流了。如果说松花江是多么慷慨大度地把轻盈和美付托给了世人，莫如说松花江是多么脆弱和公正：它的脆弱在于它无法拒绝世人慕美的心态；它的公正在于它只展现瞬间的美，当春风拂动大地的时候，再美的冰雕也会化成空气和水，消失在广阔的土地和茫茫的宇宙之中。

在远离人烟的地方，人们点起冰灯是为了驱散沉重的黑暗；而在人烟稠密被灯火笼罩着的城市，人们之所以不让冰灯呈现本色而装饰起各种彩灯，是因为城市已经没有真正的黑夜可言，人们只能把美寄托给多彩的光焰。而绚丽的色彩永远抵不上一种本色更为经久不衰。

从冰灯乐园出来，我的心中矗立的仍然是二十几年前漠北家门口的那两盏冰灯：它那寂静单纯的美对我的诱惑和滋养是永恒的。

春天是一点一点化开的

立春的那天,我在电视中看到,杭州西子湖畔的梅花开了。粉红的、雪白的梅花,在我眼里就是一颗颗爆竹,噼啪噼啪地引爆了春天。我想这时节的杭州,是不愁夜晚没有星星可看了,因为老天把最美的那条银河,送到人间天堂了。

而我这里,北纬五十度的地方,立春之时,却还是零下三十度的严寒。早晨,迎接我的是一夜寒流和冷月,凝结在玻璃窗上的霜花。想必霜花也知道节气变化了吧,这天的霜花不似往日的,总是树的形态。立春的霜花团团簇簇的,很有点花园的气象。你能从中看出喇叭形的百合花来,也能看出重瓣的玫瑰和单瓣的矢车菊来。不要以为这样的花儿,一定是银白色的,一旦太阳从山峦中升起来,印着霜花的玻璃窗,就像魔镜一样,散发出奇诡的光辉了。初升的太阳先是把一抹嫣红投给它,接着,嫣红变成了橘黄,霜花仿佛被蜜浸透了,让人怀疑蜜蜂看上了这片霜花,把它们辛勤的酿造,洒向这里了。再后来,太阳升得高了,橘黄变成了鹅黄,霜花的颜色就一层层地淡下去、浅下去,成了雪白了,它们离凋零的时辰也就不远了。因为霜花的神经,最怕阳光温暖的触角了。

虽然季节的时针已指向春天了,可在北方,霜花却还像与主子有了感情的家奴似的，赶也赶不走。什么时候打发了它们，大地才会复苏。四月初，屋顶的积雪开始消融，屋檐在白昼滴水了，霜花终于熬不住了，撒脚走了。它这一去也不是不回头，逢到寒夜，它又来了。不过来得不是轰轰烈烈的，而是闪闪烁烁地隐现在窗子的边缘，看上去像是一树枝叶稀疏的梅。四月底，屋顶的雪化净了，林间的积雪也逐渐消融的时候，霜花才彻底丢了魂儿。

在大兴安岭，最早的春色出现在向阳山坡。嫩绿的草芽像绣花针一样顶破丰厚的腐殖土，要以它的妙手，给大地绣出生机时，背阴山坡往往还有残雪呢。这样的残雪，还妄想着做冬的巢穴。然而随着冰河乍裂，达子香花开了，背阴山坡也绿意盈盈了，残雪也就没脸再赖着了。山前山后，山左山右，是透着清香的树、烂漫的山花和飞起飞落的鸟儿。那蜿蜒在林间的一道道春水，被暖风吹拂得起了鱼苗似的波痕。投在水面的阳光，便也跟着起了波痕，好像阳光在水面打起蝴蝶结了。

我爱这迟来的春天。因为这样的春天不是依节气而来的，它是靠着自身顽强的拼争，逐渐摆脱冰雪的桎梏，曲曲折折地接近温暖，苦熬出来的。也就是说，极北的春天，是一点一点化开的。它从三月化到四月甚至五月，沉着果敢，心无旁骛，直到把冰与雪安葬到泥土深处，然后让它们的精魂，又化作自己根芽萌发的雨露。

春天在一点一点化开的过程中，一天天地羽翼丰满起来了。待它可以展翅高飞的时候，解冻后的大地，又怎能不做了春天的天空呢！

谁能让我带走星空

祭灶前夜，我回到故乡。想必半个冬天在哈尔滨为烟霾所困，没过多少有蓝天的日子，也没呼吸多少好空气，眼睛和肺子空前亏着了，所以下了火车进了家，一顿酒肉下肚，见午后阳光甚好，窗外是白雪世界，也不顾旅途劳顿，冒着零下四十度的严寒，就去户外散步了。

我没戴口罩，大口大口呼吸着来自山野的新鲜空气。呼出的热气与冷空气交融，很快在我面部制造了一场"树挂"，未被帽子围巾护卫住的刘海、鬓角和睫毛，顷刻间濡满霜雪。刘海宛如盛开的梨树，变得沉实了——那是花朵压弯枝条了！而寒风在我鬓角，不打招呼地插上两支鹅毛笔了！它们这么做，想让我书写冬天的诗篇吧。最有趣的是上下睫毛，霜雪做了红娘，生生将它们粘在一起了！可我要赏这大好冬景，就得让它们劳燕分飞。不管外部环境多么酷寒，人的眼睛永远涌动着温泉，只要使劲眨眼，眼底的热气就把睫毛的霜雪融化了！不过睫毛正浓情蜜意着，拆散它们是要付出代价的。你眨眼撕扯它们的时候，脱落的霜雪会掠走几根睫毛，做它们的俘虏。如果你冰天雪地走一遭回来，发现睫毛稀疏了，千万不要大惊小怪啊。

踩着白雪走在街上，听着"咯吱——咯吱——"的回声，如闻天籁。抬头看天，它是那么的蓝，蓝得不真实似的，让人怀疑自己被罩在水晶玻璃里,直想用一把大锤,砸向那片蔚蓝,看它是不是天!百货商场前的小广场,成了爆竹、春联和灯笼的专卖场。卖主们一边招揽生意,一边跺脚御寒。不跺脚也不行啊,他们穿得再厚,也厚不过寒风的脸皮。我心想,这红红火火的春联和灯笼,要是变成一汪炭火该多好啊,可惜我不是魔法师。

腊月的街市,一派忙年的情景。街角卖花生瓜子的汉子,在外站了多半天了吧,他的黑胡子挂着霜,成了白胡子了!卖糖葫芦的女人,冻得嘶嘶哈哈的,脸颊比糖葫芦还鲜艳!最引人注目的,是一条拉着三轮车奔跑的大黄狗。三轮车上载着一个老头和他采买的年货。狗跑得一身热气,眼睑处雪茫茫的,而老头叼着烟袋,自在地吸烟。联想起在城里看到的那些被主人打扮得漂漂亮亮的宠物狗,我对这条大黄狗,无比怜惜。但转而一想,这狗参与了忙年的事务,有新鲜空气可吸,能为主人出力,兴许还很快乐呢。

这场雪中漫步,使我受了风寒,当夜就咳嗽起来。咳得睡不着的时候,我关掉灯,站在窗前望星空。窗外的山峦原野,此刻被白雪统帅着,即便下弦月的日子,半个月亮加上满天繁星,也把它们照亮了。十多年前我和爱人最喜欢夜晚撩开窗帘,依偎在床上赏月。我们不止一次看见流星划过。很奇怪,他去世后,我回到我们生活的地方,还是躺在这张床上,独自也赏了无数轮好月亮,却很少看到流星。如果说他是流星的话,划过短暂的生命时空后,我是多么希望他落入我的心底啊。因为到了我心底,他就是做了恒星了,再不会陨落。可我深知故乡的原野,是他魂牵梦系之地。而他坠入原野,是坠入辽阔和自由,比坠入爱人的心,更加地久天长。

故乡的星空显得很低,星星仿佛枝头的花朵,唾手可得。这样的星空,也就给人花团锦簇的感觉。我也曾无数次站在城市窗前望星空,可那里空气一年不如一年,我见到的星月,容颜也就越来越憔悴。

月亮常常乌蒙蒙就出来了,像是多日没洗脸似的;而星星稀疏极了,混沌的大气中,有一张看不见的嘴,吞噬了太多的星星。所以每次回乡,我最惬意的,就是望星空。

第二天母亲推门而至,见我重感冒了,埋怨我不该一下火车就去散步,待她看到我夜里没拉窗帘,"啊呀——"叫了一声,说我这是犯着星星了!在她眼里,星星不都是好东西,有心肠坏的,夜里缠磨在人身上,会让人害病。我小的时候,她不止一次听了算命先生的,勒令我"躲星"。天一擦黑,家里就像进入备战一样,早早关门闭户,不许外人进来。睡房的窗帘拉得严严实实的,外屋地的尿罐被端了进来,我不能到透进星光的外屋地解小手。好像星光是刀刃,擦着它们就会有灾。我长大以后,母亲虽然不迷信算命的了,但她对星星仍是心怀抵触,总嘱咐我睡觉别忘了拉窗帘。

明明是寒风犯下的错儿,母亲非算到星星身上,我心里直为它们叫屈。星星知道自己落了埋怨吧,我生病的那几天,它们忙碌极了,频频来我床前探视。没有一个夜晚,我不是沐浴着星光入睡的。这样的星光就是一味芬芳的药,很快治好了我的病。

我的故乡并不是世外桃源,因为有人类的地方,就会有罪恶,有腐臭和腥膻。所幸它的广阔和它的不发达,给这里的人们提供了良好的生存空间。即便是冬天,哪怕零下三四十度的严寒,哪怕吸进肺子里的是冰碴,但这清冽的空气是多么令人留恋啊。

年过完了,我也要返城了。每次离开故乡,家人都会让我带上各色绿色食品,野生的蘑菇木耳,小磨坊磨出的黑面,各类江鱼、韭菜花、风干肠、小笨鸡、山野菜等等,够我吃小半年的。因为这半个冬天在哈尔滨被PM2.5所害,太向往新鲜空气了,我这次最想带走的,不是故乡的吃食,而是星空!因为带走这样的星空,就有了蓝天,有了好空气,有了温柔的梦乡!

可是谁能让我带走星空呢？我们又是在哪里失去了灿烂星空呢？

三十年前，我曾写过一篇童话《拾月光》，说是一个少年背着桦皮篓，带把小铲子，每天去冰面拾月光，把月光带到冰屋子里，当柴来烧。那时的我无论在城市还是乡村，都被月亮朗照着，所以写出了这样的童话。而如今身处之境越来越污浊，怕是这样的幻想，再不会在心中发芽了。

如果我们不能给下一代一个美丽星空，我们眼前的繁华，都将化为尘埃。

上个世纪的飞雪和溪流

去年深冬,在回故乡的慢行列车上,我遇见了两个老者。他们一胖一瘦,相对着坐在茶桌旁,一边喝酒,一边愉快地交谈。其中的一个说,四十多年前的一个夜晚,他驾着手推车,从山上拉烧柴回家。走到半程时,天飘起了雪花。雪越下越大,到了一个三岔路口时,他习惯地上了一条路。然而走了一会儿,他发现那路越走越生,于是掉转车头,又回到岔路口。雪花纷纷扬扬的,天又黑,他分辨不出南北东西了,于是凭着直觉,又踏上了一条路。可是他越走越心虚,因为那条路似乎也是陌生的,他害怕了,又一次回到岔路口,心想这么目的不明地乱走,不如停在原地,等待天明雪住了再说。怕夜里狼来袭击,他生起了一团火。深夜时,家人寻来了。他这才知道,他第一次踏上的路,是正确的。只不过因为雪太大,改变了路的风貌。那人说:"谁能相信,我让雪花给迷了路呢!要是搁现在,可能吗?"他指着车窗外的森林说:"看看,这雪一年比一年小,风一年比一年大,这还叫大兴安岭吗?"

透过车窗,我看见稀疏的林地上,覆盖着浅浅的积雪,枯黄的蒿草在风中舞动。而在雪大的年份,那些蒿草会被雪深深地埋住,你是看不到的。天虽然仍是蓝的,可因为雪少得可怜,那幅闪烁的冬景给人残破不堪的感觉。

而这样的景象,在大兴安岭,自新世纪以来,是越来越司空见惯了。

我想起童年在小山村的时候,每逢冬天来临,老天就会分派下一项活儿,等着我们小孩子来接收,那就是扫雪。那个年代的雪,真是恋人间啊!常常是三天一小场,十天一大场,很少碰到一个月没有雪的时候。雪会大到什么程度呢?有的时候,它闷着头下了一夜,清晨起来,你无法出去抱柴了,因为大雪封门了。这个时候,就得慢慢地推门,让它渐渐透出缝隙,直到能伸出笤帚,一点点地掘开雪,门才会咧开嘴,将满院子的白雪推进你的视野,有如献给你一个明朗的笑。门开了,我们赶紧穿上棉鞋,戴上围脖和手套,去院子中扫雪。先是扫出一条能容人通行的小路,然后把雪撮到大花筐里,放到爬犁上,一车车地运到自家的菜园里,堆起来,做肥料了。第二年春天,融化的雪水会滋润黑土,利于耕种。

因为雪造访得频繁,冬天时,那些爱串门的人,在踏进别人家的门槛时,第一件事就是跺脚,抖掉沾在鞋上的雪。因此,那儿的人家,在冬天时,爱在门口放一个毡垫。

那个年代,不光是雪多,溪流也是多的。夏天,我们常到山上玩,渴了,随时捧山间的溪水来喝。溪水清冽甘甜,带着草木的清香,我喝的这世上最好的水,就是大兴安岭的溪水。那时植被好,雨水丰沛,因而溪流纵横。女孩们夏天洗衣服,爱到溪水旁。省了挑水,可以洗个透彻。洗衣服的时候,蝴蝶和蜻蜓在你眼前飞来飞去的,它们的翅膀有时会温柔地触着你的脸;而溪水中呢,不仅浸泡着衣服,还浸泡着树和云的影子,好像它们嫌自己不干净,要你帮着洗一洗似的。洗完了衣服,我们往往会趁着太阳好,把衣服搭在溪畔的草地上。晾晒着的衣服紫白红黄都有,蜜蜂也许把金黄的衣服当成了大盘的向日葵，围着它嗡嗡地闹；而盘旋在红衣服上空的，往往是乌鸦，它们一定以为那是一大块鲜肉，想着大快朵颐。

大兴安岭的河流，到了冬天都封冻了。柔软的水遇到零下三四十度的严寒，哪有不僵的呢？可母亲告诉我，我们家在设计队住的时候，后山上有一道泉水，冬天是不冻的。她觉得这条泉神奇，于是常常去那儿接了泉水，挑回来给我们喝。她常用劳苦功高的语气说："你聪明，就是喝那山泉喝的！"可我也有愚蠢的时候，便问她是否也曾让我喝过阴沟的水？母亲气呼呼地冲我翻白眼，叫着："没良心啊！"母亲说，我们后来搬家了，所以那道泉水在那座山上，究竟活了多少个冬天，她是不知道的。

冬天有冬天的样子，夏天有夏天的样子，风霜雨雪交替而来，那才叫好日子啊。雪灾、旱灾和火灾，那时真是少有啊。我还记得，有一年起了雷击火，父亲奉命去打火，他们到了山中，只是打了防火隔离带，守着它而已。火着到一定程度，自然灭了，父亲回家了，他带回了公家发放的压缩饼干，我们抢饼干吃的时候，竟然觉得打火是一件美妙的事情。

大兴安岭的开发，使林木资源日渐匮乏，小时候常见的参天大树，好像都被老天召走，做了另一个世界晚祷的蜡烛，难觅踪影了。而那如丰富的神经一样遍布大地的溪流，也悄然消逝了。好在政府实施了天然林保护工程，使受到摧残的林地有了复苏的机会。如今的大兴安岭，冬天少雪，夏季少雨，风天多了起来，火灾时有发生，在那儿工作的人，春秋两季的防火，成了一年中最重要的事情。我已故的爱人，对人是悲观的，他说只要人在，自然就会遭受破坏。他曾天真地对我说："大兴安岭全境人口不过五十多万人，我看不如把所有的人口都迁出去，异地安置，做到真正的封山。这样，政府也不用往这儿投一分钱，靠自然的力量，几十年后，树起来了，动物也起来了，中国会留下最好的一片原始森林。"大兴安岭的面积相当于一个法国,如果他的愿望实现的话,这不仅仅是中国人的福气,也是世界人的福气。可我知道,这样的想法,无论是在他生前还是死后,都是"天上的想法"。

我怀念上个世纪故乡的飞雪和溪流。我幻想着,有一天,它们还会在新世纪的曙光中,带着重回人间的喜悦,妖娆地起舞和歌唱。

雪山的长夜

午夜失眠,索性起床望窗外的风景。

以往赏夜景,都不是在冬季。春夜,我曾望过被月光朗照得荧光闪闪的春水;夏夜,我望过一叠又一叠的青山在暗夜中呈现的黝蓝的剪影;秋夜,曾见过河岸的柳树在月光中被风吹得狂舞的姿态。只有冬季,我记不起在夜晚看过风景。也难怪,春夏秋三季,窗户能够打开,所以春夜望春水时,能听见鸟的鸣叫;夏夜看青山的剪影时,能闻到堤坝下盛开的野花的芳香;秋夜看风中的柳树时,发丝能直接感受到月光的爱抚,那月光仿佛要做我的一绺头发,从我的头顶倾泻而下,柔顺光亮极了。而到了寒风刺骨的冬季,窗口就像哑巴一样暮气沉沉地紧闭着嘴,窗外除了低沉的云气和白茫茫的雪之外,似乎就再没什么可看的了。

然而在这个失眠的故乡的冬夜,我却于不经意间领略到了冬夜的那种孤寂之美。

站在窗前,最先让我吃惊的是那三座雪山。原以为不到月圆的日子,雪山会隐去真形,谁知它们在半残的月亮下,轮廓竟然如此分明,我甚至能看清山脊上那一道一道的雪痕!

那三座雪山,一座向东,另两座向南。在东向和南向的雪山之间,有一道很宽的缝隙,那就是呼玛河。我在春夜所观赏过的春水,就是它泛出的波光。冬夜里,河流被冰雪覆盖着,它看上去就像遗弃在山间的一条手杖。这巨大的手杖白亮而光滑,想必是天上的巨人所用之物。夜晚的雪山不像白日那么浑厚,它仿佛是瘦了一圈,清隽秀丽,因而显得高了许多。仿佛黑夜用一把无形的大剪刀,把雪山彻底修剪了一番,使它看上去神清气朗,英姿勃勃。

这三座曾十分熟悉的雪山,让我格外地惊诧。它们仿佛三只从天上走来的白象,安然凝望着北国的山林雪野和人间灯火。小城灯火阑珊,山脚下倒是有两簇灯火,一簇在南侧,一簇在东侧。这两簇灯火异常的灿烂华美,让我觉得它们是这白象般的雪山脚下挂着的金色铃铛,只要雪山轻轻一动,它们就会发出清脆的响声。

我久久地望着那两簇灯火。每日午后,我都要在山下的小路上散步。小城人没有散步的习惯,所以路上通常是我一人。一个人走在雪路上,是多么渴望雪山能够张开它宽阔的胸怀,拥我入怀啊。有一日我曾在河滩碰到几个挖沙的人,想必东侧的灯火是挖沙人的居所。而南侧的雪山并没有房屋,那儿的灯火是谁的呢?也许是打渔人的?呼玛河中有味美的鲇鱼和花翎子,一些打渔人就在河面凿了一口口冰眼下网捕鱼。看着这一派寒冷和苍凉的景象,谁能想到坚冰之下,仍有美丽柔软的鱼在自由地畅游呢!当我一厢情愿地认定那簇灯火是打渔人的之后,我就幻想打渔人起网的情景。那一条条美丽的出水芙蓉般的鱼跃出水面,看到这个暗夜中的冰雪世界,是不是会伤心泪垂?

雪山东侧的那簇灯火先自消失了。是凌晨一时许了,想必挖沙人已停止了夜战,歇息去了。而南侧的那簇灯火仍如白莲一样盛开着。我盯着那灯火,就像注视着挚爱的人的眼睛一样。

以往归乡,我在小路上散步总是有爱人陪伴。夏季时,我走着走着就要停下脚步,不是发现野果子了,就是被姹紫嫣红的野花给吸引住了。我采了野果,会立刻丢进嘴里。爱人笑我是个"野丫头"。有时蚊子闹得凶狂,我就顺手在路边折一根柳枝,用它驱赶蚊子。而折柳枝时,手指会弥漫上柳枝碧绿而清香的汁液。那时我觉得所有的风景都是那么优美、恬静,给人一种甜蜜、温馨的感觉。可自从爱人因车祸而永久地离开了我,我再望风景时,那种温暖和诗意的感觉已荡然无存。当我孤独一人走在小路上时,我是多么想问一问故乡的路啊:你为什么不动声色地化成了一条绳索,在我毫无知觉的时候扼住了他的咽喉?你为什么在我感觉最幸福的时候化成了一支毒箭,射中了我爱的那颗年轻的心?青山不语,河水亦无言,大自然容颜依旧,只是我的心已苍凉如秋水。以往我是多么贪恋于窗外的好山好水,可我现在似乎连看风景的勇气都没有了。

我很庆幸在这个失眠的冬夜里,我又能坦然面对窗外的风景了。凌晨两点多,南侧雪山的灯火也消失了。三座雪山没有因为灯火的离去而黯淡,相反,它们在星光下显得更加的挺拔和有光华。当你的眼睛适应了真正的黑暗后,你会发现黑暗本身也是一种明亮。仰望天上的星星,我觉得它们当中的哪一颗都可以做我身边的一盏永久的神灯。而先前还如花一样盛开的人间灯火,它们就像我爱人的那双眼睛一样,会在我为之无限陶醉时,不说告别,就抽身离去。

雪山沐浴着灿烂的星光,焕发出一种孤寂之美。那隐隐发亮的一道道雪痕,就像它浅浅的笑影一样,温存可爱。凌晨四时许,星光稀疏了,而天却因为黎明将至呈现着一股深蓝的色调,雪山显得越发地壮美了。我想我在望雪山的时候,它也在望我。我望雪山,能感受到它非凡的气势和独特的美;而它望我的房屋,是否只是一头牛的影子?而我只是落在这牛身上的一只飞蝇?

我还记得一九九八年河水暴涨之时,每至黄昏,河岸都有浓浓的晚雾生成。有一天我站在窗前,望见爱人从小路上归家。他的身后是起伏的白雾,而他就像雾中的一棵柳树。那一瞬间,我有一股莫名的恐慌感,觉得这幻想一样的雾似乎把爱人也虚幻化了,他在雾中仿佛已不存在。现在想来,死亡就像上帝撒向人间的迷雾,它说来就来,说去就去。它能劫走爱人的身影,但它奈何不了这巍峨的雪山。有雪山在,我的目光仍然有可注视的地方,我的灵魂也依然有可依托的地方。

我感谢这个失眠的长夜,它又给予了我看风景的勇气。凌晨的天空有如盛筵已散,星星悄然隐去了,天空只有一星一月遥遥相伴。那月半残着,但它姿态袅娜,就像跃出水面的一条金鱼。而那颗明亮的启明星,是上帝摆在我们头顶的黑夜尽头的最后一盏灯。即使它最后熄灭了,也是熄灭在光明中。

第三辑　光明于低头的一瞬

第三辑 光明于低头的一瞬

萤火一万年

在张家界的一天夜里,我非常迫切地想独处一会儿。我朝一片茂密的丛林走去,待我发现已经摆脱了背后的灯火和人语时,一片星月下的竹林接纳了我。

我拨开没膝的蒿草坐在竹林里。其实我并不喜欢竹子,尤其是在各座名山的栈道上见到由它做成的滑竿抬着人咿咿呀呀地上下时,便觉得它的卑贱和不成器。然而它的秀气却是无可争议的,只有在南方的水泽之乡才能生长这种植物。

竹林里的空气好得让人觉得上帝也在此处与我共呼吸,山涧的溪水声幽幽传来。在风景宜人的游览胜地,如果你想真正领略风景的神韵,是非常需要独自和自然进行交流的。

那是个朗朗的月夜,我清清楚楚地记忆着竹林里无处不在的月光。我很惧怕阳光,在阳光下我老是有逃跑的欲望,而对月光却有着始终如一的衷情,因为它带给人安详和平静,能使紧张的心情得到舒缓与松弛。

眼前忽然锐利地一亮。一点光摇曳着从草丛中升起,从我眼前飞过。正在我迷惑不已时,又一点光从草丛中摇曳升起,依然活泼地从我眼前飞过。

这便是萤火虫了。如果在我的记忆中不储存关于这种昆虫的知识有多好，我会认定上帝开口与我说话了。我也许会在冥想中破译这种暗夜里闪光的话语。

然而我知道这是昼伏夜出的萤火虫。它在腹部末端藏有发光的器官。它出现在墓地的时候，人们老是将它说成鬼火在一明一灭。我的周围没有坟墓，只有洋洋洒洒的一片竹林，可萤火虫依然出现了，也许我的身上附着谁前世的幽魂。

这种飞翔的光点使我看到旧时光在隐隐呈现。它那颤颤飞动的光束不知怎的使我联想到古代仕女灿烂的白牙、亮丽的丝绸、中世纪沉凝的流水、戏院里琤琮的器乐、画坊的白绸以及沙场上的刀光剑影。一切单纯、古典、经久不衰的物质都纷至沓来，我的心随之飘摇沉浮。

萤火虫的发光使它成为一种神奇的昆虫，它总是在黑夜到来时才出现，它同我一样不愿沉溺于阳光中。阳光下的我在庸碌的人群和尘土飞扬的街市上疲于奔命，而萤火虫则伏在安闲的碧草中沉睡。它是彻头彻尾的平静，而我只在它发光时才消除烦躁，获得真正的自由。因为它本身是光明的，所以它能在光明下沉睡，只有在黑暗中它才如鱼得水，悠游自如。而哪一个人能申明自己是完全拥有光明的呢？我们曾被一些阳光下的暴行吓怕了，所以我们无法像萤火虫一样在阳光下无忧无虑地沉睡。我们睡着，可我们睡得不安详；我们醒着，可我们却又糊涂着。萤火虫则不然，它睡得沉迷，醒得透彻，因而它能心无旁骛地舞蹈，能够在滚滚而来的黑夜中毫不胆怯地歌唱。

月光下萤火虫的光束毕竟是微不足道的，能够完全照亮竹林的还得是月光。然而萤火虫却在飞翔时把与它擦身而过的一片竹叶映得无与伦比的翠绿，这是月光所不能为的。萤火虫也在飞过溪涧的一刻将岩石上的一滴水染得泛出珍珠一样的光泽，这也是月光所不能为的。

  萤火虫忽明忽灭地在我眼前飞来飞去，我确信它体内蓄积着亿万年以前的光明。多少人一代一代地去了，而萤火虫却永不泯灭。旧坟塌了成为泥土，又会有新坟隆起，而萤火虫却能世世代代地在墓园中播撒光明。也许它汲取了人的白骨中没有释放完全的生气和光芒，所以它才成为最富于神灵色彩的一种昆虫。

  我坐在竹林里，坐在月光飞舞、萤火萦绕的竹林里，没有了人语，没有了房屋的灯火，看不见炊烟，只是听着溪流，感受着露水在叶脉上滑动，这样亲切的夜晚是多么让人留恋。

  可我还是朝着有人语和灯火的地方回返了。那种亘古长存的萤火在一瞬间照亮了我的青春。我将要走出竹林时一只萤火虫忽然从草丛中飞起，迅疾地掠过我面前，它在经过我眼前时骤然一亮，将我眸子里沉郁的阴影剥落了一层。

泥泞

北方的初春是肮脏的,这肮脏当然缘自于我们曾经热烈赞美过的纯洁无瑕的雪。在北方漫长的冬季里,寒冷催生了一场又一场的雪,它们自天庭伸开美丽的触角,纤柔地飘落到大地上,使整个北方沉沦于一个冰清玉洁的世界中。如果你在飞雪中行进在街头,看着枝条濡着雪绒的树,看着教堂屋顶的白雪,看着银色的无限延伸着的道路,你的内心便会洋溢着一股激情:为着那无与伦比的壮丽或者是苍凉。

然而春风来了。春风使积雪融化,它们在消融的过程中容颜苍老、憔悴,仿佛一个即将撒手人寰的老妇人。雪在这时候将它的两重性毫无保留地暴露出来:它的美丽依附于寒冷,因而它是一种静止的美、脆弱的美;当寒冷已经成为西天的落霞,和风丽日映照它们时,它的丑陋才无奈地呈现。

纯美之极的事物是没有的,因而我还是热爱雪。爱它的美丽、单纯,也爱它的脆弱和被迫的消失。当然,更热爱它们消融时给这大地制造的空前的泥泞。

小巷里泥水遍布;排水沟因为融雪后污水的加入而增大流量,哗哗地响;燕子在潮湿的空气里衔着湿泥在檐下筑巢;鸡、鸭、鹅、狗将它们游荡小巷的爪印带回主人家的小院,使院子里印满无数爪形的泥印章,宛如月下松树庞大的投影;老人在走路时不小心失了手杖,那手杖被拾起时就成了泥手杖;孩子在小巷奔跑嬉闹时不慎将嘴里含着的糖掉到泥水中了,他便失神地望着那泥水呜呜地哭,而窥视到这一幕的孩子的母亲却快意地笑起来……

这是我童年时常常经历的情景,它的背景是北方的一个小山村,时间当然是泥泞不堪的早春时光了。

我热爱这种浑然天成的泥泞。

泥泞常常使我联想到俄罗斯这个伟大的民族,罗蒙诺索夫、柴可夫斯基、陀思妥耶夫斯基、托尔斯泰、蒲宁、普希金就是踏着泥泞一步步朝我们走来的。俄罗斯的艺术洋溢着一股高贵、博大、阴郁、不屈不挠的精神气息,不能不说与这种春日的泥泞有关。泥泞诞生了跋涉者,它给忍辱负重者以光明和力量,给苦难者以和平和勇气。一个伟大的民族需要泥泞的磨砺和锻炼,它会使人的脊梁永远不弯,使人在艰难的跋涉中懂得土地的可爱、博大和不可丧失,懂得祖国之于人的真正含义。当我们爱脚下的泥泞时,说明我们已经拥抱了一种精神。

如今在北方的城市所感受到的泥泞已经不像童年时那么深重了。但是在融雪的时节,我走在农贸市场的土路上,仍然能遭遇那种久违的泥泞。泥泞中的废纸、草屑、烂菜叶、鱼的内脏等等杂物若隐若现着,一股腐烂的气味扑入鼻息。这感觉当然比不得在永远有绿地环绕的西子湖畔撑一把伞在烟雨蒙蒙中耽于幻想来得惬意,但它仍然能使我陷入另一种怀想,想起木轮车沉重地辗过它时所溅起的泥珠,想起北方的人民跋涉其中的艰难的背影,想起我们曾有过的苦难和屈辱,我为双脚仍然能触摸到它而感到欣慰。

我们不会永远回头重温历史,我们也不会刻意制造一种泥泞让

光明于低头的一瞬

它出现在未来的道路上,但是,当我们在被细雨洗刷过的青石板路上走倦了,当我们面对着无边的落叶茫然不知所措时,当我们的笔面对白纸不再有激情而苍白无力时,我们是否渴望着在泥泞中跋涉一回呢？为此,我们真应该感谢雪,它诞生了寂静、单纯、一览无余的美,也诞生了肮脏、使人警醒给人力量的泥泞。因此它是举世无双的。

是谁扼杀了哀愁

现代人一提"哀愁"二字,多带有鄙夷之色。好像物质文明高度发达了,"哀愁"就得像旧时代的长工一样,卷起铺盖走人。于是,我们看到的是张扬各种世俗欲望的生活图景,人们好像是卸下了禁锢自己千百年的镣铐,忘我地跳着、叫着,有如踏上了人性自由的乐土,显得是那么亢奋。

哀愁如潮水一样渐渐回落了。没了哀愁,人们连梦想也没有了。缺乏了梦想的夜晚是那么的混沌,缺乏了梦想的黎明是那么的苍白。

也许因为我特殊的生活经历吧,我是那么的喜欢哀愁。我从来没有把哀愁看作颓废、腐朽的代名词,相反,真正的哀愁是一种悲天悯人的情怀,是可以让人生长智慧、增长力量的。

哀愁的生长是需要土壤的,而我的土壤就是那片苍茫的冻土,是那种人烟寂寞处的几缕鸡鸣,是映照在白雪上的一束月光。哀愁在这样的环境中,悄然飘入我的心灵。

我熟悉的一个擅长讲鬼怪故事的老人在春光中说没就没了,可他抽过的烟锅还在,怎不使人哀愁;雷电和狂风摧折了一片像蜡烛一样明亮的白桦林,从此那里的野花开得就少了,怎不令人哀愁;我期盼了一夏天的园田中的瓜果,在它即将成熟的时候,却被早霜断送了生命,怎不使人哀愁;雪来了,江封了,船停航了,我要有多半年的时光看不到轮船驶入码头,怎不叫人哀愁!

我所耳闻目睹的民间传奇故事、苍凉世事以及风云变幻的大自然,它们就像三股弦。它们扭结在一起,奏出了"哀愁"的旋律。所以创作伊始,我的笔触就自然而然地伸向了这片哀愁的天空,我也格外欣赏那些散发着哀愁之气的作品。我发现哀愁特别喜欢在俄罗斯落脚,那里的森林和草原似乎散发着一股酵母的气息,能把庸碌的生活发酵了,呈现出动人的诗意光泽,从而洞穿人的心灵世界。他们的美术、音乐和文学,无不洋溢着哀愁之气。比如列宾的《伏尔加河上的纤夫》、柴可夫斯基的《悲怆交响曲》、艾托玛托夫的《白轮船》、屠格涅夫的《白净草原》、阿斯塔菲耶夫的《鱼王》等等,它们博大幽深、苍凉辽阔,如远古的牧歌,凛冽而温暖。所以当我听到苏联解体的消息,当全世界很多人为这个民族的前途而担忧的时候,我曾对人讲,俄罗斯是不死的,它会复苏的!理由就是:这是一个拥有了伟大哀愁的民族啊。

人的怜悯之心是裹挟在哀愁之中的,而缺乏了怜悯的艺术是不会有生命力的。哀愁是花朵上的露珠,是洒在水上的一片湿润而灿烂的夕照,是情到深处的一声知足的叹息。可是在这个时代,充斥在生活中的要么是欲望膨胀的嚎叫,要么是麻木不仁的冷漠。此时的哀愁就像丧家犬一样流落着。生活似乎在日新月异发生着变化,新信息纷至沓来,几达爆炸的程度,人们生怕被扣上落伍和守旧的帽子,疲于认知新事物,应付新潮流。于是,我们的脚步在不断拔起的摩天大楼的玻璃幕墙间变得机械和迟缓,我们的目光在形形色色的庆典的焰火中变得干涩和贫乏,我们的心灵在第一时间获知了发生在世界任何一个角落的新闻时却变得茫然和焦渴。

在这样的时代,我们似乎已经不会哀愁了。密集的生活挤压了我们的梦想,求新的狗把我们追得疲于奔逃。我们实现了物质的梦想,获得了令人眩晕的所谓精神享受,可我们的心却像一枚在秋风中飘荡的果子,渐渐失去了水分和甜香气,干涩了、萎缩了。我们因为盲从而陷入精神的困境,丧失了自我,把自己囚禁在牢笼中,捆绑在尸床上。那种散发着哀愁之气的艺术的生活已经别我们而去了。

是谁扼杀了哀愁呢?是那一声连着一声的市井的叫卖声呢,还是让星光暗淡的闪烁的霓虹灯?是越来越炫目的高科技产品所散发的迷幻之气呢,还是大自然蒙难后产生出的滚滚沙尘?

我们被阻隔在了青山绿水之外,不闻清风鸟语,不见明月彩云,哀愁的土壤就这样寸寸流失。我们所创造的那些被标榜为艺术的作品,要么言之无物、空洞乏味,要么迷离傥荡、装神弄鬼。那些自诩为切近底层生活的貌似饱满的东西,散发的却是一股雄赳赳的粗鄙之气。我们的心中不再有哀愁了,所以说尽管我们过得很热闹,但内心是空虚的;我们看似生活富足,可我们捧在手中的,不过是一只自慰的空碗罢了。

光明于低头的一瞬

黄沙蔽天时

看过了秦始皇兵马俑,游过了茂陵、乾陵,领略了汉武帝、武则天占尽风水的寝陵后,我又去了大雁塔、小雁塔,以为对西安已有了全面了解,所以安然地在落霞时分流连于西大学府南路的市场,听当地人操着土语吆喝买卖,时不时踅进小吃部经济而实惠地饱尝一顿美味,至今对那条街上的李记玫瑰油糕、张记油泼扯面、福顺羊肉泡馍记忆犹新。常常是一碗面或泡馍落肚后还觉得余兴未尽,于是饭后的一块玫瑰油糕就成了一道好点心。我边吃边慢慢地踱步在小街上,看着两侧摊床上新鲜的牛羊肉、瓜果、蔬菜,听着买卖双方互不相让的讨价还价声,有一种十分朴实和亲切的感觉。那条街上总是有卖山核桃和板栗的,这是我读书之余比较青睐的零食,当然还有水晶柿子和猕猴桃,我散步回来手里总是提着吃的东西。

就这样在一种散漫富足的情调下开始了在西安的求学生活。有时候突然起了浪漫情调,就跑到古城墙上望云,感觉那天空和云彩都不同寻常的晴丽;有时也在炎热的夏日彻夜躺在柔软而清香的草坪上,看夜空和星星,感觉那夜空和星星也是不同寻常的晴丽。我以为西安就是这样子,有古中国的生活情韵,节奏缓慢,民风纯朴,繁荣而不雕琢,朴素而不失大都市情调,天清气朗,晴日永照。然而一九八八年春季的一场黄沙却使我改变了对它的看法。

那天上午并没有风沙袭来的任何迹象,天空很蓝,透明度也很高,一上午的课程结束后我在食堂吃过午饭便回宿舍休息。我的午睡时间一向很长。大约三点左右我懒散起床到学府南路散步,看见摊床上的草莓鲜艳而饱满,便称上一些边走边吃。还未走到市场尽头,忽然感觉一阵旋风袭来,天蓦然黯淡了,树叶被疾风吹得哗哗地响,一些挂在树枝上的广告条幅被刮得四处飞扬。商贩们吆喝叫着麻利地收摊床,几家店铺很快把板窗落了下来。先前还忙碌而从容的街市一下子变得纷乱起来,人在风中急急地侧着身子赶路,狂风似乎想使每一个人都成为秃子,奋力撕扯着人的头发。我的长发狂舞着,几乎蒙住了整个的脸。

黄沙就在此时滚滚而来,它们那细小而尖锐的尘埃不遗余力地击打着店铺的玻璃窗、惊慌失措的行人、树木以及商贩们没有完全收完的水果。太阳不见了,远远近近都是苍黄的色彩。空气令人窒息,我在弥漫的黄沙中艰难地朝回走。然而我只能是踉踉跄跄地走,没吃完的草莓早已沦落风尘中。学府路到我的住处并不很远,可我却觉得那是我一生中走得最漫长的路。没有说话声,有的只是默默前行的人。人们一律垂头躬背走着,以尽可能地减轻黄沙对自身的侵害。世界一片混沌。我的眼前一片模糊,只觉得自己被人活生生地抛到了荒郊野外,人群不见了,房屋不见了,树木不见了,公共汽车也不见了,无边无际弥漫着的是那用粗哑的嗓子歌唱着的黄沙。它来自苍凉无垠的黄土高坡,来自域外曾经刀光剑影、血染黄沙的古战场。它带来了晦暗的窑洞里那微弱的一点光亮,带来了玉米身上一缕抖不掉的沉香,带来了在这黄土地上终年耕种着的农人们沉重的咳嗽和叹息。黄沙蔽天,西安不见了,西安仿佛沦陷了。我也消失了,因为我变成了一粒黄沙,我的思绪漫无边际地飘游。我隐约看见一个女人抱着孩子贴着围墙慢慢而小心地走着,而一对恋人则紧紧相拥相抱在一爿店铺的墙下。在如潮一般涌来的黄沙中,所有的人都像是刚出土的泥塑,古典而沉重。我不由蓦然想起气势恢宏的秦始皇兵马俑,如果没有展厅高大的棚屋环绕着它们,让它们经受一次黄沙的洗礼该有多壮观!他们本来就来自地下,来自蒙蒙黄沙之中,他们与风雨有着肌肤之亲,他们在地下是活的,而他们的出土则意味着死亡。当不绝如缕的中外游客一遍遍地将惊奇的目光投向它们时,它们为什么总是显得无与伦比的冷漠和持重?也许它们渴望回到它们诞生的地方,渴望着我们视为劫难而它们视为辉煌的横贯天际的黄沙的洗礼,渴望着一种心对心的交流。

我在黄沙中有一种说不出的辛酸,有一种要哭的欲望,有一种想呐喊的欲望,有一种要永久消失的欲望。多少帝王将相将他们颓败的宫殿留了下来,将他们的黄金、珠宝、玉玺留了下来,然而他们死后无一不是归隐黄土。黄土是一个血肉之躯最后的永恒的梦乡。我们在一心一意建设一个城市时,筑起了高楼,修起了宽敞的水泥马路,使那么多房屋色彩纷呈,雕梁画栋,以绿化为名种植了一排排单调的树木。我们以为已经隔绝了黄尘,隔绝了贫穷之气,然而就在我们几近麻木的庸碌而饱食终日的生活中,一场黄沙却浩浩荡荡地袭来了,它为我们自以为是的生活敲响了警钟。

那是我一生中走得最漫长的一段路,我在黄沙蔽天时为自己在古城墙上附庸风雅地望云有了一种彻骨的羞耻感。我知道我先前了解的只不过是西安的一些皮毛的东西,它深层的内蕴我还远远没有挖掘到。两个相爱的人在黄沙中相拥体味的是爱情,一个女人抱着一个孩子在黄沙中体味的是母子间的挚爱深情。而只有我,一个独行者,才能体味到黄沙鞭打心灵的那种疼痛和温暖。我知道自己很可能在一生中都处于一种孤独的境地,但这并不可怕,因为只有孤独的人，却没有孤独的心灵。当我步履蹒跚将要回到住处时，我的嘴巴、鼻孔、耳朵、头发、颈窝里满是黄沙，我想此刻有人把我送入秦始皇兵马俑的俑坑该是多么恰当——我满身风尘如泥塑，而那里又是多么缺乏一位裙裾飞扬、长发飘飘的女人与他们相守。

伤怀之美

不要说你看到了什么,而应该说你敛声屏气、凝神遐思的片刻感受到了什么。那是什么?伤怀之美像寒冷耀目的雪橇一样无声地向你滑来。它仿佛来自银河,因为它带来了一股天堂的气息,更确切地说,为人们带来了自己扼住咽喉的勇气。

我八岁的时候,还在中国最北的漠河北极村。漫天大雪几乎封存了我所有的记忆,但那年冬天的鱼汛却依然清晰如昨。冬天的鱼汛到来时,几乎家家都彻夜守在江上。人们带着干粮、火盆、捕鱼的工具和廉价的纸烟从一座座木刻楞房屋走出来。一孔孔冰眼冒出乳白的水汽,雪橇旁的干草上堆着已经打上来的各色鱼类。一些狗很懂得主人的心理,它们摇头摆尾地看到上鱼量很大,偶尔又有杂鱼露出水面时,就在主人摘钩的一瞬间接了那鱼,大口大口地吞嚼起来。对那些名贵的鱼,它们素来规规矩矩地忠实于主人,不闻不碰。就在那年鱼汛结束的时候,是黄昏时分,云气低沉,大人们将鱼拢在麻袋里,套上雪橇,撤出黑龙江回家了。那是一条漫长的雪道,它在黄昏时分是灰蓝色的。大人们抄着袖口跟在雪橇后面慢腾腾地走着,他们之间没有任何言语,世界是如此沉静。快到家门口的时候,天忽然落起大片大片的雪花,我眼前的景色一片迷蒙,我所能听到的只是拉着雪橇的狗的热气沼沼的呼吸声。大人们都消失了，村庄也消失了，我感觉只有狗的呼吸声和雪花陪伴着我，我有一种要哭的欲望，那便是初始体会到的伤怀之美了。

年龄的增长是加深人自身庸碌行为的一个可怕过程。从那以后，我更多体会到的是城市混沌的烟云。狭窄而流俗的街道、人与人之间的争吵、背信弃义乃至相互唾弃，那种人、情、景相融为一体的伤怀之美似乎逃之夭夭了。或者说伤怀之美正在某个角落因为蒙难而掩面哭泣。

一九九一年年底，我终于又在异国他乡重温了伤怀之美。那是在日本北海道，我离开札幌后来到了著名的温泉圣地——登别。在此之前已经领略过层云峡的温泉之美了。在北海道旅行期间一直大雪纷纷，空气潮湿清新，景色奇佳。住进依山而起的古色古香的温泉旅馆时，已是黄昏时分了，我洗过澡穿上专为旅人预备的和服到餐厅就餐。席间，问起登别温泉有何独到之处时，日本友人风趣地眨眨眼睛说，登别的露天温泉久负盛名。也就是说，人直接面对着十二月的寒风和天空接受沐浴。我吐了下舌头，有些兴奋，又有些害怕。露天温泉只在凌晨三时以后才对女人开放。那一夜我辗转反侧，生怕不慎一觉醒来云开日朗而与美失之交臂。凌晨五时我肩搭一条金黄色的浴巾来到温泉区。以下是我在访日札记中的一段文字：

> 温泉室中静悄悄的，仍然是浓重的白雾袭来。我脱掉和服，走进雾中，那时我便消失了。天然的肤色与白雾相融为一体。我几乎是凭着感觉在雾中走动——先拿起喷头一番淋浴，然后慢慢朝温泉走去。室内温泉除我之外还有另外两人，我进去后就四处寻找露天温泉的位置。日语不通，无法向那两位女人求问，看来看去，在温泉的东方望见一扇

门,上写五个红色大字:露天大风吕。汉语中的"露天大风"自不用解释,只是"吕"字却让人有些糊涂。汉语中的"吕"除了做姓氏之外,古代还指用竹管制成的校正乐律的器具,代表一种音律。把这含义的"吕"与"露天大风"联系起来,便生出了"由风弹奏,由吕校音"的想法。不管如何,我必须挺身而出了。

我走出室内温泉,走向那扇朝向东方的门。站在门边就感觉到了寒气,另外两位女子惊奇地望着我。试想在隆冬的北海道,去露天温泉,实在需要点勇气啊。我犹豫片刻,还是将门推开。这一推我几乎让雪花给吓住了,寒气和雪花汇合在一起朝我袭来,我身上却一丝不挂。而我不想再回头,尤其有人望着我的时候,我是绝不肯退却的。我朝前走去,将门关上。

我全身的肌肤都在呼吸真正的风、自由的风。池子周围落满了雪。我朝温泉走去,我下去了,慢慢地让自己成为温泉的一部分,将手撑开,舒展开四肢。坐在温泉中,犹如坐在海底的苔藓上,又滑又温存,只有头露出水面。池中只我一人,多安静啊。天似亮非亮,那天就有些幽蓝,雪花朝我袭来,而温泉里却暖意融融。池子周围有几棵树,树上有灯,因而落在树周围的雪花是灿烂而华美的。

我想我的笔在这时刻是苍白的。直到如今,我也无法准确表达当时的心情,只记得不远处就是一座山,山坡上错落有致地生长着松树和柏树,三股泉水朝下倾泻,琤琤有声。中央的泉水较直,而两侧的面积较大,极像个打渔人戴着斗笠站在那。一边是雪,一边是泉水,另一边却结有冰柱(在水旁的岩石上),这是我所经历的三个季节的景色,在那里一并看到了。我呼吸着新鲜潮湿而浸满寒意的空气，感觉到了空前的空灵。也只有人，才会为一种景色，一种特别的生活经历而动情。

我所感受到的是什么？是天堂的绝唱？那无与伦比的伤怀之美啊！我以为你已经背弃了我这满面尘垢的人，没想到竟在异国他乡与你惊喜地遭逢，你带着美远走天涯后，伤怀的我仍然期待着与你重逢。

一九九三年九月上旬，我意外地因为心动过速和痢疾而病倒了。一个人躺倒在秋高气爽的时节，伤感而绝望，窗外的阳光再灿烂都觉得是多余的。我盼望有一个机会出去呼吸新鲜空气，在城市里我已经疲惫不堪。九月二十日，大病初愈的我终于踏上了一条豪华船。历时十天的旅行开始了。省人大的领导考察沿江大通道，加上新华社、光明日报社的两位记者和我的一位领导及同事陪同，不过二十人。船是"黑龙江"号，整洁而舒适。我们白天在甲板上眺望风景，看银色水鸟在江面上盘桓，夜晚船泊岸边，就宿在船上。船到达边境重镇抚远，停留一天后，第二天正午便返航了。那时船正行驶在黑龙江上，岸两侧是两个国度：中国和俄罗斯。是时俄罗斯正在内乱，但叶利钦很快控制了局面。那是九月二十五日的黄昏，饭后我独自来到船头的甲板。秋凉了，风已经很硬了，落日已尽，天边涌动着轰轰烈烈的火烧云，映红了半面江水。这时节有一群水鸟忽然出现在船头不远处，火烧云使它们成为赤色。它们带着水汽朝另一岸飞去，我目随着它们，这时我突然发现它们身上的红色蓦然消失了，俄罗斯那岸的天空月白风清，水鸟在那里重现了单纯的本色。真是不可思议，一面是灰蓝的天空和半轮淡白的月亮，另一侧却是红霞漫卷。船长在驾驶室发现了我，便用扩音器送出来一首忧郁缠绵、令人心动的乐曲。我情不自禁地和着乐曲独自舞蹈起来。我旋转着,领略着这红白相间的世界的奇异之美。我长发飘飘,那一时刻我感觉自己就是一个女巫。没有谁来打扰我,陪伴我舞蹈的,除了如临仙界的音乐,便是江水、云霓、月亮和无边无际的风了。伤怀之美在此时突然撞入我的心扉,它使我忘却了庸俗嘈杂的城市和自身的一切疾病。我多想让它长驻心中,然而它栖息片刻就如袅袅轻烟一般消失了。

　　伤怀之美为何能够打动人心?只因为它浸入了一种宗教情怀。一种神圣的不可侵犯的忧伤之美,是一个帝国的所有黄金和宝石都难以取代的。我相信每一个富有宗教情怀的人都遇见过伤怀之美,而且我也深信那会是人一生中为数不多的几次珍贵片断,能成为人永久回忆的美。

带箸帚的小鸟

去年冬天,老天也不知有什么喜事,把大兴安岭当作了欢庆的道场,每隔七八天,就向那里发射一场礼花般的雪花。我在哈尔滨,一早一晚给母亲打电话请安时,她常常对我说:"咱这儿又下雪了!"她从来都用"咱"来形容我自幼长大的地方,因为在她眼里,不管我走多远,那儿才是我真正的家。

她最初报告雪的消息时,语气是欣喜的;可是后来雪越来越大,她就抱怨了。她足不出户,可她的儿女们要上下班,雪天行路的艰难,她是知道的;而且雪来得频了,寒流入侵,室温开始下降,这对于腰腿不好的她来说,实在不美妙。更重要的是,大雪封山后,鸟儿找不到吃的,成了流浪汉,一群群地在窗外盘旋。

我们在故乡的居室,靠近山脚。山下有河流、树丛和庄稼地,春夏秋三季,它们就是飞鸟的乐园。鸟儿喜食的粮食和虫子,在那里都可觅到。想必吃得美吧,这时节的鸟儿,活泼明丽极了。

可是大雪封山后则不一样了,鸟儿可食的东西,都被掩埋住了!别看雪花是柔软的,它们一旦形成规模,积雪盈尺,那就成了一堵封在大地上的白色石墙,鸟儿尖利的喙儿,也奈何不了它。

母亲怜惜那些鸟儿,她异想天开,打开窗户,将小米撒到户外的窗台上,打算喂喂它们。

自从撒了谷物,她每天起床后的第一件事,就是奔到窗前,看外面的小米是否还是原样。

开始的几天,母亲在电话中跟我嘟囔:"你说那些小鸟多傻呀!飞来飞去的,也不知低头看看窗台!你说它们眼睛不好使了,鼻子也不好使了?怎么就闻不到米味呢?"

我在电话这端直乐,逗她:"小鸟可能嫌小米不好吃吧?"

母亲的声音提高了:"那它们还想吃什么!"

话虽这么说,母亲又在窗台摆上了另外的食物:葵花子。

几天后的一个早晨,我正美美地睡回笼觉呢,母亲兴冲冲地打来电话报告:"小鸟来吃米啦——吃了一大片!"

母亲说,天还没亮,迷迷糊糊中,她听见窗外有鸟儿叽叽喳喳叫。她并没太理会,以为它们不过如往日般一掠而过,哪想到是在享用窗台的小米呢。

打这天起,小鸟就成了我们家族的一员,母亲在电话里,几乎每天都要聊到它们。母亲说来吃米的鸟儿的队伍,逐日扩大,想必这是它们互相吆喝的结果。她还虚拟着鸟们之间的通话:"哎,这家有米吃,快去吧!"说是这样一传十,十传百,小鸟越来越多。原来两把米够它们吃一天的,现在得好几捧了。弟弟去粮油店,特意买了袋小米,专供喂养。我吓唬母亲,说是山中的小鸟要是都知道她的窗台有米可吃,估计一天一袋米都不够。母亲豪迈地说:"让它们可劲吃,吃不穷!"

在我想来,母亲喂鸟,也有点"还债"的意思。多年以前,姐夫在春天时,喜欢张网捕鸟。捕到的鸟,用开水秃噜掉毛,再用剪子铰了它们的腿,用盐渍了,油炸吃了。母亲说那时她没有阻止姐夫捕鸟,还吃它们,犯了大罪!她的腿摔伤骨折过两次,本来是路面的冰雪作的祟,可她偏说这是动剪子铰小鸟的腿,遭了报应了!所以母亲喂养找不到食物的鸟儿,我们姊妹都积极支持,起码这对她的心理,是个莫大的安慰。

大兴安岭很少有这样的奇寒,连续多日,气温都徘徊在零下四十度。由于每天早晨开窗给鸟儿撒食,而室内外温差有六十多度,母亲受了风寒,咳嗽起来。从此后,她撒米时,要戴上帽子,围上围巾。母亲告诉我,小鸟儿很胆小,总是天不亮就过来吃食。等人们起来,它们就无影无踪了。我说在它们的经验里,居民区里的粮食,都是诱饵,贪吃后往往丧失自由,所以警惕性高。兴许再过一段,它们白天也会来的。还真被我说着了,没过多少日子,母亲欣喜地说小鸟白天也来吃食了,它们吃饱了,还在窗台蹦蹦跶跶的,朝窗里望呢。

窗里当然有可望的了。母亲爱花,在窗台摆了一溜儿盆花。杜鹃,仙鹤来,兰花,还有我叫不上名字的一些草花,红红白白地开了满窗台。我想小鸟儿在户外望着那些花时,一定很疑惑:这家人,大雪天的,怎么过着春天的日子呢?

鸟儿赏花的时候,母亲也在窗前悄悄赏它们。它们在不经意间,也成了她眼里的春色了!置身于一个鸟语花香的世界,想来母亲是不会寂寞的。

有一天,母亲神神秘秘地对我说,因为小鸟来得太多,吃得太多,外面窗台上积了厚厚一层鸟粪。爱洁的姐姐,有天抱怨起来,说是开春时,还得清理窗台上的鸟粪,实在麻烦。母亲说真奇怪,姐姐说完那话,第二天早晨起来,她发现窗台的鸟粪,差不离都消失了!好像知情的鸟儿听着了那话,连夜把鸟粪给打扫干净了。她问我,是不是夜里刮大风给吹没影的? 我说不大可能,因为鸟粪遗落的一瞬是新鲜的,它们会被寒风,牢牢地冻结在窗台上。再肆虐的风,到了窗台都是强弩之末,不可能吹落鸟粪。母亲感慨地说:"那还真是小鸟自己打扫的呀。"

在我眼里,小鸟的爪子就是笤帚。想想看,每只鸟都绑着一双小笤帚,它们清理起阳台的鸟粪,当然是一夜之间的事情啦。

一只惊天动地的虫子

我对虫子是不陌生的。小时候在菜园和森林中,见过形形色色的虫子。绿色的软绵绵的喜欢吊在杨树枝上的毛毛虫,爱在菜园中飞来飞去的有着漂亮的壳的花大姐,以及在树缝中养尊处优的肥美的白色虫子,都曾带给我许多的乐趣。我曾用树枝挑着绿色的毛毛虫去吓唬比我年幼的小孩子;曾经在菜园中捉了花大姐将它放到透明的玻璃瓶中,看它金红色夹杂着黑色线条的光亮的"外衣";曾经抠过树缝中的虫子,将它投到火里,品尝它的滋味——想着啄木鸟喜欢吃的东西,一定甘美异常。至于在路上和田间匍匐着的蚂蚁,我对它们更是无所顾忌,想踩死一只就踩死一只,仿佛虫子是大自然中最低贱的生灵,践踏它们是天经地义的。

成年之后,我不拿虫子恶作剧了,这并不是因为对它们有特别的怜惜之情,而是由于逐渐地把它们给淡忘了。这时候我注意的是飞鸟,是流云,是高耸入云的百年老树,是湖泊中的野雁,是森林里白雪地上奔逃的兔子。虫子就像尘埃一样,被这些事物给深深地掩埋了。

然而去年的春节,我却被一只虫子给深深地震撼了。这一年来,我从来没有忘记过它,它就像一盏灯,在我心情最灰暗的时刻,送来一缕明媚的光。如今我写着以上的文字,想要描述它时,又仿佛看见了它那矫健的身影——虽然说它是那般的小；又仿佛听见了它被摔下来时那山呼海啸般的声音——虽然说根本就没有什么声音出现。

去年在故乡，正月初一，我从弟弟家过完除夕回到自己的家。推开家门，见陈设还是过去的陈设，杜鹃依然如往年一样怒放着，而窗外的雪山和草滩也一如既往地沐浴着冬日清冷的阳光，这物是人非的场景让我觉得分外的苍凉。我孤独地站在屋子的窗前，久久不肯离开。我想让目光与那些流云做伴，因为它们行踪飘忽，时有时无，与我迷离的心态正吻合。

后来是一个电话让我把目光又转向室内。接过电话，我给供奉在厅堂的菩萨上了三炷香，然后席地而坐，闻着檀香的幽香，茫然地看着光亮的乳黄色的地板。地板干干净净的，看不到杂物和灰尘。突然，我的视野中出现了一个小黑点，开始我以为那是我穿的黑毛衣散落的绒球碎屑，可是，这小黑点渐渐地朝佛龛这侧移动着，我意识到它可能是只虫子。

它果然就是一只虫子！我不知道它从哪里来，它比蚂蚁还要小，通体的黑色，形似乌龟，有很多细密的触角，背上有个锅盖形状的黑壳，漆黑漆黑的。它爬起来姿态万千，一会儿横着走，一会儿竖着走，好像这地板是它的舞台，它在上面跳着多姿多彩的舞。当它快行进到佛龛的时候，它停住了脚步，似乎是闻到了奇异的香气，显得格外的好奇。它这一停，仿佛是一个指挥着千军万马的将军在酝酿着什么重大决策。果然，它再次前行时就不那么恣意妄为了，它一往无前地朝着佛龛进军，转眼之间，已经是兵临城下，肖然站在了佛龛与地板的交界上。

我以为它就此收兵了，谁料它只是在交界处略微停了停，就朝高高的佛龛爬去。在平面上爬行，它是那么的得心应手，而朝着呈直角的佛龛爬，它的整个身子悬在空中，而且佛龛油着光亮的暗红的油漆,不利于它攀登,它刚一上去,就栽了个跟头。它最初的那一跌,让我暗笑了一声,想着它尝到苦头后一定会掉转身子离开。然而它摆正身子后,又一次向着佛龛攀登。这回它比上次爬得高些,所以跌下时就比第一次要重,它在地板上四脚朝天地挣扎了一番,才使自己翻过身来。我以为它会接受教训,掉头而去,谁料它重整旗鼓后选择的又是攀登!佛龛上的香燃烧了一半,在它的香气下,一只无名的黑壳虫子一次一次地继续它认定的旅程。它不屈不挠地爬,又循环往复地被摔下来;可是它不惧疼痛,依然为它的目标而奋斗着。有一回,它已经爬了两尺来高了,可最终还是摔了下来。它在地板上打滚,好久也翻不过身来;它的触角乱抖着,像被狂风吹拂的野草。我便伸出一根手指,轻轻地帮它翻过身来,并且把它推到离佛龛远些的地方。它看上去很愤怒,因为它被推到新地方后,是一路疾行又朝佛龛处走来。这次我的耳朵出现了幻觉,我分明听见了万马奔腾的声音,听见了嘹亮的号角;我看见了一个伟大的战士,一个身子小小却背负着伟大梦想的英雄。它又朝佛龛爬上去了,也许是体力耗尽的缘故,它爬得还没有先前高,很快又被摔了下来。我不敢再看这只虫子,比之它的顽强,我觉得惭愧。当它跟跟跄跄地又朝佛龛爬去的时候,我离开了厅堂。我想上天对我不薄,让我在一瞬间看到了最壮丽的史诗。

  几天之后,我在佛龛下的角落里发现了一只死去的虫子。它是黑亮的,看上去很瘦小,我不知它是不是我看到的那只虫子。它的触角残破不堪,但它的背上的黑壳,却依然那么的明亮。在单调而贫乏的白色天光下,这闪烁的黑色就是光明!

光明于低头的一瞬

时间怎样地行走

　　墙上的挂钟,曾是我童年最爱看的一道风景。我对它有一种说不出的崇拜,因为它掌管着时间,我们的作息似乎都受着它的支配。我觉得左右摇摆的钟摆就是一张可以对所有人发号施令的嘴,它说什么,我们就得乖乖地听。到了指定的时间,我们得起床上学,得做课间操,我们得被父母吆喝着去睡觉。虽然说有的时候我们还没睡够不想起床,我们在户外的月光下还没有戏耍够不想回屋睡觉,都必须因为时间的关系而听从父母的吩咐。他们理直气壮呵斥我们的话与挂钟息息相关:"都几点了,还不起床!"要么就是:"都几点了,还在外面疯玩,快睡觉去!"这时候,我觉得挂钟就是一个拿着烟袋磕着我们脑门的狠心的老头,又凶又倔,真想把他给掀翻在地,让它永远不能再行走。在我的想象中,它就是一个看不见形影的家长,严厉而又古板。但有时候它也是温情的,比如除夕夜里,它的每一声脚步都给我们带来快乐,我们可以放纵地提着灯笼在白雪地上玩个尽兴,可以在子时钟声敲响后得到梦寐以求的压岁钱,想着用这钱可以买糖果来甜甜自己的嘴,真想在雪地上畅快地打几个滚。

　　我那时天真地以为时间是被一双神秘的大手给放在挂钟里的,从来不认为那是机械的产物。它每时每刻地行走着,走得不慌不忙,气定神凝。它不会因为贪恋窗外鸟语花香的美景而放慢脚步,也不会因为北风肆虐、大雪纷飞而加快脚步。它的脚,是世界上最能禁得起诱惑的脚,从来都是循着固定的轨迹行走。我喜欢听它前行的声音,总是一个节奏,好像一首温馨的摇篮曲。时间藏在挂钟里,与我们一同经历着风霜雨雪、潮涨潮落。

  我上初中以后,手表就比较普及了。我看见时间躲在一个小小的圆盘里,在手腕上跳舞。它跳得静悄悄的,不像墙上的挂钟,行进得那么清脆悦耳,"嘀嗒——嘀嗒——"的声音不绝于耳。所以,手表里的时间总给我一种鬼鬼祟祟的感觉,从这里走出来的时间因为没有声色,而少了几分气势。这样的时间仿佛也没有了威严,不值得尊重,所以明明到了上课时间,我还会磨蹭一两分钟再进教室,手表里的时间也就因此显得有些落寞。

  后来,生活变得丰富多彩了,时间栖身的地方就多了。项链坠可以隐藏着时间,让时间和心脏一起跳动;台历上镶嵌着时间,时间和日子交相辉映;玩具里放置着时间,时间就有了几分游戏的成分;至于计算机和手提电话,只要我们一打开它们,率先映入眼帘的就有时间。时间如繁星一样到处闪烁着,它越来越多,也就越来越显得匆匆了。

  十几年前的一天,我在北京第一次发现了时间的痕迹。我在梳头时发现了一根白发,它在清晨的曙光中像一道明丽的雪线一样刺痛了我的眼睛。我知道时间其实一直悄悄地在我的头发里行走,只不过它这一次露出了痕迹而已。我还看见,时间在母亲的口腔里行走,她的牙齿脱落得越来越多。我明白时间让花朵绽放的时候,也会让人的眼角绽放出花朵——鱼尾纹。时间让一棵青春的小树越来越枝繁叶茂,让车轮的辐条越来越沾染上锈迹,让一座老屋逐渐地驼了背。时间还会变戏法,它能让一个活生生的人瞬间消失在他们曾为之辛勤劳作着的土地上,我的祖父、外祖父和父亲,就让时间给无声地接走了,再也看不到他们的脚印,只能在清冷的梦中见到他们依稀的身影。他们不在了,可时间还在,它总是持之以恒、激情澎湃地行走着——在我们看不到的角落、在我们不经意走过的地方、在日月星辰中、在梦中。

  我终于明白挂钟上的时间和手表里的时间只是时间的一个表象而已,它存在于更丰富的日常生活中——在涨了又枯的河流中,在小孩戏耍的笑声中,在花开花落中,在候鸟的一次次迁徙中,在我们岁岁不同的脸庞中,在桌子椅子不断增添新的划痕的面容中,在一个人的声音由清脆而变得沙哑的过程中,在一场接着一场去了又来的寒冷和飞雪中。只要我们在行走,时间就会行走。我们和时间是一对伴侣,相依相偎着,不朽的它会在我们不知不觉间,引领着我们一直走到地老天荒。

我对黑暗的柔情

我回到故乡时,已是晚秋的时令了。农人们在田地里起着土豆和白菜,采山的人还想在山林中做最后的淘金,他们身披落叶,寻觅着毛茸茸的蘑菇。小城的集市上,卖棉鞋棉帽的人多了起来,大兴安岭的冬天就要来了。

窗外的河坝下,草已枯了。夏季时繁星一般闪烁在河畔草滩上的野花,一朵都寻不见了。母亲侍弄的花圃,昨天还花团锦簇的,一夜的霜冻,就让它们腰肢摧残,花容失色。

大自然的花季过去了,而居室的花季还在。母亲摆在我书房南窗前的几盆花,有模有样地开着。蜜蜂在户外没有可采的花蜜了,当我开窗通风的时候,它们就飞进屋子,寻寻觅觅地。不知它们青睐的是金黄的秋菊,还是水红的灯笼花?

那天下午,我关窗的时候,忽然发现一只金色的蜜蜂。它蜷缩在窗棂下,好像采蜜采累了,正在甜睡。我想都没想,捉起它,欲把它放生。然而就在我扬起胳膊的那个瞬间,我左手的拇指忽然针刺般的剧痛,我意识到蜜蜂蜇了我了,连忙把它撇到窗外。

蜜蜂走了,它留在我拇指上的,是一根蜂针。蜂针不长,很细,附着白色的絮状物,我把它拔了出来。我小的时候,不止一次被蜜蜂蜇过,记得有一次在北极村,我撞上马蜂窝,倾巢而出的马蜂蜇得我面部红肿,疼得我在炕上直打滚。

别看这只蜜蜂了无生气的样子,它的能量实在是大。我的拇指顷刻间肿胀起来,而且疼痛难忍。我懊恼极了,蜜蜂一定以为我要置它于死地,才使出它的杀手锏。而蜇过了人的蜜蜂,会气绝身亡,即使我把它放到窗外,它也不会再飞翔,注定要化作尘埃了。我和它,两败俱伤。

我以为疼痛会像闪电一样消逝的,然而我错了。一个小时过去了,两个小时过去了,到了晚饭的时候,我的拇指仍然锥心刺骨地疼。天刚黑,我便钻进被窝,想着进入梦乡了,就会忘记疼痛。然而辗转着熬到深夜,疼痛非但没有减弱,反而像涨潮的海水一样,一浪高过一浪。我不得不从床上爬起,打开灯,察看伤处。我想蜜蜂留在我手指上的蜂针,一定毒素甚深,而我拔蜂针时,并没有用镊子,大约拔得不彻底,于是拿出一根缝衣服的针,划了根火柴,简单地给它消了消毒,将针刺向痛处,企图挑出可能残存着的蜂针。针进到肉里去了,可是血却出不来,好像那块肉成了死肉,让我骇然。想到冷水可止痛,我便拔了针,进了洗手间,站在水龙头前,用冷水冲击拇指。这招儿倒是灵验,痛感减轻了不少,十几分钟后,我回到了床上。然而才躺下,刚刚缓解的疼痛又傲慢地抬头了,没办法,我只得起来。病急乱投医,一会儿抹风油精,一会儿抹牙膏,一会儿又涂抗炎药膏,百般折腾,疼痛却仍如高山的雪莲一样,凛冽地开放。我泄气了,关上灯,拉开窗帘,求助于天。

已经是子夜时分了,如果天气好,我可以望见窗外的月亮,星星,可以看见山的剪影。然而那天阴天,窗外一团漆黑,什么也看不见。人的心真是奇怪,越是看不见什么,却越是想看。我将脸贴在玻璃窗上,瞪大眼睛,然而黑夜就是黑夜,它毫不含糊地将白日我所见的景致都抹杀掉了。我盼望着山下会突然闪现出打渔人的渔火,或是堤坝上有汽车驶过,那样,就会有光明划破这黑暗。然而没有,我的眼前仍然是沉沉的无边的暗夜。

　　我已经很久没有体味这样的黑暗了。都市的夜晚,由于灯火的作祟,已没有黑暗可言了;而在故乡,我能伫立在夜晚的窗前,也完全是因为月色的诱惑。有谁会欣赏黑暗呢?然而这个伤痛的夜晚,面对着这处子般鲜润的黑暗,我竟有了一种特别的感动,身上渐渐泛起暖意,有如在冰天雪地中看到了一团火。如今能看到真正的黑暗的地方,又有几处呢?黑暗在这个不眠的世界上,被人为的光明撕裂得丢了魂魄。其实黑暗是洁净的,那灯红酒绿、夜夜笙歌的繁华,亵渎了圣洁的黑暗。上帝给了我们黑暗,不就是送给了我们梦想的温床吗?如果我们放弃梦想,不断地制造糜烂的光明来驱赶黑暗,纵情声色,那么我们面对的,很可能就是单色调的世界了。

　　我感激这只勇敢的蜜蜂,它用一场壮烈的牺牲,唤起了我的疼痛感,唤起了我对黑暗的从未有过的柔情。只有这干干净净的黑暗,才会迎来清清爽爽的黎明啊。

光明于低头的一瞬

一滴水可以活多久

　　这滴水诞生于凌晨的一场大雾。人们称它为露珠,而她只把它当作一滴水来看待,它的的确确就是一滴水。最初发现它的人是一个七八岁的小女孩,她不是在玫瑰园中发现它的,而是为了放一只羊去草地在一片草茎的叶脉上发现的。那时雾已散去,阳光在透明的空气中飞舞。她在低头的一瞬间发现了那滴水。它饱满充盈,比珠子还要圆润,阳光将它照得肌肤透亮,她在敛声屏气盯着这滴水看的时候不由发现了一只黑黑的眼睛,她的眼睛被水珠吸走了,这使她很惊讶。我有三只眼睛,两只在脸上,一只在草叶上,她这样对自己说。然而就在这时她突然打了一个喷嚏,那柔软的叶脉随之一抖,那滴水骨碌一下便滑落了。她的第三只眼睛也随之消失了。她便蹲下身子寻找那滴水,她太难过了,因为在此之前她从未发现过如此美的事物。然而那滴水却是难以寻觅了。它去了哪里?它死了吗?后来她发现那滴水去了泥土里,从此她便对泥土怀着深深的敬意。人们在那片草地上开了荒,种上了稻谷,当沉甸甸的粮食蜕去了糠皮在她的指间矜持地散发出成熟的微笑时,她确信她看见了那滴水。是那滴水滋养了金灿灿的稻谷,她在吃它们时意识里便不停地闪现出早晨叶脉上的那滴水,它莹莹欲动,晶莹剔透。她吃着一滴水培育出来的稻谷一天天地长大了。有一个夏日的黄昏她在蚊蚋的歌唱中发现自己成了一个女人,她看见体内流出的第一滴血时确信那是几年前那滴水在她的体内作怪的结果。她开始长高,发丝变得越来越光泽柔顺,胸脯也越来越丰满,后来她嫁给了一个种地的男人。她喜欢他的力气,而他则依恋她的柔情。她怎么会有那么浓的柔情呢?她俯在男人的肩头老有说也说不尽的话,后来她明白是那滴水给予她的柔情。不久她生下了一个孩子,她的奶水真旺啊,如果不吃那滴水孕育出的稻米,她怎么会有那么鲜浓的奶水呢?后来她又接二连三地生孩子,渐渐地她老了,她在下田时常常眼花,即使阴雨绵绵的天气也觉得眼前阳光飞舞。她的子孙们却像椴树林一样茁壮成长起来。

她开始抱怨那滴水,你为什么不再给予我青春、力量和柔情了呢?难道你真的死去了吗?她步履蹒跚着走向童年时去过的那片草地,如今那里已经是一片良田,入夜时田边的水洼里蛙声阵阵。再也不见碧绿的叶脉上那滴纯美之极的水滴了,她伤感地落泪了。她的一滴泪水滑落到手上,她又看见了那滴水,莹白圆润,经久不衰。你还活着,活在我的心头!她惊喜地对着那滴水说。

她的牙齿渐渐老化,咀嚼稻米时显得吃力了。儿孙们跟她说话时要贴着她的耳朵大声地叫,即使这样她也只是听个一知半解。她老眼昏花,再也没有激情俯在她男人的肩头咕哝不休了。而她的男人看上去也畏畏缩缩,终日垂头坐在门槛前的太阳底下,漠然平静地看着脚下的泥土。有一年的秋季她的老伴终于死了,她嫌他比自己死得早,把她给丢下了,一滴眼泪也不肯给予他。然而埋葬他后的一个深秋的月夜,她不知怎的格外想念他,想念他们的青春时光。她一个人挂着拐杖哆哆嗦嗦地来到河边,对着河水哭她的伴侣。泪水落到了河里,河水仿佛被激荡得上涨了。她确信那滴水仍然持久地发挥着它的作用,如今那滴水幻化成泪水融入了大河。而她每天又都喝着河水,那滴水在她的周身循环着。直到她衰老不堪即将辞世的时候,她的意识里只有那一滴水的存在。当她处于弥留之际,儿孙们手忙脚乱地为她穿寿衣,用河水为她洗脸时,她的头脑里也只有一滴水。那滴水湿润地滚动在她的脸颊为她敲响丧钟。她仿佛听到了叮当叮当的声音。后来她打了一个微弱的喷嚏,安详地合上了眼帘。那滴水随之滑落在地,渗透到她辛劳一世的泥土里。她不在了,而那滴水却仍然活着。

她在过世后又变成了一个七八岁的小女孩,有一天凌晨大雾消散后她来到一片草地,她在碧绿的青草叶脉上发现了一颗露珠,确切地说是一滴水,她还看见了一只黑亮的眼睛在水滴里闪闪烁烁,她相信她与一生中所感受的最美的事物相逢了。

光明于低头的一瞬

俄罗斯的教堂，与街头随处可见的人物雕像一样多。雕像多是这个民族历史中各个阶层的伟大人物。大理石、青铜、石膏雕刻着的无一不是人物肉身的姿态，其音容笑貌，在各色材质中如花朵一样绽放。至于这躯壳里的灵魂去了哪里，只有上帝知道了。

莫斯科与圣彼得堡那几座著名的东正教堂，并没有给我留下太美好的印象，因为它们太富丽堂皇了。五彩壁龛中供奉的圣像无一不是镀金的，圣经故事的壁画绚丽得让人眼晕，支撑教堂的柱子也是描金钩银，充满奢华之气。宗教是朴素的，我总觉得教堂的氛围与宗教精神有点相悖。

即使这样，我还是在教堂中领略到了俗世中难以感受到的清凉与圣洁之气。比如安静地在圣洗盆前排着长队等待施洗的人，在布道台上神情凝重地清唱赞美诗的教士。但是这些感动与我在一座小教堂中遇见扫烛油的老妇人相比，就微不足道了。

莫斯科的东南方向，有一座被森林和草原环绕的小城——弗拉基米尔，城边有一座教堂，里面有俄罗斯大画师安德烈·鲁勃廖夫的壁画作品。我看过关于这位画师的传记电影，所以相逢他的壁画，有一种惊喜的感觉。教堂里参观的人并不多，我仰着脖子，看安德烈·

鲁勃廖夫留在拱顶的画作。同样是画基督,他的用色是单纯的,赭黄占据了大部分空间,仿佛又老又旧的夕照在弥漫。人物的形态如刀削般直立,其庄严感一览无余,是宗教类壁画中的翘楚。我在心底慨叹:毕竟是大画师啊,敢于用单一的色彩、简约的线条来描绘人物。

透过这些画作,我看到了安德烈·鲁勃廖夫故乡的泥土、树木、河流、风雨雷电和那一缕缕炊烟,没有它们的滋养,是不可能有这种深沉朴素的艺术的。

就在我收回目光,满怀感慨低下头来的一瞬,我被另一幅画面所打动了:有一位裹着头巾的老妇人,正在安静地打扫着凝结在祭坛下面的烛油!

她起码有六十岁了,她扫烛油时腰是佝偻的,直身的时候腰仍然是佝偻的,足见她承受了岁月的沧桑和重负。她身穿灰蓝色的长袍,戴着蓝色的暗花头巾,一手握着把小铁铲,一手提着笤帚,脚畔放着盛烛油的撮子,一丝不苟地打扫着烛油。她像是一个虔诚的教徒,面色白皙,眼窝深陷,脸颊有两道深深的半月形皱纹,微微抿着嘴,表情沉静。教堂里偶尔有游客经过,她绝不张望一眼,而是耐心细致地铲着烛油,待它们聚集到一定程度后,用笤帚扫到铁铲里,倒在撮子中。她做这活儿的时候是那么虔诚,手中的工具没有发出一声刺耳的响声,她大概是怕惊扰了上帝吧——虽然说几个世纪以来,上帝不断听到刀戈相击的声音,听到枪炮声中贫民的哀号。

我悄悄地站在老妇人的侧面,看着祭坛,看着祭坛下的她。以她的年龄,还在教堂里做着清扫的事务,其家境大约是贫寒的。上帝只有一个,朝拜者却有无数,所以祭坛上蜡炬无数。它们播撒光明的时候,也在流泪。从祭坛上蜂飞蝶舞般飞溅下来的烛泪,最终凝结在一起,汇成一片,牛乳般润泽,琥珀般透明,宛如天使折断了的翅膀。老妇人打扫着的,既是人类祈祷的心声,也是上帝安抚尘世中受苦人的甘露。

如果我是个画家就好了,我会以油画,展现在教堂中看到的这一幕令人震撼的情景。画的上部是安德烈·鲁勃廖夫的壁画,中部是祭坛和蜡烛,下部就是这个扫烛油的老妇人。如果列宾在世就好了,这个善于描绘底层人苦难的伟大画家,会把这个主题表达得深沉博大,画面一定充满了辛酸而又喜悦的气氛。

这样一个扫烛油的老妇人,使弗拉基米尔之行变得有了意义。她的形象不被世人知晓,也永远不会像莫斯科街头伫立的那些名人雕像一样,被人纪念着,拜谒着。但她的形象却深深地镌刻在了我心中!镌刻在心中的雕像,该是不会轻易消失的吧?

我非常喜欢但丁在《神曲》的《天堂篇》中的几句诗,它们像星星一样闪耀在结尾《最后的幻象》中:

> 无比宽宏的天恩啊,由于你
> 我才胆敢长久仰望那永恒的光明,
> 直到我的眼力在那上面耗尽!

那个扫烛油的老妇人,也许看到了这永恒的光明,所以她的劳作是安然的。而我从她身上,看到了另一种永恒的光明:

光明的获得不是在仰望的时刻,而是于低头的一瞬!

第四辑　好书如寂寞开放的樱花

枕边的夜莺

我喜欢躺着读书,这个习惯的养成已有二十多年了,从枕边掠过的书,自然是少不了的。

十七八岁,我读师专的时候,开始了真正的读书。每到寒暑假,最惬意的事情,就是躺在故乡的火炕上看书。至于读了些什么,已经记不清了,但读书的氛围却历历在目。夏天时,闻够了墨香,我会敞开窗子,嗅花圃搅起的一波一波的香气;冬天时,窗外的北风吹得窗纸刷拉拉响,我便把书页也翻得刷拉拉响。疲倦的时候,我会撇下书,趴在窗台上看风景。窗外的园田被雪花装点得一片洁白,像是老天铺下来的一张纸。

如果说枕头是花托的话,那么书籍就是花瓣。花托只有一个,花瓣却是层层叠叠的。每一本看过的书,都是一片谢了的花瓣。有的花瓣可以当作标本,作为永久的珍藏;有的则因着庸常,随着风雨化作泥了。

这二十多年来,不管我的读书趣味发生了怎样的变化,有一类书始终横在我的枕畔,就像一个永不破碎的梦,那就是古诗词。夜晚,读几首喜欢的诗词,就像吃了可口的夜宵,入睡时心里暖暖的。

我最喜欢的词人,是辛弃疾。一句"青山遮不住,毕竟东流去",

让我对他的词永生爱意,《稼轩集》便是百读不厌的了。屈原、李白、杜甫、白居易、李商隐、陆游、苏轼、李清照、李煜、纳兰性德、温庭筠、黄庭坚、范仲淹,也都令我喜爱。有的时候,读到动心处,我会忍不住低声吟诵出来,好像不经过如此"咀嚼",就愧对了这甘美至极的"食粮"似的。

我父亲最推崇的诗人,就是曹植了。因为爱极了他的《洛神赋》,我一出生,父亲就把"子建"的名字给了我。长大成人后,我不止一次读过《洛神赋》,总觉得它的辞藻过于华丽,浓艳得有点让人眼晕。直到前几年,我的个人生活遭遇变故,再读《洛神赋》,读出了一种朴素而凄清的美!洛水上的神仙宓妃,惊鸿一现,顷刻间就化作烟波了。"悼良会之永绝兮,哀一逝而异乡","恨人神之道殊兮",这才是曹植最想表达的。他以短短一曲《洛神赋》,写出了爱情的短暂、圣洁、美好,写出了世事的无常。我真的没有想到,曹植在诗中所描述的一切,正是我此刻的感悟,原来父亲早就知道,幻影才是永恒的啊!所以现在读《洛神赋》,别有一番滋味在心头!

中国的古典诗词,意境优美,禅意深厚,能够开启心智。当你愤慨于生活中的种种不公,却又无可奈何时,读一读黄庭坚的"贤愚千载知谁是?满眼蓬蒿共一丘",你就会获得解脱。而当你意志消沉、黯然神伤时,读一读张若虚的《春江花月夜》,你就会觉得所有的不快都是过眼云烟。从这个意义上说,那些古诗词就是我枕畔的《圣经》。

这些伟大的诗人,之所以能写出流传千古的词句,在于他们有着对黑暗永不妥协的精神。他们高洁的灵魂,使个人的不幸得到了升华。杜甫评价李白时,曾满怀怜惜和愤懑地写道:"敏捷诗千首,飘零酒一杯。"而这是那个时代大多数诗人坎坷命运的真实写照!个人的生死,在他们眼里,不过草芥,所以他们的诗词才有着大悲悯、大哀愁,这也是我深深喜爱他们的原因。

无论是读书还是写作,我们都在经历着一个前所未有的喧嚣时刻。能够保持一份清醒和独立,在读书中去伪求真,去芜存精,并不是一件容易的事。我的枕畔,也曾有过名声显赫却难以卒读的书,但它们很快就从我的记忆中消失了。能够留下的,是鲁迅,是《红楼梦》,是《牡丹亭》《聊斋志异》,是雨果和陀斯妥耶夫斯基,等等,这些人的书和这些作品可以一读再读。它们不会随着时光的流逝而变旧,它们是日出,每一次出现都是夺目的。

我常想,我枕边的一册册古诗词,就是一只只夜莺,它们栖息在书林中,婉转地歌唱。它们清新、湿润,宛如上天洒向尘世的一场宜人的夜露。

"红楼"的哀歌

《红楼梦》是书中的"月光宝盒",哪怕你把它放在尘埃中,它也不会因蒙垢而失去光彩。只要你拭去岁月的浮尘开启它,它就会把惊喜带给你,让你在一个狭小的空间里能看到无限的风景。这是一部常看常新的书,是一部值得永久品味的小说"极品"。每隔几年,我都会不由自主地把它从书架上取下,重温它的美好。

年轻的时候读《红楼梦》,特别喜欢给里面的人物贴标签,比如林黛玉是敏感娇弱、单纯如水的好女孩,薛宝钗是个八面玲珑、满腹心机的坏女孩;王熙凤满肚子的男盗女娼;贾宝玉是个情种,这"浊物"对有姿色的女孩都"怜香惜玉";至于丫鬟中的晴雯和袭人,一个是可爱到极点,一个则阴损到极致。所谓少不更事,特别容易给人物下论断,把一部丰富的、磅礴大气的作品看简单了。

人到中年后,再读《红楼梦》,体会到了薛宝钗的那种无奈,王熙凤在张扬中内心的苦辣酸甜,贾宝玉热闹生活背后的那种孤单,贾母行将就木时预示到繁华将逝的那种内心的苍凉。《红楼梦》中的主要人物,没有一个不是性情多重的,它不像《三国演义》中的人物那么脸谱化,它深刻挖掘了人性的丰富性和复杂性,从这个意义上说,它的文学价值也就更高。

第四辑　好书如寂寞开放的樱花

前一段再读《红楼梦》，依然很顺畅地把它读下来了，它的语言魅力是其他的名著难以比拟的，所以阅读的过程是兴味盎然的。只是掩卷之后，有一种深深的怅惘之情，觉得《红楼梦》在哪里损失了点什么。想来想去，我觉得是高鹗所续的那部分出了问题。

《红楼梦》最精彩的篇章，其实还是曹雪芹写的那部分，它很扎实，充满了生活情趣和人间烟火的气息，比如刘姥姥一进大观园和醉卧怡红院、王熙凤毒设相思局、大观园试才题对额、荣国府元宵开夜宴、憨湘云醉眠芍药裀等等。在曹雪芹的笔下，我们能看到黛玉葬花、宝钗扑蝶、晴雯撕扇等经典片段；能在酒席之间的填词歌赋的游戏中，认识那个粗俗的薛蟠；能在风雪红梅的壮美景色中，看到青春而灵性的薛宝琴；能在与贾琏的打情骂俏声中，见识到平儿的俏皮和机智。就是那些比较悲壮的章节，如尤三姐拔剑为柳湘莲自刎，在刚烈之中亦可感知那如水的缠绵。曹雪芹的人物，穿梭在大观园的红花绿柳、碧水清溪中，他们是那么的容易感物伤怀，那么的缠绵悱恻。他们就像大观园中的花草植物一样，多姿多彩，充满质感。而到了高鹗那里，有情趣的生活少了，人物间细致入微的情感纠葛和争风吃醋不见了，高鹗急不可耐地让大观园荒芜，让姊妹离散，让人物在小小年纪就看破红尘。我们可以说，高鹗是深刻的，可是，小说中人物的可信性却大打折扣。究其原因，我以为曹雪芹在第五回《贾宝玉神游太虚境　警幻仙曲演红楼梦》中的收尾一段的《飞鸟各投林》，对高鹗的影响太大了："为官的，家业凋零；富贵的，金银散尽；有恩的，死里逃生；无情的，分明报应。欠命的，命已还；欠泪的，泪已尽……看破的，遁入空门；痴迷的，枉送了性命。好一似食尽鸟投林，落了片白茫茫大地真干净！"这段词好极了，妙极了，但我想曹雪芹要是写"盛宴必散"这个大结局，他肯定还是要秉承温暖的笔触，一针一针地慢慢挑出伤疤里的痛疵，而不是呼啦啦地一上场就喊一声"杀"，闹得个刺刀见红,血淋淋的,使作品的艺术风味发生了逆转。于是,当我读到"宴海棠贾母赏花妖""苦绛珠魂归离恨天"的章节时,心中总有不舒服的感觉。黛玉在《红楼梦》中是个必死无疑的人物,因为她偿还完神瑛侍者的"灌溉之恩"后,就要"归位"。我觉得在曹雪芹笔下,已经隐藏着黛玉之死的方式,那就是"葬花"的方式,是隐含着浪漫之气的死亡,而不是高鹗所续的焚稿断痴情。这边宝钗出阁成大礼,那边黛玉含着一腔幽愤离去,这种过于鲜明的对比我想肯定不是曹雪芹想要的结局。按我的理解,黛玉眼泪流干后,应该如一朵被风劫掠而落入水中的花朵一样死亡,异常的平静,也异常的鲜浓和华美。这样处理黛玉,其悲剧性会更强烈一些。但高鹗太想做哲学家了,他看透了人世间的兴衰荣辱,他把太沉重的思想的"核"附加在那些柔弱的女孩身上,由她们来做代言人,他毫不在意这种"承担"的结果会带来小说那种"水分"的丧失,所以当我读到"活冤孽妙尼遭大劫"时,真的是忍无可忍。妙玉的结局因为有着高鹗先入为主的一定要处理成悲剧的想法,被写得过于"惨烈",其实这有悖于曹雪芹对妙玉性情的描述,不太符合妙玉命运的发展逻辑。为什么不能把她处理成荒凉的大观园中的最后一位孤独的守望者呢?

小说是要有丰沛的"水分"的,这样它才会因"汁液饱满"而好看。我觉得曹雪芹精心搭制了一座"红楼",如果是他亲手毁掉它,他会一根木椽、一条横梁地轻轻地拆除,看着它渐渐倾斜,而不是像高鹗一样,上来就一顿"狂轰滥炸",倏忽间,便令大厦成为废墟。所以我觉得曹雪芹是文学家,而高鹗是哲学家。哲学家续写文学家的书,肯定是"气不相接",这也是《红楼梦》带给人的遗憾之处。高鹗为自己的"深刻的思想"唱了一曲赞歌,而他为《红楼梦》和曹雪芹,却是唱了一首哀歌。

一脉清流消逝

在中国现代文学史中,活跃于二三十年代的诗人的文学成就是比较高的。他们大都出身书香门第,有扎实的国学功底,又都留过洋,在各名牌大学执过教,对新诗的发展做出了卓越的贡献。我们所熟知的就有闻一多、徐志摩、戴望舒等等。然而有一个人却无形中被我们忽略了,他就是朱湘。

朱湘之所以引起我的注意并不是由于他的诗,而是因为他的自杀。在儒道之教盛行的中国,自古文人在失意之后往往选择徜徉于山水之间的隐士生活,而选择自杀的却微乎其微。朱湘的自杀比起屈原和王国维,并没有引起广泛的重视和影响,也许是因为屈原和王国维的自杀带有悲壮的惨烈色彩,他们都是殉国而死,而朱湘的自杀则看上去有些平淡,因为他死于灵魂的无可归依。屈原的死获得了一个"端午节",成为世世代代的永久的纪念;王国维的殉情得到了"忠悫公"的谥号,尽管赐谥给他的清朝末代皇帝溥仪认为王国维的死主要是由于他与姻亲罗振玉之争的失利,但是在知识界王国维的美誉却并未由此减色,而是与日俱增;只是朱湘,当他乘着一艘陈旧的船漂泊在上海至南京的河流上,经历了失业、贫穷、婚姻的痛苦、友人间的龃龉、事业的苦辣酸甜的他终于在渐朗的黎明中纵身河水,化作一脉清流。朱湘曾在一首《残诗》中写道:"虽然绿水同紫泥,是我仅有的殓衣,这样灭亡了也算好呀,省得家人为我把泪流。"这竟不幸成了诗人命运的写照。

朱湘曾是赫赫有名的"清华四子"之一,他性格孤傲,才华横溢,自尊自负,曾一度愤然退出清华大学,而后又被恢复学籍。他与闻一多由至交到决裂,而后又重拾友谊直至再次出现裂痕,都说明他在个性上更接近于诗人气质。他在北平曾拜访过徐志摩的寓所,对徐家沙发上摞得高高的绸衣和奢侈排场很反感,这说明他在骨子里更亲近质朴的乡情。所以徐志摩的作品像贵妇人华丽服饰上的流苏,而朱湘的作品毫无奢靡之气,他的代表作《采莲曲》可算作一个实证。

我曾经用三个夜晚拜读了朱湘的全部诗作,他的诗同他的自杀一样给了我同样的震动。他的多首十四行诗尤其令我喜欢。如他致霍桑(美国小说家,代表作《红字》)的那首诗的开篇:"如其我能有你的那座苔屋,日里在廊前看暖色逗清幽;晚上读书,或许,陪伴着朋友,听栗子与柴薪对语在墙炉……"再如:"湖里的便是岸上的山;不过那青翠倒影而下,在水里显得生动、变化,像恋爱的形影在心坎。要翠环映出白的手指……没有山,这湖水在薄暮,由哪里去染嫩绿、藤黄?"

毋庸讳言,朱湘的才华是卓尔不群的。他的绝大多数诗作都是抒发个人情怀,而且也大都属于他的成功诗作。他涉及民族气节和政治的一些作品则看上去言之无味,平平淡淡,这说明他的内心更为关注的是人类共有的永恒的情感,而这又恰恰是一个伟大作家所应具备的思想行为。比之闻一多的《红烛》和《死水》,朱湘的诗显得纤巧、柔弱、单纯,他不是那种发呐喊之声的诗人,而是一个极度敏感和忠于自我的人,他的声音因为独特而显得微弱,因为极易消失和被忽视。

《采莲曲》被公认为朱湘的代表诗作，也是作者引以为自豪的诗作，所以当年它在《诗镌》发表未被排在显要位置时，朱湘曾打电话大声斥责杨世恩，以泄心中不平，可见他对这首诗的钟爱和他的诗人气质。《采莲曲》是一首形式工整而又自由活泼的不可多得的清新之作，整首诗洋溢着对生活的热情和乐观态度："小船呀轻飘，杨柳呀风里颠摇；荷叶呀翠盖，荷花呀人样娇娆。日落，微波，金丝闪动过小河。左行，右撑，莲舟上扬起歌声……薄雾呀拂水，凉风呀飘去莲舟。花芳，花香，消溶人一片苍茫；时静，时闻，虚空里袅着歌音……"这首诗称得上唯美，读它时我的眼前会闪现出中国山水画的风韵。朱湘有理由看重它，因为它仿佛是一个孩子童贞般的梦呓，任何诗人能够从容地进入这种境界在一生中都是难得一遇的。

朱湘在娶妻生子后又经历了几年海外求学生涯，漂泊无定的生活始终使他的精神处于一种流浪状态。在芝加哥大学他再度重演了退出大学的一幕，他忍受不了学校的沉闷之气。朱湘对他不喜欢的事物的全然拒绝固然证明了作为一个诗人的纯粹和透明度，但也从另一个方面暗示出他的脆弱和适应能力之差。当他在海外孤独无依、几乎难以维持日常生活时，闻一多又向他伸出宽容之手，邀他归国后去安徽大学执教。朱湘一生过得最平静和幸福的一段生活就是在安庆的几年。之后他又故态复萌，开始讨厌大学，加之经济陷入拮据，使他有了无票上船被查出而遭白眼和讥笑的一段经历，这种彻底的落魄使朱湘的自尊陷入万丈深渊，这对他是致命的一击。朱湘在这种绝望的生活环境中如果有家庭这个温暖的退避之所，也许情况会稍有好转，而此时他又与霓君心生隔阂。朱湘在自尊被剥蚀殆尽之后，便一无所有了，他自然而然就看见了生命的尽头。

朱湘其实非常渴望他的诗作会带给他世俗的一些利益和回报，这隐喻着诗对于他并不完全属于维系他生命的呼吸，所以他能在一切都不合心意时断然放弃生命和诗歌。有人分析朱湘的自杀是当时的战乱和社会的黑暗所致,在我看来更多地缘自于他的性格悲剧。要知道在和平年代也有自杀的诗人。朱湘的死也向我们证明,即便是一个艺术家,他的承受能力也是有限的,世界上没有不可放弃的东西。

朱湘实现了自己化作紫泥的愿望。他死得无声无息。他的有限的诗作已达到了超凡脱俗的境界,可惜它没有得到发展,这是使我深为遗憾而要写这篇文章的动机。我很欣赏朱湘早期的那首《废园》:"有风时白杨萧萧着,无风时白杨也萧萧着,萧萧外更听不到什么;野花悄悄的发了,野花悄悄的谢了,悄悄外园里更没有什么。"

我怀念那个三十年代付诸清流的人,那个自卑又自负的人,那个集翻译、编辑和著述于一身的才华卓绝的人。怀念他曾有的而我正在经历的憧憬和叹息。

第四辑　好书如寂寞开放的樱花

多美的夜色啊

虽然哈尔滨的夏天足够凉爽，但我还是喜欢在每年的七八月份放下笔来"歇伏"。这时最惬意的事情，就是读书。我会把插在书架中的那些花花绿绿的书打量个周详，如同皇帝选妃一样，抽出想读的，放在沙发旁和枕边。被选中的既有那些散发着微微霉味的、可以一读再读的老书，也有外表光鲜漂亮、漫溢着油墨芬芳的新书。比之新书，我更爱那些老书。经过了漫长岁月淘洗后仍然能流传下来的文字，总会像金子一样闪闪发光。

在浏览了两本空洞乏味、装神弄鬼的最新畅销书后，我已打算重温《聊斋志异》的诡谲、奇异之美了。那里的神仙鬼怪在我眼中是有血有肉的。在电闪雷鸣的夏日，读这样的书无疑就是聆听天籁之音。

由于搬家后没有给书做细致的分类，所以很多书都是乱插的。我在取《聊斋志异》的时候，发现了相挨着它的《欧洲美术中的神话和传说》，这是著者王观泉先生三年前所赠的，我记得爱人在那年春天离开我的最后一个夜晚，读的就是这本书。

书页上一定留有我用肉眼看不见的爱人的指纹，所以打开它的时候，那一幅幅绚丽的画面，在我眼里就是天堂的圣景图。

最先打动我的，是一组《丽达与天鹅》图画。丽达与天鹅的故事，是最传奇的爱情故事。天神宙斯有一天在神山上,看到身下的斯巴达草原上,有一个美丽的姑娘,她就是丽达。宙斯爱上了丽达,为了摆脱天后赫拉的控制,他变成一只天鹅,飞向人间,与丽达相爱,并生下了希腊的绝世美女海伦。海伦与特洛伊战争的故事,比丽达与天鹅的故事还要著名。

在对《丽达与天鹅》这个神话的演绎上,我最喜欢达利的那幅。柯勒乔的过于甜美,达·芬奇的太圆熟了,而达利表现的天鹅充满了激情和力量,它那富有质感的展开的双翼,是那么的刚健和柔美,充分体现了宙斯飞临人间、见到心爱的人时那种内心的狂喜。

在这本书中,既可看到威廉·琼斯表现的爱上自己倒影、最终化作水仙花的美少年那而珂苏斯,也可以看到鲁本斯以表现众女神为了争夺金苹果而引起祸端的《帕里斯的裁判》,以及波提切利描绘的以色列民族女英雄《朱提斯》。随着纸页翻动的刷刷声,我看到了充满阴郁之气的伦勃朗的《大卫在扫罗面前弹竖琴》。扫罗得了疯病,他只有在听大卫弹奏竖琴时,疯病才会暂止。可他却想杀死这个日后会取代自己成为以色列王的大卫。可是除掉大卫,聆听不到竖琴的声音,扫罗将永远活在癫狂中,灰黑的画面除了衬托了疯子扫罗内心的矛盾和焦虑,也把竖琴的凄美展现无疑。我觉得在描写音乐对人的影响的深刻性上,这则神话无疑是登峰造极的。

在书将结尾的时候,我看到了那个舞蹈着的莎乐美。二〇〇〇年秋天,我曾经在都柏林的皇家剧院看过王尔德的话剧《莎乐美》。那个声音略微沙哑、轻盈美丽的女演员给我留下了深刻的印象。

《莎乐美》是写施洗者约翰死亡的故事的作品。希律王娶了弟弟腓力的妻子希罗底,约翰对此反对,惹恼了希律王,被关进监牢。莎乐美是希罗底的女儿,她美丽而富有才情,传说她向约翰表达过爱情,但遭到了拒绝。在希律王的生日宴会上,莎乐美被邀跳舞,为希律王助兴,莎乐美不从。希律王就许诺莎乐美,如果她当众舞蹈,就可以让她做一件最想做的事情。于是,莎乐美跳起舞来,舞毕,她要求希律王割下约翰的头给她,她终于吻到了死去的约翰的嘴唇。在约翰的头即将落地的时候,莎乐美感慨道:多美的夜色啊!

是啊,用这句台词来概括这本书的气质再合适不过了。欧洲那些美妙的神话和传说,当它们凝固在画面中的时候,它们就是人类艺术天空中最迷人的夜景。可惜在这个时代,欣赏这样的夜色的人少而又少了。所以王观泉先生在赠言中这样写道:

> 此书起笔于1953年,时为二十三岁当大兵时。但虽戎装披身,心中想的是保卫和平,使中国乃至世界宁静。忽忽近半个世纪流逝,这才发现世界其实一点儿也不太平。书虽然漂亮,2002年垂暮之年的我已经对世道不感兴趣了,只是愿意比我年轻的你及与你相似的中青年们,能如我在起笔写此书时一样好心情,赏析美。

王观泉先生晚年患有严重的眼疾,一再手术,如今他的一只眼睛几乎失明,而另一只眼睛的视线也极为微弱。这样的画集对他来说,注定是掩藏在心底的永恒的风景了。

我想爱人能够在最后的日子看这样的一本书上路,踏着这样的夜色归去,实在是幸运的。因为他是带着美走的。

好书如寂寞开放的樱花

一六一六年四月二十三日的夜空,一定超乎寻常的灿烂。生不同时的塞万提斯和莎士比亚,在同一个日子离世。当两颗文学巨星相逢于天国之际,我想天堂也会落泪吧。

这个充满玄机的四月二十三日,在一九九五年,被联合国教科文组织命名为"世界读书日"。

今年,已经是第十六个世界读书日了。

央视《子午书简》的制片人李潘,这个我戏称为"潘娘子"的爱书人,在三月底就打来电话,说是策划了一期特别节目《书香中国》,想请几个作家来谈谈读书。

于是我来到了四月的北京。

节目录制点在大兴的星光梅地亚。那天北京黄沙满天,从机场高速乘车去大兴,感觉是来到了大西北,说不出的苍凉。大兴正在"大兴"土木,到处是工地。一个到处是工地的地方,就像一台音质不好的半导体,嘈杂不堪,是旅人最不喜欢的。

入住酒店后,简单吃了点东西,天色已昏。因为空气不好,惯例的傍晚散步,也就取消了。我躺在床上翻闲书的时候,走廊里忽而传来"咿呀"的练歌声,忽而又传来乐器的演练声,感觉自己是睡在一架破旧的钢琴上,稍一不慎,触碰了哪个键子,它就会喑哑地叫起来。

后来窗外的风,加入了这夜晚的合唱。听着越来越强劲的风声,我的心明朗起来。北京的朋友对我说,只要前一夜刮大风,第二天这个城市就有蓝天可看啦!

果然!次日风住了,晴空如洗!早饭后我迫不及待地出去散步,发现院子里有很多花树。桃花谢了满地,像是哪个姑娘洗了几条银粉的丝巾,晾晒在桃树下而忘了收,看上去皱皱巴巴的,却还带着股抹不去的芳华,惹人怜爱;红色的榆叶梅正在盛时,花容娇艳;西府海棠和初放的紫丁香,香气蓬勃。最令我兴奋的,是一条小路上,竟然栽种着一排樱花,大约有二三十株!半个多月前,我小说的日文翻译者,在东京发来一张怒放的樱花的图片,上面附言"国破了,但樱花开了",勾起了我看樱花的欲望。没想到我竟在大兴的星光梅地亚,与樱花不期而遇!

日本民谚有"樱花七日"之说,说明樱花花期之短。我眼前的樱花,想来开了一周了吧,虽然枝条上的花朵依然生动,但树下已积了厚厚一层的花瓣了。如果说樱花是一支燃烧的蜡烛的话,那么边开边谢的花瓣,就是它洒下的烛泪了。那些重瓣的樱花,粉红色,团团簇簇,比朝霞还要鲜润。你盯着一朵花美美地赏着时,突然微风搅动了花心,花瓣便像云朵一样游移而出,刹那就谢了,凋零得如此壮丽!樱花仿佛是刚给自己唱完生日歌,又得唱安魂曲。

我在樱花树下流连忘返,可是来来往往的行人,那些带着孩子来追寻明星梦的家长,背着吉他匆匆走过的乐手,奔向各个摄影棚的节目主持人和工作人员,没谁在樱花树下驻足片刻,甚至连看也不看它们一眼。樱花以柔弱的落英,敲打着行人的脚,可它的敲打实在太轻太轻了,没谁察觉。

当日下午在节目录制现场,主持人让上场的作家,每人选择一段心目中最美的文字来朗诵,我选择的是萧红《呼兰河传》中关于火烧云的描写。萧红的命运,也有点樱花的气质,花开花谢,瞬息之间。她留下的,是茅盾先生所言的"一串凄美的歌谣"。如今在图书销售排行榜上,哪里还能寻到鲁迅、萧红、沈从文这些真正的大家的名字?好书很少在热闹之中,它们总是独处一隅,寂寞开放,如同那些无人观赏的樱花,虽然开在春天,却置身于清秋的气氛!

录完节目,进城与朋友们聚会回来,已是晚上十点多了。我在夜色中散步,路过一个摄影棚时,那里灯火辉煌,笑语喧天的。我问了一下门外的保安,他说里面正在录制《欢乐英雄》。我溜进棚里,感觉是撞进了雷电区。台上是炫目的灯光,是尽情表演着的红男绿女,台下是挥舞着荧光棒欢呼着的观众。我站在那儿,耳朵被震得嗡嗡叫,遇见强光的眼睛忍不住哗哗流泪,很快就出来了。

三百九十五年前的四月二十三日去世的两位大文豪,都留下了后人难以逾越的巨作,光耀千秋。莎士比亚在他故乡斯特拉福镇的圣三一教堂安眠着,他的墓前永远有鲜花环绕;而生前境遇凄凉的塞万提斯,下葬时却连一块墓碑都没有,他的墓在哪里,至今是个谜。不过,塞万提斯已经为自己竖起了一座永远不倒的碑:《堂吉诃德》。一个伟大作家的墓碑,可以不用镌刻他自己的名字,因为只有他的作品是丰碑的时候,他的名字才会真正留下。

我又踏上了樱花小路。因为有路灯的映衬,樱花在夜晚依然明亮着。站在花树下,忽然一阵疾风吹过,顷刻之间,淋了一身的樱花雨!这样的花雨,与其说来自樱花树,不如说来自天上,因为好风起自天堂啊!

我的梦开始的地方

从中国的版图上看,我的出生地漠河居于最北端,在北纬五十三度左右的地理位置上。那是一个小村子,依山傍水,风景优美,每年有多半的时间白雪飘飘。我记忆最深刻的,就是那里漫长的寒冷,冬天似乎总也过不完。

我小的时候住在外婆家里,那是一座高大的木刻楞房子,房前屋后是广阔的菜园。短暂的夏季来临的时候,菜园就被种上了各色庄稼和花草,有的是让人吃的东西,如黄瓜、茄子、倭瓜、豆角、苞米等;有的则纯粹是供人观赏的,如矢车菊、爬山虎、大烟花(罂粟)等等。当然,也有半是观赏半是入口的植物,如向日葵。一到昼长夜短的夏天,这些形形色色的植物就几近疯狂地生长着,它们似乎知道属于它们的日子是微乎其微的。我经常看见的一种情形就是,当某一种植物还在旺盛的生命期的时候,秋霜却不期而至,所有的植物在一夜之间就憔悴了。这种大自然的风云变幻所带来的植物的被迫凋零令人痛心和震撼。我对人生最初的认识,完全是从自然界的一些变化而感悟来的。比如我从早衰的植物身上看到了生命的脆弱,同时我也从另一个侧面看到了生命的从容,因为许多衰亡了的植物,在转年的春天又会焕发出勃勃生机,看上去比前一年似乎更加有朝气。

光明于低头的一瞬

　　童年围绕着我的,除了那些可爱的植物,还有亲人和动物。请原谅我把他们并列放在一起来谈。因为在我看来,他们都是我的朋友。我的亲人,也许是由于身处民风纯朴的边塞的缘故,他们是那么的善良、隐忍、宽厚,爱意总是那么不经意地写在他们的脸上,让人觉得生活里到处是融融暖意。当然,他们也有自己的痛苦和苦恼,比如年景不好的时候,他们会为没有成熟的庄稼而惆怅;亲人们故去的时候,他们会抑制不住自己的悲哀情绪。我从他们身上,领略最多的就是那种随遇而安的平和与超然,这几乎决定了我成年以后的人生观。至于那些令人难忘的小动物,我与它们之间也是有着难分难解的情缘。我养过狗和猫,它们都是公认的富有灵性的动物,我可以和它们交谈,可以和它们搞恶作剧,有时它们与我像朋友一样亲密,有时则因着我对它们的捉弄,它们好几天对我不理不睬。至于猪、鸡、鸭等等这些家畜、家禽,虽然养它们的目的是为了食肉,但我还是常常把它们养出了感情,所以轮到它们遭屠戮的时候,内心就有一种说不出的痛苦。但是大人们告诉我,这些家畜、家禽养来就是被人吃的。我想幸好人类没有吃花的嗜好,否则这些有灵性的、美好的事物还有多少能被人"嘴下留情"呢?

　　生物本来是没有高低贵贱之分的,但是由于人类的存在,它们却被分出了等级,这也许是自然界物类竞争、适者生存的法则吧,令人无可奈何。尊严从一开始,就似乎是依附着等级而生成的,这是我们不愿意看到和承认的事实。虽然我把那些动物当成了亲密的朋友对待,但久而久之,它们的毙命使我的怜悯心不再那么强烈,我与庸常的人们一样地认为,它们的死亡是天经地义的。只是成年以后遇见了许多恶意的人的狰狞面孔后,我又会情不自禁地想起那些温柔而有情感的动物,愈加地觉得它们的可亲可敬来。所以让我回忆我的童年,我想到亲人后,随之想到的就是动物,想到狗伸出舌头对我温

234

存的舔舐,想到大公鸡在黎明时嘹亮的啼叫声,想到猫与我同时争一只皮球玩时的猴急的姿态。在喧哗而浮躁的人世间,能够时常忆起它们,内心会有一种异常温暖的感觉。所以,在我的作品中,出现最多的除了故乡的亲人,就是那些从我的脑海中挥之不去的动物,这些事物在我的故事中是经久不衰的。比如《逝川》中会流泪的鱼,《雾月牛栏》中因为初次见到阳光、怕自己的蹄子把阳光给踩碎了而缩着身子走路的牛,《北极村童话》里的那条名叫"傻子"的狗,《鸭如花》中的那些如花似玉的鸭子,等等。此外,我还对童年时所领略到的那种种奇异的风景情有独钟,譬如铺天盖地的大雪、轰轰烈烈的晚霞、波光荡漾的河水、开满了花朵的土豆地、被麻雀包围的旧窑厂、秋日雨后出现的像繁星一样多的蘑菇、在雪地上飞驰的雪橇、千年不遇的日全食等等,我对它们是怀有热爱之情的,它们进入我的小说,会使我在写作时洋溢着一股充沛的激情。我甚至觉得,这些风景比人物更有感情和光彩,它们出现在我的笔端,仿佛不是一个个汉字在次第呈现,而是一群在大森林中歌唱的夜莺。它们本身就是艺术。

在这样一片充满了灵性的土地上,神话和传说几乎到处都是。我喜欢神话和传说,因为它们就是艺术的温床。相反,那些事实性的事物和已成定论的自然法则却因为冰冷的面孔而令人望而生畏。神话和传说喜欢以两种方式存在,一种类似地下的矿藏,我们看不见摸不着,但能嗅到它的气息,这样的传说有待挖掘。还有一种类似空中的浮云,能望得见,但它行踪飘忽,你只能仰望而无法将其捺入掌中。神话和传说是最绚丽的艺术灵光,它们闪闪烁烁地游荡在漫无边际的时空中。而且,它们喜欢寻找妖娆的自然景观作为诞生地,所以人世间流传最多的是关于大海和森林的神话。

对我来讲,神话是伴着幽幽的炉火蓬勃出现的。在漫长的冬季里,每逢夜晚来临的时候,大人们就会围聚在炉火旁讲故事,这时我就会安静地坐在其中听故事。老人们讲的故事,与鬼怪是分不开的。我常常听得头皮发麻,恐惧得不得了。因为那故事中的人死后还会回来喝水,还会悄悄地在菜园中帮助亲人铲草。有的时候听着听着,火炉中劈柴燃烧的响声就会把我吓得浑身悚然一抖,觉得被烛光映照的墙面上鬼影憧憧。这种时刻,你觉得心都不是自己的了,它不知跳到哪里去了。当然,也有温暖的童话在老人们的口中流传着,比如画中的美女每天在一个固定的时刻下来给穷人家做饭,比如一个无儿无女的善良的农民在切一个大倭瓜的时候,竟然切出了一个活蹦乱跳的胖娃娃,这孩子长大成人后出家当了和尚,成为一代高僧。这些神话和传说是我所受到的最早的文学熏陶了,它们生动、传神、洗练,充满了对人世间生死情爱的关照,具有悲天悯人的情怀。

也许是因为神话的滋养,我记忆中的房屋、牛栏、猪舍、菜园、坟茔、山川河流、日月星辰等等,它们无一不沾染了神话的色彩和气韵,我笔下的人物也无法逃脱它们的笼罩。我所理解的活生生的人,不是庸常所指的按现实规律生活的人,而是被神灵之光包围的人,那是一群有个性和光彩的人。他们也许会有种种的缺陷,但他们忠实于自己的内心生活,从人性的意义来讲,只有他们才值得永久地抒写。

尽管我如此热衷于神话和传说,但我也迫切感觉到它们正日渐委顿和失传。因为生活正变得越来越疲沓、琐碎、庸碌和公式化。人的想象力也相对变得老化和平淡。所以现在尽管有故事生动的作品不停地被人叫好,但我读后总是有一股难言的失望,因为我看不到一部真正的优秀作品所应散发出的精神光辉。

还有梦境。也许是我童年生活的环境与大自然紧紧相拥的缘故吧,我特别喜欢做一些色彩斑斓的梦。在梦境里,与我相伴的不是人,而是动物和植物。白日里所企盼的一朵花没开,它在夜里却开得汪洋恣肆、如火如荼。我所到过的一处河湾,在现实中,它是浅蓝色的,可在梦里它却焕发出彩虹一样的妖娆颜色。我在梦里还见过会发光的树,能够飞翔的鱼,狂奔的猎狗和浓云密布的天空。有时也梦见人,这些人多半是已经作古的,我们称之为"鬼"的,他们与我娓娓讲述着生活的故事,一如他们活着。我常想,一个人的一生有一半是在睡眠中度过的,假如你活了八十岁,有四十年是在做梦的,究竟哪一种生活和画面更是真实的人生呢?梦境里的流水和夕阳总是带有某种伤感的意味,梦里的动物有的凶猛,有的则温情脉脉,这些感受,都与现实的人际交往相差无二。有时我想,梦境也是一种现实,这种现实以风景人物为依托,是一种拟人化的现实,人世间所有的哲理其实都已经产生自它们之中。我们没有理由轻视它们,把它们视为虚无。要知道,在梦境中,梦境的情、景、事是现实,而孕育梦境的我们则是一具躯壳,是真正的虚无。而且,梦境的语言具有永恒性,只要你有呼吸、有思维,它就无休止地出现,给人带来无穷无尽的联想。它们就像盛宴上酒杯碰撞后所发出的清脆温暖的响声,令人回味无穷。

我对文学和人生的思考,与我的故乡、与我的童年、与我所热爱的大自然是紧密相连的。对这些所知所识的事物的认识,有的时候是忧伤的,有的时候则是快乐的。我希望能够从一些简单的事物中看出深刻来,同时又能够把一些貌似深刻的事物给看破。这样的话,无论是生活还是文学,我都能够保持一股率真之气、自由之气。

当我童年在故乡北极村生活的时候,因为不知道"山外有山、天外有天",我认定世界就北极村这么大。当我成年以后到过了许多地方,见到了更多的人和更绚丽的风景之后,我回过头来一想,世界其实还是那么大,它只是一个小小的北极村。

心在千山外

在中国的北部边陲,也就是我的故乡大兴安岭,生活着一支以放养驯鹿为生的鄂温克人。他们住在夜晚时可以看见星星的撮罗子里,食兽肉,穿兽皮。驯鹿去哪里觅食,他们就会跟到哪里。漫漫长冬时,他们三四天就得进行一次搬迁,而夏季在一个营地至多也不过停留半个月。那里的每一道山梁都留下了他们和驯鹿的足迹。

由于自然生态的蜕化,这个部落在山林中的生活越来越艰难,驯鹿可食的苔藓逐年减少,猎物也越来越稀少。三年前,他们不得不下山定居。但他们下山后却适应不了现代生活,于是,又一批批地陆续回归山林。

去年八月,我追踪他们的足迹,来到他们生活的营地,对他们进行采访。其中一个老萨满的命运引起了我巨大的情感震荡。

萨满在这个部落里就是医生的角色。他们为人除病不是用药物,而是通过与神灵的沟通,来治疗人的疾病。不论男女,都可以成为萨满。他们在成为萨满前,会表现出一些与常人不一样的举止,展现出他们的神力。比如,他们可以光着脚在雪地上奔跑,而脚却不会被冻伤;他们连续十几天不吃不喝,却能精力充沛地狩猎;他们可以用舌头接触烧得滚烫的铁块,却不会留有任何伤痕。这说明,他们身上附着神力了。他们为人治病，借助的就是这种神力。而那些被救治的，往往都是病入膏肓的人。萨满在为人治病前要披挂上神衣、神帽和神裙，还要宰杀驯鹿献祭给神灵，祈求神灵附体。这个仪式被称为"跳神"。萨满在跳神时手持神鼓，他们可以在舞蹈和唱歌中让一个人起死回生。

我要说的这个萨满，已经去世了。她是这个放养驯鹿的鄂温克部落的最后一个萨满。她一生有很多孩子，可这些孩子往往在她跳神时猝死。她在第一次失去孩子的时候，就得到了神灵的谕示，那就是说她救了不该救的人，所以她的孩子将作为替代品被神灵取走。可是她并未因此而放弃治病救人。就这样，她一生救了无数的人，她多半的孩子却因此而过早地离世，可她并未因此而悔恨。我觉得她悲壮而凄美的一生深刻地体现了人的梦想与现实的冲突。治病救人对于一个萨满来讲，是她的天职，也是她的宗教。当这种天职在现实中损及她个人的爱时，她义无反顾地选择了前者——也就是"大爱"。而真正超越了污浊而残忍的现实的梦想，是人类渴望达到的圣景，这个萨满用她那颗大度、善良而又悲悯的心达到了。我觉得她就是一个伟大的作家，她一生的经历就是一部杰作。我在长篇小说《额尔古纳河右岸》中，把这个萨满的命运作为了一个主线。

我心目中的伟大作品，就是这种经过了现实千万次的"炼狱"，抵达了真正梦想之境的史诗。一个作家要有伟大的胸怀和眼光，这样才可以有非凡的想象力和洞察力。我们不可能走遍世界，但我们的心总在路上，这样你即使身居陋室，心却能在千山外！最可怕的是身体在路上，心却在牢笼中！

像泥霞池这样的地方

七年前,我装修新居时,认识了一个少年。他来自外县,是一家门窗厂的工人,十八九岁,跟着他的师傅,在哈尔滨做安装。他姓王,大家都叫他小王。他也真是够"小"的,圆脸上看不到一丝皱纹,毛茸茸的小胡子,和善而天真的大眼睛,嘴唇微微翘起,一副对万事万物都感兴趣的模样。他不像其他工人厌弃劳动,干活时一脸的不开心。小王来我家三天,都是高高兴兴的。他干活时,总是情不自禁地打口哨。

小王的师傅悄悄对我说,他徒弟的手艺并不好,有时给客户安门框,会安歪斜了,返工的事情不止发生一次了,但他喜欢和小王一组干活,因为这孩子性情好,整天欢欢喜喜的,好像没愁事。

每到正午,我会去超市买了各色包子,和工人们一起吃午饭。我备了桶装的高粱烧酒,让他们每人喝点,解解乏。那些做体力活的男人,几乎没有不爱酒的。小王本来话就多,喝上酒后,更是什么都讲了。他告诉我,为了省钱,他们在哈尔滨,晚上不能住旅店,只能住浴池。因为浴池的木板通铺便宜,一宿十块,而且那里还免费为客人洗衣服。如果洗澡呢,只收他们一半的价钱。已多年不进公共浴池的我,并不知晓如今的浴池还兼做旅店。小王对我说,这样的浴池,哈尔滨火车站附近就有好几家。我向他打听,住在那里的都是些什么人?小王对我说,有来哈尔滨看病的,有像他们这样干体力活的,还有常年上访告状的。最多的,是南方那些春播完、来北方打工的农民。他们像候鸟一样,大雁南飞了,就会离开哈尔滨,回去秋收。他说大家住在一起很有意思,南腔北调的,他每天晚上都像在听戏。

小王讲的浴池的故事,给我留下的印象太深了。装修的间隙,我去了火车站附近靠近海城街的一家私人浴池,那里确如小王所言,夜晚兼做旅店。白天的时候,通铺是没人的,只有软塌塌的行李堆在铺上。到了傍晚,住客才陆陆续续回来。而这样的地方,为了招徕生意,的确免费为住客洗衣服。你一进院子,就会看见晒衣绳上挂着一溜儿衣服。

小王和他师傅,做完我家的活儿后,就从我的视野中消失了。可是他们的影子,却没有消失。他们进入了我的"文学记忆",成为一笔素材,记录在我的笔记本上。每当我翻开素材本的时候,一看到关于小王的这一段,就有一股冲动,想写写那样的浴池,可是始终找不到一个"突破口"。

去年,我看到一篇报道,说是如今少年犯在逐年增加,他们犯罪的原因,有的是家庭的因素,比如父母离异,或是因家里过于贫穷铤而走险;也有社会的因素,比如接触了混迹于市井间的不良人物,社会渣滓等等,渐渐被拉下水。很奇怪,这篇文章立刻让我联想起小王,想起住在浴池的他,如今他是否还做安装工?他会不会在那样的地方走上犯罪的道路呢?

在开始一部长篇写作之前,我花了近一个月的时间,写出了《泥霞池》。其实愿望也比较简单,我想探究一个少年犯罪的社会根源。在这里,记忆中的小王化成了陈东,而传说中的洗衣妇成了小暖。如果男性读者把更多的同情给予了小暖,而女性读者把更多的同情给予了陈东,我都会很高兴,因为只有善良的人,才会更多地同情异性的不幸。这部中篇,也是我放置时间最久的作品。直到长篇初稿完成,我才把它拿出来,细致地改了两稿。我不敢说对它有多满意,但我尽力了,而且表达了想要表达的。除了故事本身,我更想让读者知道,在我们的生活中,有泥霞池这样的地方。

附录 小说

附录 小说

白雪的墓园

父亲去世的日子离除夕仅有一月之差。父亲没能过去年,可我们必须要过这个年。要排解对一个人的哀思,尤其是父亲,三十天的日子未免太短太短了。我们办完丧事后连话都很少说,除非到了非说不可的时候。谁还有心情去忙年呢?然而年就像盘在人身上的毒蛇一样怎么也摆脱不掉,打又打不得,拂又拂不去,只能硬挨着。

天非常寒冷,我站在火炉旁不停地往里面添柴。炉盖有烧红的地方了,可室内的一些墙角还挂着白霜。我的脸被炉火烤得发烫。我握着炉钩子,不住地捅火。火苗像一群金发小矮人一样甩着胳膊有力地踏着脚跳舞,好像它们生活在一个原始部落中一样,而火星则像蜜蜂一样嗡嗡地在炉壁周围飞旋。炉火燃烧的声音使我非常怀念父亲。

我不愿意离开火炉,我非常恐惧到外面去,那些在苍白的寒气中晃来晃去的人影大都是紧张忙年的人们,碰上他们的满面喜气该怎么办呢?火炉砌在厨房的西北角,它走两面火墙,可以给两个房间供暖。厨房有一条长长的走廊,直通向门口,因为厨房里没有另开窗户,所以只能借着走廊尽头门上端的几块玻璃见见天光。光线艰难地沿着走廊爬行,往往爬到火炉边缘就精疲力竭了,所以火炉周围很少能接受到天光的爱抚,但炉火的光亮却弥补了这一缺憾,火炉周围的墙和炉壁以及那一块青色的水泥地,在冬季里总是微微地泛着炉火乳黄的光晕,好像它们被泡在黄昏中一样。

母亲躺在她的屋子里,炕很暖和,但我知道她没有睡着。她还不到五十,头发仍是乌色的,看见她的头发我就心酸。全家人中最痛苦的莫过于她了,可她并不像其他失去丈夫的女人一样大放悲声。她很少哭,有时哭也是无声的,这种沉重的不愿外露的哀思使我们非常害怕。在我年幼的时候,年前的这段时光中,母亲常常是踏着缝纫机为我们做新衣裳,那种好听的"嗒嗒嗒"的声音就像割麦子一样。那时候厨房里总是热气腾腾,一会儿蒸年糕了,一会儿又用大锅烧水洗衣裳了,乳白的水汽云雾般地涌动,晃得人眼神恍惚。往往是父亲撞上了我们,或者我们撞上了母亲,无论谁撞了谁都要乐一阵子。

姐姐从靠近火炉的房间中歪着身子出来咳了几声,从她的咳声中我知道她刚才哭过。她是我们家老大,父亲的去世使她的担子更重了一些。她哑着嗓子问我:"你老是站在炉子这儿干吗?""烧火。"我说。"烧火用不着看着,让它自己着。"姐姐说完就回屋了。

我站在火炉前茫然若失。我的心很空,眼前总是闪现出山上墓园的情景。父亲睡在墓园里,现在那里是白雪的墓园。父亲现在睡着的地方是我小时候进山最害怕的地方,那时候我去采都柿和越橘总是绕过那片地方,因为那里使我有一种莫名的忧伤。现在那里终于成为父亲的墓园,我才明白悬了多少年的心只是因为那里会成为收留我亲人的地方。现在它成了父亲的墓园,我才不害怕经过那里,我才心平气和地第一次认真观察那里的景色:那里地势较高,背后有一个平缓的山坡,山坡上长着稀疏的樟子松。而坡下,也就是墓园四周却是一大片清一色的落叶松,它们全都直直地卧在丰盈的白雪之上,是一片十分年轻的树木。再过百年,这些树木蔚为壮观的时候可能会使墓园看上去十分古老,它们的环绕将使灵魂越来越宁静。站在墓园朝山下望,可以看见小路和平缓下降的山势。树木好像在一点点地矮下去,矮到尽头的时候就出现了房屋和草滩,以及草滩尽头的太阳和月亮。

炉火越来越旺了,我仿佛看见父亲正推开走廊尽头的门,微笑着朝我走来。从他去世的那时起,这种幻觉就一直存在。他走到我面前了,他伸出手抚了抚我的肩膀。我握着炉钩子的手就抖了一下,墓园的情景又锐利地再现。我知道父亲根本不在这间房子里,可我又像是每时每刻都见到他似的。死亡竟是这般盛气凌人。墓园,我这样想着,回头望了望幽暗的走廊,你现在真的成了我父亲的安乐窝了吗?

弟弟从火炉西侧最小的一间房子里走出来,走到我身旁。他黑着脸,一声不吭地争着抢我手中的炉钩子,他也想来烧火。我把炉钩子让给他,他站在火炉那儿,用炉钩子轻轻地敲着炉盖。他对我说:"你进屋吧,我来烧火。""烧火用不着看着。"我重复姐姐对我说过的话。他抬头看看我,我知道他也不愿意待在屋子里,他也要找一种活儿来排遣哀思,我就再也没有多说什么。

我走进姐姐的房间。从这个房间的窗口可以望见后菜园。天色仍然灰白,有几只鸟在菜园边缘的障子上跳来跳去。

"咱妈还没起来?"姐姐怏怏地问我。

"没有。"我说。

"这个年怎么过呢?"姐姐叹息了一声。

"是啊。"我一筹莫展。

"你说咱妈过年那天会不会哭呢?"她很担忧地问。

"不会吧,她是知书达礼的。"我虽然这样说,但心里还是没底。

"我们单位的李洪玲,她爸爸和咱爸一样得同样的病死了,比咱爸早死五天。她妈妈现在天天在家哭,动不动就冲李洪玲喊:'快去车站接你爸爸回家,你爸爸回来了!'弄得全家人都神经紧张。"姐姐说。

"咱妈不会的。"我说,"她是个明白人。"

"可她今天连话都不愿意说。"

"过几天就会好的。"我站在窗前,朝菜园望着。园子中的雪因为一个冬天也无人涉足,所以显得格外宁静。雪地之外用障子间隔而成的小路上,偶尔可见一两个人影晃来晃去。路后面的几幢房屋的门前已经有挂灯笼的人家了,忙年的气氛越来越浓了。我的眼前又一次地出现墓园的情景,那里的白雪、树木和天空中的云霓,那里的风和墓前的供桌,一切都那么使人梦魂萦绕。我很想再回到厨房的火炉那儿去烧火,因为那里的温暖和光线很适宜回首往事。

我转回身,朝厨房走去。这时我突然听见母亲的房门响动的声音,接着我听见弟弟扔炉钩子的声音,他似乎是追着母亲出去了。他怕她出去想不开,我们都怕这样,所以母亲一出门总得有人装作无意地出去跟踪。我的心绞了一下。我站在弟弟刚才站过的地方,捡起炉钩子,掀开炉盖,看看炉子里全是一块块火红的木炭,就又添了几块柴火,炉膛里便迅速地响起一串噼里啪啦地燃烧的声音。火苗旺盛得不住地舔着炉盖,使炉盖微微颤动,炉盖被烧红的面积越来越大了,好像炉子在不停地喝酒,渐渐地醉了似的。

我心事重重地等待母亲和弟弟快点回来,这种等待像椎心一样的难受。不一会儿,弟弟先开门回来了,他手里提着一只竹筐,里面装满了碗和盘子。他神色有些喜悦,把竹筐放在墙角后神秘地走过来对我说:"咱妈想过年了,她去仓房里收拾过年用的东西。"我如释重负。果然,母亲很快从门外进来了,她的一只手里提着袋面粉,另一只手里拿着一捆被冻得又白又直的生葱,她把它们放在锅台前,一副要大大忙年的姿态。

我赶紧把水壶添满水,掀开炉圈,将水壶坐上去。我知道忙年最不可缺少的就是温水,这种懂事的做法会使母亲欣慰的。

母亲把我们姊妹几个叫到一起,向我们布置忙年的工作。弟弟因为腿勤,大多是搞"采买",酱油、醋、筷子、香、鸡蛋、猪肉等等的东西一律归他来买;而姐姐要搞"内务",拆洗被褥、扫尘、抹玻璃、蒸年糕、炒花生瓜子等等;我虽说是个女孩,但干细活大多不精,所以就只能做挑水、倒脏水、打扫院子、劈柈子、归置仓房中的杂物这一类粗活。好在我有一身的力气,又是最不怕寒冷的,所以这些户外的活于我来讲还是一种奖赏呢。母亲一旦活起来,我们也就跟着活起来了。母亲吩咐活儿的时候她的左眼里仍然嵌着圆圆的一点红色,就像一颗红豆似的,那是父亲咽气的时候她的眼睛里突然生长出来的东西。我总觉得那是父亲的灵魂,父亲真会找地方。父亲的灵魂是红色的,我确信他如今栖息在母亲的眼睛里。

布置完活儿,母亲又对弟弟说:"往年当买的鞭炮、挂钱、对联和纸灯笼今年一律不买了。""我知道。"弟弟低下头沉沉地说。死了主人的人家要在三年之内忌讳招摇这些喜庆色彩太浓的东西,我们从小的时候就知道这种不同寻常的风俗。看来有父亲和没父亲就是不一样,我的心陡地凄凉了一下,鼻子竟又酸了,又不好在母亲面前落泪,只能干憋着,痴痴地想着山上的墓园,墓园的白雪和那种无法形容的宁静之气。一定是我的神色引起母亲的注意了,她唤了一声我的乳名,然后对我们说:"从现在起谁也不许再掉一滴眼泪。我和你爸爸生活了二十几年,感情一直很好,比别人家打着闹着在一起一辈子都值得,我知足了。伤心虽是伤心,可人死了,怎么也招不回来,就随他去吧。你们都大了,可以不需要父亲了,将来的路都得自己走。你们爸爸活着时待你们都不薄,又不是没受过父爱,也该知足了。"母亲说完话，就返身进厨房干活去了。我们姐弟三人互相看了一眼，就赶紧行动起来。

　　我担着铁桶朝水井走去。水井在我们家的西北方向，选择最近的路线也要绕过七八幢房屋才能到达那里。路上的雪可不像园子中的那么丰厚和完整，由于人来人往的缘故，雪东一块西一块像补丁一样显眼地贴在路上，路上还有牲口的粪便和劈桦子人家留下的碎木片。走在这样的路上心里有一种百无聊赖的感觉。天色非常苍白，如果不到黄昏时刻，连西边天上那一带隐隐约约的晚霞也看不到。我垂头走着，因为这一带路线我熟悉得闭着眼睛都可以行走，偶尔碰上两三个长辈的大娘和婶子，她们大都一开口就唤着我的乳名直直地问："你妈有心过年吗？""有心。"我稍稍抬头望一望她们，接着又垂头朝前走。绕到井台时，才发现那里挑水的人比往日多了。挑水的大多是男人，他们很自觉地排着队，但是见我来了，他们全都热情地让我先打。我执拗地谢绝着，因为我觉得他们是在可怜我刚刚没了父亲，我不愿意接受这种同情，所以我怎么也不肯站到最前面去。我站在这些男人身后默默排着队，我的脚下是厚厚的冰，冰呈现着一种乳黄的色彩，我就像踩着一大块奶酪一样。我不敢看这些男人的脸，因为他们容易使我想起父亲。父亲在世时，也是排在他们身后的一员。那时候这些男人在一起时有说有笑，现在因为我排在后面，他们都沉默无语。我只听见吱吱的摇水声和哗哗的倒水声以及许多男人的脚步像蚂蚁一样慢吞吞前移的微妙的摩擦声，其他我感受到的就是这单调的动荡之下潜藏着的深深的寂静和寒冷。这真是一个漫长的冬天。我又忆起了母亲眼里那颗鲜润的红豆。这时我脚边的两只水桶突然发出一阵狂饮的声音，原来前面的人把水先倒进我桶里了，我只好退出队伍，担起两只桶摇摇晃晃地离开井台。离人群远了的时候，我才敢掉出眼泪。我哭是因为他们狠狠地同情了我，我受不了。由于哭泣我的倔劲就给提上来了，倔劲一上来力气也就壮了起来，所以我很快走到家门口了。我把水担进厨房，厨房里有雾蒙蒙的水汽，母亲正守着一只大盆洗涮碗碟，而姐姐则蒙着一块头巾站在一把椅子上扫尘。母亲吩咐我把水倒进缸里后抱一些柴火进来，因为炉子里的火不多了。我鼻音浓重地应着。母亲便问："没出息的，又偷着出去哭了？""他们非要我先打水，我受不了。"我说。"过了年他们就不会这样了。何况，你一定是见着他们不吭不响了，所以人家才可怜你。"母亲淡淡地说。

年已经像一个许多天没吃东西的大肚罗汉一样气喘吁吁地走到门槛了，只要稍稍开一下门，它就会饥肠辘辘地进来。再有两天就是年三十，我们要依照风俗去山上请爸爸回家过年。一大早，母亲就起来忙着煎鱼、炒鸡丝和摊鸡蛋，她做这些都是上坟用的，而我们姐弟三人则在里屋为父亲打纸钱。为了让父亲在那边最富有，所以我们总是用面值一百元的钱币来打纸钱。心细的姐姐说票子都是大的，父亲买东西怕找不开，所以我们才又打了一些角角分分的零钱。等一切都准备停当我们将要出发的时候，母亲突然说："让我也去吧。"母亲垂下手，很自然地征求我们的意见。我和弟弟同时看了看姐姐，因为她最具有发言权。姐姐说："你别去了，我们去就行了。""可我还一次也没去过呢。"母亲很有些委屈地说，好像我们剥夺了她探望丈夫的权利似的。"可你一去又得哭了。"姐姐直率地说。"我保证不哭。"母亲几乎是有些流露出女孩子气了，她飞快地摘掉围裙，冲进里屋去找围巾和手套。姐姐仍然心有余悸地问我："你猜她去了会哭吗？""我想会的。"我说。"肯定要哭。"弟弟补充说。"那就不让她去了。"姐姐说完，我们姐弟三人趁她还没出来就先溜出家门。我们像小偷一样飞速地沿着障子边东拐西拐地蹿上公路，很快就把母亲甩掉了。她不知道父亲墓园的确切位置，而且她发现我们是故意摆脱她之后,她绝对不会再追赶我们的。

天气极其寒冷,连空中乱响的爆竹声也是寒冷的。进山之后,我们的目光不停地朝父亲居住的地方眺望,好像久别归家似的那么望眼欲穿。有几只大鸟在墓地上面的树梢盘桓,像墓园守望者一样。我们到达父亲身边时就像看见上帝一样一齐跪下,我们做着最古老的祭奠。纸钱焚化时的氤氲烟雾使我仿佛看见了父亲的双手,他的确隔绝了我们,这双手我们再也牵不到了。这时我忍不住又想起了母亲,她若站在这里会怎样呢?

告别墓园走回家时已近晌午。厨房里很温暖,炉火很旺。母亲头也不抬地守着一只盆子刮鱼,看来她是生了气了,她很少这样对我们生气。我们洗过手后赶紧各就各位地忙自己分内的活,这时母亲突然直直地问:

"你们招呼你爸爸回家过年了吗?"

"招呼了。"弟弟心惊胆战地说。

"怎么招呼的?"母亲抬起头,我望见她的眼圈是红的,她一定哭过。

"我们说,家里什么东西都准备好了,爸爸你回家过年吧。"弟弟说这话时声音微妙极了。

"再没说别的?"

"我说了让他保佑弟弟今年考上大学。"我惴惴地补充。

"你还想让他这么操心?"母亲不留情面地挤对我,只能说明刚才不让她去墓园她不痛快。

"我不是故意的。"我说着,眼泪似乎又要流出来了,我赶紧走到火炉那去捅火。

"没事了,你们都该干啥就干啥去吧。"母亲叹息了一声,不再追究了。

年三十,按照母亲的吩咐姐姐必须回婆家过年,她不愿意因为失去丈夫而滞留女儿在家陪着自己,那么只有我和弟弟同她共度除夕之夜了。为了不惹她伤心,我们在那一天都表现得出奇的勤快,而且都装出很高兴的样子。午夜之时,外面的爆竹声连成一片,像地震似的。我们家虽然没放爆竹却也仿佛放了似的,从院子四周不停地传来噼噼啪啪的声音。母亲像往年一样以家庭主妇的身份站在灶前煮饺子,而我和弟弟则马不停蹄地往桌子上摆菜、筷子、酒杯和食碟。这是一个最难熬的时刻,只要过了除夕,年也就算过去,生活又会平稳起来。外面的夜是黑的,空气是冷的,没有雪花降临预兆来年是个丰年。我们无法抗拒地看着年的到来。年走了世世代代,已经苍老了,疲惫了,似乎它的每一个脚步都是迟暮的。我的眼前又闪现出了山上墓园的情景,现在那里是白雪的墓园,星光一定像萤火虫似的飞向那里。

我们坐在桌前举起酒杯为新年做着陈旧的祝福。母亲神情极其镇静。当我祝福她长寿,而弟弟依照惯例跪下磕头为她祈求万福的时候,她的慈祥就像阳春三月的植物一样丰满地复苏了。母亲也同样祝福我们,说着那些我们晚辈人很少能享受到的吉祥话,这使我们觉得这个年里我们将与众不同。自始至终,她没有落一滴泪,她的眼睛里收留着那个柔软的孩子般地栖息在她眼底的灵魂——那枚鲜红的亮点同母亲的目光一起注视着他们在这个世界上创造的共同的孩子。这是一个温暖的略带忧伤气息的除夕,它伴着母亲韧性的生气像船一样驶出港口了。我大大地松了口气。那天夜晚,炉火十分温存,室内优柔的气氛使我们觉得春天什么时候偷偷溜进屋里来了。

初一的时候天忽然下起漫无边际的大雪。冬天的早晨本来就来得晚,雪天的早晨就更像凌晨之时的天色了,所以我很迟才从梦中醒来。从床上爬起来,觉得屋子里暖洋洋的,用手试试火墙,才知母亲早已起来生过火炉了,我忽然有一种要哭的欲望。窗外十分宁静,菜园之外的道路上没有忙年的人影,年已经过去了,大家似乎都在沉沉地休息,整个小镇像瘫痪了似的。我披好衣裳,下地,走进厨房。先看了看炉膛中的火,添了些柴,然后就穿过黄昏似的走廊去母亲的房间。可我突然发现母亲不在房间里,她的房间收拾得十分干净。我的心沉了一下,慌慌地去弟弟的房间把他从床上摇醒,问他:"妈妈去哪儿了?""不知道。"他睡眼惺忪地回答。"她不见了。"我说。"不会走远吧。"弟弟很自信地穿衣起来跑到屋外的院子里去找母亲,他先去了厕所,然后又进了仓房,但怎么也没能找到。"会不会去挑水了呢?"弟弟问。"不会,水桶都在家里。"我们急得几乎要放声哭了。正在这时,姐姐和姐夫回门来了,姐姐一进来就感觉到气氛不正常,她焦急地问我:"咱妈怎么了?""昨晚她还在,早晨醒来时她不见了,她是生了炉子后走的。"我说。"你们怎么不好好看着她?"姐姐埋怨着我们,眼里噙满泪花。

母亲会不会因为一时思念成疾而真的抛下我们呢?我的眼前突然闪现出山上墓园的情景。现在那里是白雪的墓园,母亲会不会去那里了呢?没等我来得及把这个可怕的想法告诉姐姐,母亲突然推门而入了。她一定是走了很远的路,她的身上落着许多雪,她围着一条黑色的头巾,脸色比较鲜润,目光又充满了活力。

"你去哪儿了,急死我们了。"姐姐说。

母亲摘下围巾,上上下下地拍打着她身上的雪花,有些不好意思地笑笑,好像她到别人家的园子偷花去了。她轻轻地告诉我们:"我看你爸爸去了。"

"你找到地方了吗?"我们问她。

"我一上山就找到了。"她垂下眼睑低声地说,"我见到他的坟时心里跳得跟见到其他的坟不一样,我就知道那是你爸爸。"

我们全都垂下头来，真后悔那天没有带她去墓园。

"他那里真好。"母亲有些迷醉地说，"有那么多树环绕着，他可真会找地方。春天时，那里不知怎么好看呢。"她说完走进里屋把围巾手套放置好，又重新走回厨房，戴上围裙。我见她发丝乌亮，她看上去精神多了，而我的眼前再一次出现墓园的情景。现在那里是白雪的墓园，雪稠得像一片白雾，父亲被罩在这清芬的白雾中。

母亲掀开炉圈去看炉膛的火，这时我才吃惊地发现她的眼睛如此清澈逼人是因为那颗红豆已经消失了！看来父亲从他咽气的时候起就不肯一个人去山上的墓园睡觉，所以他才藏在母亲的眼睛里，直到母亲亲自把他送到住处，他才安心留在那里。他留在那里了，那是母亲给予他的勇气，那是母亲给予他的安息的好天气。窗外的大雪无声而疯狂地漫卷着，我忽然明白母亲是那般富有，她的感情积蓄将使回忆在她的余生中像炉火一样经久不息。这时母亲温和地转过身来问我们："早饭你们想吃点什么？"

小狗

暑假刚一回家,母亲就告诉我说姐姐家新养了一条狗。

"狼狗还是笨狗?"我问。

"它妈妈是笨狗,而它爸爸是狼狗。"母亲慢条斯理地告诉我。

我笑了:"那它是个小杂种。"

饭后正是中午最热的一段时间,但我仍然兴奋地把给姐姐买的一些礼物放在网袋里,吊到楼下自行车的把手上,准备着去姐姐家。

母亲和弟弟跟到楼下,弟弟正在谈恋爱,又黑又瘦,但终日显得很和气。他和他的女友到车站接我时,两个人见到我只是笑,并没有多余的客套的问候话,这足以使我几天几夜奔波的疲劳感烟消云散了。

弟弟也推出他的自行车,看来他是准备和我同去了。

母亲像以往一样嘱咐着:"溜边儿,慢点骑。"

我们谁也不去回答她,但她已经习以为常了。

我和弟弟并排行进在县城的水泥马路上。路两侧是房屋,此外还有水果摊和修鞋铺。因为是中午,所以行人并不太多,但灰尘仍然很大,我猜测至少有十天没下雨了,一问弟弟,正是。

"它肯定会咬你的。"弟弟又谈起那条狗,"它可厉害呢。"

我小时候被狗咬过一次,至今记忆犹新。那是十岁的时候,下午放学后我和一位同学去她家玩,她家狗的威力已经声震四邻,所以我走到门口时就犹豫不前了。

同学说:"别怕,跟着我,它不会咬你的。"

我胆胆怯怯地跟在同学身后进了她家的大院。我望见了站在屋门前的那条黄狗,个头很大,但异常地瘦,实话说,我觉得它不过是个草包而已,所以就放松了警惕。我们向前行进的时候这条狗耷拉着脑袋迎面而来,几乎是与我们擦身而过,它大概是出去闲逛去了,我不免有些嘲笑它了。然而再走两步,我忽然觉得右腿被什么东西绊住了,同时感受到了一种从未体验过的剧痛,回头一看,天哪,那条狗正不动声色地咬着我右腿的小腿肚,我大叫起来,同学也惊慌失色,她打跑了那条狗,我坐在地上,撩开裤子,看见了一块流着血的伤口,真是沮丧透顶。从那以后我就特别恐惧那些貌不惊人、性情内向的狗,因为它们咬起人来又狠又毒,却事先让人无法察觉。

被咬的滋味可是不那么好受,所以我便问弟弟:

"它拴着吗?"

"拴着。"弟弟笑着说。

"紧不紧?"又问。

"紧。"

我放下心来。

姐姐家住在城边,那一带没有楼房,一色的红砖房,房子与房子之间有菜地,不远处还有河堤、草滩,风景别致,有一股乡村的田园风味。寒暑假我大都在姐姐家度过。只要我一来姐姐家住,妈妈和弟弟也跟着过来住,姐姐家住房宽敞,一家人团聚在一起,直至我假期结束。

刚一推开姐姐家的大门,果然先听到的就是一阵狗叫声。声音很响,它的嗓音不错。我向前一看,见它正把两只前爪搭在木栅栏上,身子一耸一耸的,似乎随时准备出击。

"别咬了!"姐姐和姐夫呵斥着狗从屋子里迎了出来,他们的手里还拿着筷子,看来正在吃午饭。

狗把两只前爪放到地上,"呜呜"地低头叫了几声,似乎不明白它犯了什么过错。

与姐姐说了一会儿话后,我又来到院子看这条狗。它又冲着我叫起来。一旦叫起来就没完没了,似乎是不把我驱赶出去就绝不罢休。

"嗨!"我冲它叫道,"别咬了!"

它的声音停顿了下来,兴许是累了,它不再叫了。我仔细打量它,它还不到一岁,但个头却不矮,耳朵的形状像狼狗的,但又微微下垂,呈现出明显的混血特征。它的眼睛十分温柔,鼻子稍稍大了些,但整个面部组合却极为协调。

看得出,它是一条非常漂亮的狗。

当夜,我就在姐姐家住了下来,母亲和弟弟也随之而来。第二天早晨起来,我和它再次相见时它已经不咬我了,也许是一夜之间它明白了主人留下来的人恐怕是不容易惹的。它很聪明,既没有对我卑躬屈膝,也不对我傲然视之,只是平淡地看着我,稍稍带着一点审视。我喜欢它这种不卑不亢的气质。

母亲早已给它喂过食了。母亲抱怨说这是一条极其挑食的狗,它不吃米饭,不吃剩菜,只喜欢吃馒头和肉食。看起来,它的个性很强呢。

一家人都上班之后,家里只剩下我和它。我拿着一个苹果在它面前吃,吃得有声有色的,它很羡慕地看着我,我发现它在羡慕什么的时候姿态格外优雅,惹人怜爱。我把苹果皮抛给它,它嗅了一下,然后看了看我手中拿着的苹果,显然是观察出了不同,所以它根本就不吃,并且有些哀怨地看着我,仿佛我在虐待它一样。

"嗨,你别那么死要面子,苹果皮很好吃。"我说。

它却仍然睬都不睬,后来它居然傲慢地回窝了。

但它的弱点也暴露给了我,它是一条贪嘴的狗,馋狗。一旦它对什么食物感起兴趣,肯定无法容忍得不到它。所以,我故意又从屋子里拿出一个苹果,想引它出来,它果然出来了。我慢悠悠地将果皮削下,做出欲扔给它的姿势,它便眼睁睁地盯着那串果皮看,当它的涎水将要流出的时候,我突然将果皮扔进脏水桶中。它果然被激怒了,它开始冲我大叫起来,我便在它的叫声中享用那个苹果。它很清楚,进了脏水桶的东西都是要被倒在垃圾堆的,所以它连吃果皮的权利都没有。这时,它忽然明白了什么似的,一口叼起地上的果皮,在我面前左摇右摆地吃着,我从来没见过哪一条狗会像它一样在吃东西时这样高昂着头,它是在气我哩。但我却因此深深喜欢上了它,为了奖赏它,我给了它一个完整的苹果,它得意扬扬地吃完了。

几天过去后,我和它成了好朋友。我会趁家人都不在的时候偷偷给它喂苹果吃,并且从凉似冰箱的菜窖中将猪肉提上来,切几片给它吃。它得到了这种额外的款待后显得更加神气十足了。它褐黄的毛发更加柔顺、富有光泽。

它没有名字,我们就叫它"小狗"。因为它还没完全长大。

小狗很机灵,每当大门外的巷子里有生人路过,它都敏锐地竖起耳朵,一旦脚步声停在自家的门口,它便放声大叫。我听见它的叫声迎出来,总能见到外面的确有陌生人,有时是做生意的小贩兜售自己的商品,有时是居委会的人来登记财产收入,有时又是收电费的,小狗从不枉咬。有一天姐姐和她们单位的一名同事在屋子里聊天,两个人都是大嗓门,声音很响,像吵架一样,小狗就面朝屋子"汪汪"地叫起来,大概它以为自己的主人受到陌生人的威胁了呢。

晚饭之后,我喜欢在院子里锻炼身体。有一次做完体操之后我独自哼着迪斯科舞曲在院子中扭扭摆摆地跳了起来,我的动作使它吃惊不已。它兴奋地望着我,大概不明白我为什么要张牙舞爪的。但跳到后来,它似乎明白这只是一种玩法,所以就模仿起来,它左摆一下,右晃一下,就像喝醉了酒似的,可爱极了。当夜,它就在院子中拖着锁链子走来走去地练习,那种"哗啦啦"铁链拖地的声音搅得人睡不好觉,真是吃尽了苦头。

它没能学会迪斯科,但我却发现它生性爱动,我想那条铁链对它的束缚它何以忍受呢。我把这种想法告诉母亲,母亲说绝对不能把它放出来,一则怕生人来访时咬了人家,二则它一旦自由了,就会跑到门外去,有一些不三不四的人专门偷狗,然后将它们卖给狗肉店。再说,现在正有狗瘟,它跑出去后,传染的机会就多了。

我觉得母亲说的很有道理,但对它被拴住还是充满同情。

左邻右舍的狗都染上了瘟疫,我开始为小狗的命运担心。但它看起来一切正常,活泼,爱动,傍晚时常常用嘴巴去捉蚊子吃。它吃蚊子,蚊子也狠狠地报复了它。有一天早晨我起来后出来唤它,可它却不肯出窝,我以为它生病了,就又接连唤了几声。千呼万唤之后,它不得已地出来了,我一见它那副样子,真是又心疼又好笑!它的右眼被蚊子叮了,一个很大的包鼓在眼睑处,它的右眼就像瞎了似的,昔日的优雅风度荡然无存了。它可怜兮兮地望着我,一副要哭的样子,它一定知道自己变得丑陋不堪了,这条爱美的小狗所呈现的忧伤深深打动了我。那一天,我对它格外友好,不但给它苹果吃,而且还用木梳给它理顺毛发。它正在脱毛。它显然是记住了我的恩情,它右眼的肿块消尽之后,每逢我出来的时候,它都定定地看着我,把尾巴摇得高高的。

母亲发现我回来之后小狗越来越馋了,便怀疑我私下里给它吃了什么好东西。我矢口否认。母亲向来不主张给狗喂得太好,认为这样伤天害理。可我却不以为然,只是母亲讲起挨饿的年月她和已故的父亲拣烂菜叶吃的故事时,我也觉得给它吃的东西未免奢侈了些。

有一天邻居送来一碗变了味的鱼给它吃。小狗吃过之后不久就开始泻肚。它肯定感染了细菌,而它体质一旦虚弱下来,很难担保它不染上瘟疫,所以一家人都很急。给它吃了消炎药,果真止了泻,然而它却食欲不振,连鲜肉都不闻。我突然想到,或许给它吃一个苹果它会好一些。于是,就在众目睽睽之下把一个苹果丢进它嘴里。它马上兴奋起来,几口把它吃光,最后很潇洒地将果核吐出来。

"天,它可真会吃苹果!"姐姐惊叹道。

"它吃得这么熟练,肯定不是第一次了。"母亲看着我,有些责备,但我想只要小狗能吃东西了,她一样跟着舒心,事实也是如此,母亲没有再说我什么。

但从此以后小狗对鱼永远丧失了兴趣,即使把新鲜鱼放在它面前,它也无动于衷。

七月末的一个星期天,我和姐姐正在睡懒觉,突然被母亲的惊叫声给扰醒了。我们不知发生了什么事,慌忙跑到院子里。只见母亲正在一边骂着狗一边打着它:

"我让你再糟蹋人,打死你,打死你!"母亲的声音变了调。

"打它干啥?"姐姐问。

"它半夜里把我的园子全糟蹋了。"母亲说。

我和姐姐向左走了几步,果然,前菜园的蒜苗全被它连根刨了出来,乳白的嫩蒜头裸露着,芹菜和韭菜也全都倒伏了。它不知道在菜园中怎么撒欢了呢。

小狗在半夜时将脖子上的橡皮圈挣断了,它把母亲种了一个春天的菜地给毁了。原先的菜园青枝绿叶,十分整齐、干净,可现在那里却乱糟糟的一片,就像放牧过羊群似的。我和姐姐心里也很气愤。

母亲打够了它,也骂够了,就去菜园里收拾残局。姐姐跟着打起它来,姐姐用的是煤铲子,而妈妈用的却是软绵绵的笤帚。姐姐打它的时候我便在旁边助威:

"打死它!"

姐姐打累了,她说手疼了,由我接着来,我走上前,它瘫在窝里,我只看见它的身下一片暗湿。我捅了它一下,它毫无反应,我才恍然忆起刚才母亲和姐姐打它时它一声不吭。它一定知道自己做错了。

"它被打出尿来了,别打了。"我说。

"不行,不打它记不住。"姐姐说,"要么我来打。"

"我来吧。"我无可奈何地用煤铲子捶它的腰,它仍然毫无反应,我怀疑它可能被打死了。我蹲下身,朝里一望,发现它正满怀哀怨地望着我,眼睛里似乎蒙上了泪水,我心一软,丢下了煤铲子。

小狗挨打之后一直没有出窝。下午,天阴了,不久下起暴雨来。我们一家人站在窗前看雨的时候突然发现小狗从窝里走出来了,它站在雨水中,垂着头,一副伤心的样子。

"它怎么不知道回窝去避雨,看来是被打傻了。"姐姐说。

"谁出去把它推回窝里去。"母亲说。

姐姐披上雨衣,她拉开门出去了。我们见她用手揪着小狗的耳朵引它回窝,可它一动不动,它的四只爪子牢牢地抠着地,执拗极了。姐姐无奈跑了回来:"我不行,谁再去吧。"

母亲便打着伞出去了,然而她也没能把它弄回去。我自觉自己和小狗交情很深,所以就信心十足地穿上雨衣出去了。我推它一下,它就顿一下头,根本不想给我面子。我使尽浑身解数,但最终还是无功而回。雨下得越来越大,我们求助地望着弟弟,因为只有他没有打它,或许他能劝它回去。弟弟出去了,但他跟我们遭遇相同,我们只能眼睁睁地看着它遭雨水的袭击。说真的,我们都后悔打了它。

"它太记仇了。"姐姐说。

"它这是在惩罚自己。"我说,"也惩罚我们。"

小狗在雨停之后自动回窝了。但从此以后它就病着,咳嗽,食欲寡淡,眼角处淤着眵目糊。生人来访时它有气无力地哼哼几声,消瘦不堪,毛发脏乱,一副自暴自弃的模样。而且只要是雨来了,它就走出窝,垂着头站在雨水里。

小狗似乎尤其恨我,有几次我出门归来,它故意装作不知道是谁回来了,背对着我"汪汪"地叫着。我想方设法接近它,而它却不予理睬。我们都以为它这样下去活不久了。

那些天我经常骑着自行车上街给它买青苹果吃,然而它对苹果也不感兴趣了。给它肉,它同样不予理睬,只是偶尔喝些水。后来我就喂它饼干吃,饼干是新鲜食物,它终于控制不住自己的兴趣,一块两块地吃过之后,开始对饼干喜欢起来,有一次竟吃掉了半斤。这样,它的体力又慢慢恢复过来,只是它永远背对着菜园站着,似乎是不愿意再看见它。

暑假将要结束的时候,我的胃肠病犯了。整天上吐下泻的,吃不进东西,走路时天旋地转的,吃了许多药也毫无起色。每当我从厕所出来的时候,都会发现小狗趴在地上歪着头很心疼地看着我,它似乎知道我正病着,这令我十分感动。我抱着暖水袋和它一起坐在院子里晒太阳,它用舌头舔我的手和脚,每当它舔我的时候,我都快活地叫起来,情绪一好,病也很快好了。

我出发的那天,小狗因为啃骨头断了一颗牙齿,但它还是意识到我要走了。我离开姐姐家的时候它一直跟着我向前走,直到它的锁链绷直,它无法再跟下去为止。我回头看了它一眼,发现它和我初见它时一样美丽。

我对它说:"嗨,寒假回来时可别咬我!"

附记:

今天圣诞节,我十分想念故乡的亲人。同时,我也想念姐姐家的那条小狗。听说它现在越出落越漂亮了。我想圣诞节之夜家人在大雪中狂欢的时候,它一定会安静地站在户外守夜。我忆起了它的一些故事,便录在上面了。

图书在版编目（CIP）数据

光明于低头的一瞬 / 迟子建著. --北京：人民日
报出版社，2017.9
ISBN 978-7-5115-4886-3

Ⅰ．①光… Ⅱ．①迟… Ⅲ．①散文集－中国－当代
Ⅳ．①I267

中国版本图书馆 CIP 数据核字（2017）第206206号

书　　名	：	光明于低头的一瞬
作　　者	：	迟子建
出 版 人	：	董　伟
责任编辑	：	陈　红
装帧设计	：	刘　晓
出版发行		人民日报出版社
社　　址	：	北京金台西路2号
邮政编码	：	100733
发行热线	：	（010）65369509　65369527　65369846　65363528
邮购热线	：	（010）65369530　65363527
编辑热线	：	（010）65369844
网　　址	：	www.peopledailypress.com
经　　销	：	新华书店
印　　刷	：	三河市恒升印装有限公司
开　　本	：	710 mm×1000 mm　1/16
字　　数	：	218千
印　　张	：	17
印　　次	：	2017年11月第1版　2017年11月第1次印刷
书　　号	：	ISBN 978-7-5115-4886-3
定　　价	：	28.00元

书目表
SHU MU BIAO

书名	定价	书名	定价
童年	18.00 元	傲慢与偏见	20.00 元
名人传	20.00 元	莎士比亚戏剧集	20.00 元
鲁滨孙漂流记	20.00 元	猎人笔记	22.00 元
汤姆·索亚历险记	18.00 元	昆虫记	18.00 元
汤姆叔叔的小屋	16.00 元	镜花缘	31.00 元
假如给我三天光明	23.00 元	四世同堂	59.00 元
泰戈尔诗集	20.00 元	冯骥才精选集	28.00 元
老人与海	16.00 元	张贤亮精选集	28.00 元
金银岛	16.00 元	汪曾祺精选集	28.00 元
瓦尔登湖	20.00 元	高晓声精选集	28.00 元
在人间 我的大学	30.00 元	沈从文精选集	25.00 元
战争与和平（上下）	70.00 元	林海音精选集	25.00 元
母亲	24.00 元	林徽音精选集	18.00 元
基督山伯爵（上下）	65.00 元	鲁迅精选集	21.00 元
红与黑	28.00 元	老舍精选集	20.00 元
堂吉诃德	40.00 元	萧红精选集	21.00 元
三个火枪手	37.00 元	徐志摩精选集	21.00 元
简·爱	30.00 元	朱自清精选集	21.00 元
飘（上下）	58.00 元	艾青诗集	28.00 元
海底两万里	23.00 元	海子诗集	28.00 元
古希腊神话与传说	31.00 元	迟子建精选集	28.00 元
钢铁是怎样炼成的	25.00 元	毕淑敏精选集	29.00 元
复活	28.00 元	林夕精选集	28.00 元
呼啸山庄	20.00 元	刘心武精选集	28.00 元
福尔摩斯探案集	37.00 元	贾平凹精选集	28.00 元
大卫·科波菲尔（上下）	52.00 元	白洋淀纪事	29.00 元
巴黎圣母院	29.00 元	唐诗三百首	25.00 元
悲惨世界（上下）	65.00 元	宋词三百首	31.00 元